生女有所归

毛利 著

湖南文艺出版社·长沙

你是愿意失去一份辉煌的事业,

在一幅巨大的画像前，

有人拍了拍她的后背，

回头一看,

正是文杰。

前　言

写小说的过程，跟怀孕很像。

一样都是从各种胡思乱想开始，之后胎儿慢慢成形，逐日壮大，有了自己的血与肉。一样都是中间各种辛苦，吃不好睡不好，整个人逐步失去自我。

写新小说这几个月，我常常想起三年前那个怀孕的春天。那段时间我欲望骤减，既不想买衣服也不想出去玩，原来兴致勃勃的各种爱好全部搁置，没时间，没心情，顾不上。

现在也是一样，你开始写一个故事，这个故事就成了你真正的生活，一个劲地在为这些人物操持着生活，写出他们的潜在矛盾，勾勒他们的内心世界，再哗啦一下像抖包袱一样，抖出情节冲突。

写《结婚练习生》的时候，我就想，下一本要写生小孩了。从三十岁的第一本小说开始，恋爱，结婚，生育，这是我给自己定的小目标。

看起来有点老派，就像"生育"这个主题一样，它有点过时了，不再是每个女人必然的选择。

杜甫有首诗,《新婚别》,里面说"生女有所归,鸡狗亦得将",这是中国古代对女人一个最朴素的愿望,女人得有个归宿,就像小鸡小狗,要有个窝。但是现在,想要有所归,你得是一个知道自己想要什么的女人。

归处在哪?我想现代女人的所有故事,都来自她不想嫁鸡随鸡嫁狗随狗,她想一把掐住自己的命运,自己做主。

有了小孩后我才意识到,"生育"是比"结婚"更需要认真考虑的事。很多女人都说,结不结婚影响不大,但生小孩对女人的影响可太大了。

对,大家都有一种感觉,生完小孩后,才是真正的人生。

这部小说采取了双女主模式,文敏和缪琪是大学同窗好友,她俩一个已婚,一个离异。一个事业受挫,刚好有了生小孩的空闲时间,却没想好是不是该就这么进入贤妻良母轨道。一个很想要小孩,但无奈婚姻受挫,想生小孩,还是得从头再来。

不想生,可是没什么不生的理由;想生,可是缺乏必要条件。

很有意思,同时,这也是我听过很多女人的困扰。面对生育的各种游移不定,最后心一横跳到一个新世界,才发现要烦恼的问题根本不是原来设想好的。这是一片全新的知识盲区啊,所有人都在边摸石头边过河。

可是与此同时,身为母亲的女人,又会滋长出全新的强大力量,强大到连自己都会吃惊,原来这么艰难的日子,也就这么熬过来了。

成为母亲,以前是一个必选项,现在成了一个选择题。森林里有两条路,一条路是你熟悉的,可以掌控的地带。另一条路,你只听很多人提过,说那里有很多艰难困苦,但也有意想不到的风景和快乐。那些女人从那条路走出来,很累,但是很满足。

这两个女孩,她们反反复复思考着,在这个时代,到底要不要成为一个母亲,以及成为一个什么样的母亲?

曾经有读者提出一个问题:您笔下的上海女性,独立、漂亮、有赚大钱的能力、个性洒脱,但为什么都脱离不了结婚和生子呢?上海有很多不婚族或者丁克,为什么不选这样的人做女主角?

半夜看到这个问题,我思考了一会儿。

其实我一共写过五部小说,除了《结婚练习生》《生女有所归》这两部涉及生育,去年的《我是如何认识你爸爸的》是自传体形式背包旅行小说,《我在三十岁的第一年》有两部,上下都是谈恋爱的。更早的《待业女与草食男》写的是待业女孩的青春故事。

写完《结婚练习生》,我就觉得里面关于"生育"这个话题没有写透,当时就想着一定要写一本跟"生育"有关的小说。这么重要的话题,值得好好写一写。

丁克,不婚,现实生活中我认识不少,但他们的生活对我来说,是一种轻飘飘的快乐。

同时我又感觉,世面上关于"生育"的小说,也太少了吧。

好像女人一旦进入生育戏,她整个人就扁平化了,反正不就是吵吵架,然后一家人乱七八糟地生活着。

这个题材,的确有人说不想看,你都怀孕了你还能怎么着?不就是传统妇女那条路吗?辛苦,委屈,挣扎,一边叫苦连天一边继续身陷泥潭……

我想探讨的正是这种环境下,女性对于生育困境,到底有没有办法破局?

以前的小说里，只要到生育这一节，全是被迫的、没想好的、柔弱的女人。

以前我们对生育避而不谈，仿佛谈了就代表自己已经变成不堪一击的老女人。

如张爱玲所说："做了新娘，就是一个完字。"

所以特别想展开讲讲，两个女人生小孩的故事。

生女有所归，这个归，是两个女人自己创造的归处。

目录 Contents

第 一 部 分

你愿意失去事业还是失去男人？　002

脑袋砍下来给别人当夜壶　012

现在小姑娘不是都不想生吗？　023

女人未免在儿女情长上浪费太多人生　032

做一个男人的附庸，也没那么容易呵　043

这个男人什么都有，唯独没有……　052

人不能沉溺在同一种痛苦里　061

一个女人的反骨是怎么长出来的　071

想要 500 万的女儿，是疯了吗？　080

喜欢小孩，就不能离婚啦？　091

第 二 部 分

31岁还是恋爱脑，好意思吗？　104

你为什么不化妆？　113

可以不信神，但都信命　123

一旦恋爱，不到山崩地裂不想喊停　132

这一刻，想生孩子了　142

有时可爱也能管一点点用　152

把生孩子当成婚姻第一大项目来做吧　161

总不能一直做个逃兵吧　170

这不是几千年来说好了的事吗？　179

离婚后钻戒该还给他吗？　187

第 三 部 分

花10万开始贵妇体验　198

100万不能给小孩一个将来，可总比没有好　208

弟弟的回归　217

讲道理，孕期的丈夫有什么用？ 226

我要怎么做，你才能答应跟我在一起？ 236

对已婚男人来说，秀恩爱是另一种 KPI 243

有些孩子是来报恩的 254

爱也没有，钱也没有 263

赚钱的女人，有什么抬不起头的？ 272

已婚已育，就是女人不幸的开始？ 283

也不是整个人生，都只为了孩子 293

你到底是为谁生的小孩呢？ 301

番 外

没结婚还能做催生仪式吗？ 314

婚姻幸福靠四个字，苟且人生 321

想把世界上最好的都给你 329

如果母子平安，愿意散尽家财 336

多一个亲人，就像跟世界多一份联结 345

最终章 353

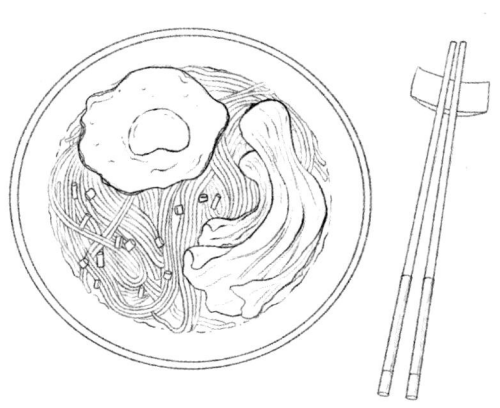

第一部分

你愿意失去事业还是失去男人？

世事难料。

文敏对着外卖菜单，摇着头想，世事难料啊。就这么几片菜叶，几块鸡胸肉，怎么敢要价 80 块一份？

她想下单，又觉得不值，这家傲娇的西式简餐店竟然没有任何优惠券。页面点进去点出来，犹犹豫豫想了又想，直到浮起一层悲凉——竟然要为 80 块想这么久？

不是说她以前挥霍成性，文敏向来是计较的，绝对干不出一个人点一桌外卖这种豪举。但不至于要纠结那么久，想当年多忙啊，忙到没有空纠结，也没有时间犹豫。那几年吃外卖吃到摇头，跟老公小宋说："你反正闲，给我做饭吧。"

小宋点点头："这有什么难的？"

他工作清闲，每天下班回家问老婆想吃什么，晚上准备准备，第二天早上做完了放进冰箱或者保温盒，上面还会细心地贴张标签，写上："宝宝，微波炉叮 30 秒，口感更好。"小宋做这些行云流水信手拈来，一边做还一边哼着歌。

文敏经常在旁边边看边说："可惜了，我是没空，不然包装一下你，搞不好也能做美食博主。"

她还记得有一次小宋下午要出差，没去公司，中午问她要吃什么，她那时正心烦意乱，不好的消息一个接一个，来不及消化，随口说了句，随便。

满腹不安皱眉抿嘴喝着黑咖啡的时候，小宋端着餐盘出来了，他煮了一碗馄饨，汤水泛着油光和葱花，香气四溢，旁边一碟刚剥好的海虾，一碟煎得恰到好处的小牛肉。

文敏把咖啡放下来，多少有一点吃惊，仿佛兵荒马乱之中，躲进了一个小小的桃花源，里面芳草鲜美，落英缤纷。她和小宋如神仙眷侣，怡然自乐。

文敏先吃了口馄饨，荠菜虾仁馅，汁水饱满，新鲜弹牙。她吃一口下去，哇，满腔都是春回人间的舒适，又喝一口汤，迫不及待说，这个汤好。小宋吃的是她吃剩的边角料——煮破了的馄饨，没剥壳的虾，煎过头的小牛肉，但他很快乐，摇头晃脑说，是昨天炖的鸡汤，鲜吧，我放了松茸的。

文敏一边吃一边安慰自己，生意差点没什么，起码我日子是好过的，起码老娘辉煌过。不知道是小馄饨热气熏的，还是心里着实有点感动，她竟然隐隐有点泪花了。

之后，小宋急匆匆拎着行李箱去机场，她安安心心开始收拾残局。那段日子她见了不少人，原本张罗的新分部要撤掉，公司要裁员，业务要缩减，方方面面都需要结构大调整，真够忙的。但只要她坐下来，跟对面的人说她是做哪行的，那人一定会略显激动地回应："天！那是够惨的。"

可能就是好运气用光了，她想。

好运气真的用光了，连带过日子的好运气。

随着文敏的落魄，小宋倒是越来越忙了。冰箱里再也没有出现过小宋准备的饭菜，他自己包的馄饨逐渐变成速冻馄饨。冷冻柜里放满速冻芝士卷、速冻比萨、速冻烧卖。

文敏事业衰退,小宋却大放光彩,真奇妙,他们夫妇严格遵照了此消彼长的守恒定律。一个跌,一个涨,朋友都说,这不是蛮好,你下去了,好歹小宋起来给你托个底。

好吗?她很怀疑。

文敏这天对着外卖犹犹豫豫,心想算了,我自己来。一份80块的沙拉,也就疏疏拉拉几根菜叶,放几片煎过的鸡肉牛肉而已。以前日进斗金无所谓,现在败了自然斤斤计较,不值得,不过是一份午餐,干吗要花这份冤枉钱?

她打开冰箱,翻翻拣拣,拿出一盒鸡汤小馄饨。按照外包装说明的指示,拿出里面的鸡汤酱包,挤到碗里,放馄饨,放冷水,倒上葱花,撕一张保鲜膜封住,微波炉叮五分钟。

很简单嘛,多省钱啊,她为自己骄傲起来,下厨哪里难了?

文敏从不下厨,因为麻烦,而且她觉得自己对美食没什么要求,何必花一个小时做,再花十分钟吃掉?

五分钟后,她兴致勃勃打开微波炉,手捏到碗的瞬间,被烫得一激灵。

"啊!"她短促地尖叫一声,感到两个手指头火烧火燎地疼,赶紧举着那只手放到水龙头底下打算冲一冲,没留神开的是热水,又被烫了,又是"啊"的一声。

文敏这时心情就有点皱巴巴的,像被谁踩了两脚。家里就她一个人,她也觉得丢人,怎么连这点常识都没有?以前看电视看到那种笨蛋美人在厨房鸡飞狗跳,她都忍不住翻白眼,什么玩意,天天只会放这种生活不会自理的巨婴。

轮到自己,就不好说什么了。

好不容易用一条抹布,把那碗滚烫的小馄饨端出来,看到这馄饨也是泛着油光和葱花的，心里略略一安慰，看着还挺像那么回事，不比小宋忙活半天端出来的差到哪去。

只吃了一口，咬到那团黏腻滞重的面团，还有面团里含混不清的肉馅，文敏如鲠在喉，不知道是该吞还是该吐。难吃，毫无诚意，蒙混过关，百分百垃圾食品。

过了很久，文敏把已经凉了的馄饨，通通倒在碗槽里，按下厨余处理器按钮，轰鸣之中，水槽的水不下反多，看样子是堵住了。

虎落平阳被犬欺，她幽幽哀叹一声，心想这种日子，怎么过下去？如果让她就这么待在家里，那真是生不如死。

文敏从家里走出去，外面阳光灿烂，小区里的银杏树开始黄了。马路上三个中年大妈，一人推着一辆童车，每辆车上坐着一个两三岁的小孩。她盯着那几个小孩看了两眼，期望自己能生出一点怜爱之情，不可抑制地脱口而出一句："好可爱呀！"

不知怎的，就是搞不出这种类似的冲动。

公司规模缩减后，几乎所有亲朋好友，都急不可待地安慰她，你这几年太忙了，正好歇一歇，可以备孕生孩子了，多好啊。

凡事往好的一方面想：虽然你不能赚钱了，但是你能生孩子啊。

文敏一开始也是这么安慰自己的，以前她完全没时间停下来，争分夺秒挣着钱，每天开会，招人，上新项目，再开会，再招人……忙得上气不接下气。每天她是晚回家的那个人，带着电脑，半夜三更还在看资料。有时甚至感慨，还好她年轻，身体经得起考验，创业这种事情，轮到老同志，牺牲成本就有点太大了。

闲下来没多久，她逐渐觉得有点不对味。

这不是说她身体有问题，不，她身体一点问题没有，才30出头，各方面运转得都很正常。以前忙的时候，她常跟小宋说："等我有空，马上就生个孩子，你肯定能把小孩照顾得很好。"

小宋喜形于色："那是当然，那你说到时候我还上不上班了？"

"别上了，就在家带孩子呗，我看上海好像有挺多全职爸爸的。哎，你说，等有了孩子，我们还是把房子换一换吧，换个有草地有院子的，可以养孩子，还可以养条狗……"

文敏生孩子的前提，是她不需要做贤妻良母，她还是那个在外面挣钱，随意发号施令的人。她负责还房贷，买新房子，老公负责做家务，带小孩。只有这样，她才觉得，有个小孩挺好的。

孩子让家庭结构变得稳定，夫妻合伙公司有了一个可持续开发的项目。

倒过来就不是那个滋味了，她几乎百分百确定，自己绝非贤妻良母的材料。在生小孩这件事上，她只能做出资方，爸爸来做执行方。问题是现在，小宋前途似锦，跟前两年的文敏一样，每天晚归，经常出差，忙得七荤八素，工资越发越多。

小宋刚毕业时，拿 5000 多块一个月，粗粗一算，这两年他的工资猛涨十倍，月薪涨到 5 万多了。

文敏的公司收入，则从赚得盆满钵满，到现在腰斩再腰斩，对折再对折。用句老板最爱说的话，她现在不赚什么钱了。赚不到钱，却有的是时间，因为公司业务暂停，压根没有任何要忙的事。

一个急刹车忽然停下来，有人会觉得幸福吗？恐怕只会觉得不安吧。

文敏穿着一件旧卫衣，一条牛仔裤，在小区门口扫了辆共享单车。她打算骑车到松江大学城去，找她的大学同学，缪琪。

松江，又称年轻人的睡城。几年前买房的时候，她倒是稍微考虑过一下，真的要把家安在这儿吗？电视剧不是说了吗，只有梧桐树下才叫上海。绝大部分在这里安家的年轻人，是因为没有足够的预算，能力有限，只能买得起郊区房。松江便宜，还有一条九号线，在松江买80平方米，梧桐区只能买30平方米老破小。一边是四五万一平方米的新房，楼下绿地环绕，一边是十来万一平方米的老公房，邻居咳嗽一下都能听到。文敏当时是有能力挑一挑徐汇次新房的，小宋在徐汇上班。

可是理所当然咯，家应该迁就那个贡献更大的人。文敏的公司在松江，她的事业在松江，小宋毫无怨言，满心欢喜，每天九号线去，九号线回。

她真喜欢那时候的日子，充满了奔头，一心只想着要赚更多的钱，买更大的房子，换更好的车。

一年多前她甚至订下一辆911跑车，银色外壳，红色内衬，前后左右各种角度的图片，都打印在质地良好的A4纸上。销售笑眯眯告诉她，您的车大概需要等一年半左右才能交付，先交点定金排队等吧。

没过多久，她让小宋去交涉，把车退了吧。不是买不起，而是没有了买车的心情。本来以为会很难，小宋放下手机说，销售非常痛快地答应了，现在911要加价才能买，后面等的客人多极了。

文敏更难过了，不是说经济形势不好吗？不是说寒冬将至吗？怎么就她没钱赚？

松江的马路相当宽阔，绿化也不错，唯一让她心烦的事，是路上开过两辆土方车，扬起了好大一阵灰尘，搞得她灰头土脸。

她把共享单车停在缪琪工作室门口，拍了拍身上的灰冲到二楼。房间里只坐着缪琪一个人，正埋头在吃外卖，抬头看到老同学，开开心心打招呼："哇，文总，怎么有空来啦？"

文敏袖子一撩，说："总裁我可是骑共享单车来的哈。"

缪琪竖起大拇指："厉害，你们有钱人就是不一样，可上可下。"

没几秒钟，两人像上学的时候一样，头挨着头在一块吃外卖。

007

缪琪点了一份新疆炒米粉,米粉糯叽叽的,带点辛辣味。吃到一半,文敏满屋子找矿泉水,她许久不吃这种重口味小吃,嫌油大不卫生,偶尔一吃,鲜香麻辣,十分过瘾。

缪琪是个细瘦的高个,很能吃辣,看到文敏停下来,嘿嘿一笑,有意开她玩笑:"是不是不适应这种平民生活?"

文敏大翻白眼:"姐,放过我,我也就有钱了那么几年。"

不过她焦躁的内心,总是能在老同学这得到缓解。

缪琪每次都说:"好啦,你跟我比,还能惨得过我?你这人分明是过着中彩票一样的生活啊,创业发财了,婚姻完美了,现在是老天爷觉得你太累怕你猝死,让你歇歇,知道不?"

"我没赚够,我还想赚,扶我起来,我还能再赚两年啊!"照例,文敏喜欢这么哀叹着回复,她还会说点上海话:"帮帮忙,谁会嫌钱多啊?"

缪琪离婚了,原因说来话长。

任何一桩失败的婚姻,其实都是一个综合变量,不是简简单单几个字,出轨家暴或者婆媳不和就能打发掉的。不过每次她说自己离异,别人都会等待一个理由,最好是简明扼要、一招制敌那种。因为人人都很忙,哪有空听你说一堆家长里短,缪琪也没有心情逢人就从头细细讲来。

她后来选了一个答案,说前夫是妈宝男。往往听到这个答案的人,都会很满意,还会附和着她说:上海男人嘛,难免的。

之后又会跟缪琪说,但你们上海女人不是驭夫术很厉害的吗?你怎么没调教出来?

她能说什么呢?缪琪只好换上一个尴尬又不失礼貌的微笑。这类成见通常把上海女人想象成军统女特务,靠美色和威逼利诱,让男人乖乖臣服。

到这一步，她就懒得解释了。这就像一个受害者有罪论推定，你婚姻失败，那肯定你有问题咯。

文敏是不想生小孩，缪琪是想生小孩，但结婚三年多，一直没有小孩。有些家庭会为了这个共同努力，但有些家庭，没有小孩只会加速感情破裂。虽然她有时候也忍不住想，如果生了小孩，一定一切都不一样吧？

在结婚前，缪琪有一个很单纯的想法，她爱他，他也爱她，不就好了。

结了婚才知道，爱情是这桩婚姻里最无用的东西。

离完婚后，她像被人打通任督二脉一般，心想：婚姻可以不要，班也可以不上吧？那种在办公室里像个僵尸一样活着的生活，有什么好过的？当然主要原因是她原来在市区上班，住的是前夫家婚前买的住房。离婚后她面临一个很窘迫的境地，要么在市区付出高昂的租金租下一套房子，要么忍受每天三四个小时的通勤时间。

她原本在哪都过着忍气吞声的生活，不管在公司还是在家。忽然一鼓作气离婚离职，觉得一切豁然开朗，不压抑了，不纠结了。

她搬回爸妈松江的拆迁房里住，在大学城偏僻角落租了个工作室，开始像个艺术家一样生活了。白天画插画、写作，傍晚时分，才是自己赖以为生的活计登场，教一群幼儿园小朋友画画，收入勉强糊口。

"怎么说呢，用一个成语形容，就是芒刺在背，你是外地人，不懂，我每次回拆迁小区，都要听到大妈口口相告，这是品珍的女儿，离婚那个！离过婚了！"

文敏扑哧一下笑出来，过了一会，缪琪说的话，又让她笑不出来了。

"最近我妈准备把我家这套拆迁房卖了，说因为我房间对着河对面一户人家的屋角，风水不好，所以我才离婚了。我就是离个婚而已，家里已经变成凶宅了。"

跟缪琪相比，文敏的事好像的确不算什么事了。

可是她转念一想："不，你等等，你是愿意失去一份辉煌的事业，还是更愿意失去一个男人？"

啊，这个点，缪琪倒是没想到。

两人聊了一下午，直到几个小朋友陆续被爸妈送进来。文敏朝她挥挥手，又在大学城逛了一会，七想八想，要不联合老同学开个早午餐店？现在自习室不知道行情怎么样？她现在手里尚有一笔本金，还能不能再搏一次……

她的公司在附近一座文创楼里，照样是骑单车过去，很多下课的大学生跟她擦肩而过。文敏盯着这些无忧无虑的脸孔，又叹了一口气。

公司空无一人，往日人头攒动、门庭若市的场面，早已一去不复返。

实际上整栋楼都是这样，到处空空荡荡，散发出一股萧索气息。文敏会在办公室里坐很久，就像那些写不出文章拼命找灵感的作家一样，她会一遍遍整理着文件，试图寻找一点新的思路，虽然大多数情况下徒劳无功，但她相信，做了总比没做好。

有一份工，显得她没有那么空虚。

晚上八九点，她裹着一身夜色，回到空无一人的家。

小宋还没回来，家里略显凌乱，想收拾又不想收拾，想做饭又不想做饭。

文敏心想，先洗个澡吧。这时小宋回来了，像个典型的被蹂躏一天的上班族，进家门就没什么好脸色。

他问她："你吃了吗？"

"没吃,不过我也不饿,你呢?"

"没啊,我这工作一天,回家连碗热汤面都没有吗?"

"什么?"

"我说我辛苦一天,回家想吃碗热汤面。"

"不是,你使用了反问句,你是在质问我?"

"哪有啊,我就随便感慨感慨。你今天一天都在家,也不把家里收拾收拾?"

文敏差点拍案而起,胸中千言万语,你什么意思?我现在还没靠你吃饭呢,就敢这么对我说话?!

最终她什么也没说,独自走进卫生间,文敏有一种奇特的感受,当热水冲刷着她的身体时,她能感觉到,那种好不容易积累起来的生育的勇气,又被冲刷得干干净净。

身体和灵魂,一样想逃避。

脑袋砍下来给别人当夜壶

往常品珍吃完晚饭后,只要天气好,都要和小区里的姐妹们逛上一圈,吹吹牛皮。有时她筷子还没放下,楼下已经有人在大喊:"品珍,下来呀,出去荡马路啦。"

她总归是笑嘻嘻,起来把饭碗往台上一放,跟还在看电视咪老酒的缪启明说:"我走了,吃完了不逛逛,不舒服。"

随后跟姐妹们绕着小区周边走,饭后一万步,活到九十九。

女儿缪琪离婚后,品珍有意无意躲开了这支队伍。别人喊她,十次有八次,都是没空。现在她不是一个人逛,就是静等老缪7点多喝完老酒,拉他出去逛一圈。

偶尔单独行动的时候,碰到这支队伍,免不了还是要交汇起来。

女人有时三四个,有时六七个,都跟她一样,松江本地阿姨,五六十岁。经常出来散步的这几个人,都有上学的孙辈,已经不需要她们照顾,只要一上学,本地奶奶外婆都会自动让出岗位。

"我怎么带,这些题我又不会!""就是呀,现在的小孩真是苦,每天晚上做作业,做娘的骂得来,我是听不下去!"

品珍无法参与这些话题,她女儿一直结了婚没生孩子。有段时间,别人总要问她,品珍,你女儿有了吗?直到她宣布,女儿离婚了。

在乡下,事情是瞒不住的,要解释为什么女儿搬回家住,不如坦白从宽。

听到"离婚"这两个字,乡下女人的脸上无不带着震惊,好像什么珍贵的东西在地上摔碎了。

至于为什么离婚,品珍不太想全盘托出,只好模模糊糊来一句,上海人,太算计了。

曾经她一直是小区这支散步队伍的头领,全因她女儿嫁得好。缪琪大学普通工作普通家世更普通,父母都是普通工人,再平凡不过。前夫陆士衡家境富裕,爸妈90年代开外贸公司,浦东浦西买了好几套房。等儿子到了适婚年龄,他爸妈在大平层和新里洋房之间来回摇摆,从一个香港人手里买下一套价值四千多万的新里洋房,只为了让儿子在婚恋市场上更有竞争力。

士衡名校毕业,又在名企工作,还有半亿身家,却对缪琪一往情深。这是缪家的福气,又是陆家的晦气。对陆家人来说,这就好像儿子本来可以考上名校,清华北大哈佛耶鲁随便选,走上辉煌灿烂的人生。没想到他竟然说,不想去,找个野鸡大学读读就可以。不是说缪琪是野鸡的意思,但确实,在陆家人眼里,缪琪就是只野鸡。

前婆婆白眼翻到头顶:"找来找去找个乡下人,家里还那么穷。"

这桩婚姻最大的问题是他们并非门当户对。婆婆从来没喜欢过缪琪,她儿子又是一个木头一样的男人。缪琪曾经以为,时间长了,这件事会改变,生了小孩,这件事也会改变。

问题就是,她一直都没生小孩。于是婆婆越看她越不顺眼,矛盾愈演愈烈。

品珍对此的总结就是:有钞票的人家,算计得太多了,防你好

013

像防贼一样，有什么意思？

小区邻居都知道缪琪前夫是市区人，于是同仇敌忾，众人一起骂起来，"市区人是小气的""上海人嘛顶会算计了，哪里像我们乡下人，有多少给多少……""是的咯，我女儿同学嫁了个上海人，作孽呀，结婚的时候还睡在小房间"。

松江人以子女为大，恨不得一辈子只为了子女活，给他们准备好房子车子，再大公无私帮孩子带孩子，直到失去任何利用价值，还要骂自己几句，老不中用，没用了。

品珍收获了一些同情和唏嘘，随后提出自己的见解：她认为，缪琪离婚是房子的问题。她女儿的房间窗户，对着河对面那栋房子的屋角，不灵，犯煞了，所以婚姻不好。

众人立刻点着头，有人问她找人破过没。

她说找过大仙，但还是离了，有什么用？她觉得这是一个心结，继续住在里面，怕女儿以后婚姻还是不好，不如卖了。

众人都沉默了，不知道是该劝卖还是不卖。过了几秒，才有个胖壮的女人开口说："风水是有道理的，我拿的这套房子就蛮好，搬进来后啊，样样都顺，你看，我女儿现在一儿一女，女婿生意也做起来了，大财发不了，小日子总归好过了。"

旁边立刻有人起哄："你女婿那还叫发小财吗，松江买了多少套房子啦？"

这个胖壮的姐妹因为她女儿婚姻幸福，生了一儿一女，最近又买了联排别墅，现在已经取代品珍成为新的小区头领。品珍看着胖女人，心想女儿跟她一个模子脱出来，也是又胖又壮，哪里有缪琪好看？她跟她女儿一样，细瘦的高挑个，侥幸逃过中年发福。常有人说，品珍，你背后望起来倒还像小姑娘。

别人都老了，当奶奶了，只有她，还像只老妖怪，有什么意思？她琢磨要改一改运。

虽然女儿反对，缪琪说："妈，你到底在想什么？我只是离个婚，又不是杀人放火。再说你也觉得我离得对，那房子有什么错？"

"个么房子要没有犯煞，说不定你就不会离婚，也不会没小孩……"

"个么"，是江浙一带的口头禅，有时代表转折，有时代表假设，有时只是一个做停顿表示的语气助词，有时，它又像一种天要下雨娘要嫁人的天理。比如，个么话不能这么说，个么侬打算哪能办，个么女人总是要结婚的，个么小囡总是要养的……

话说到此处，缪琪就觉得说不通了，噔噔噔跑上楼，关门了事。

她家拿的拆迁房是一套复式，附赠底楼车位，打通了有上下三层。还算拿得早，后来的拆迁房，全都是一套套的公寓，像鸽子笼一样，哪有这种房子住着舒服。品珍说要卖房，小姐妹们七嘴八舌，哪里去买这种房子？

这天缪琪回来得晚，她的画画课8点结束，有个叫王小川的小朋友，家长一直没来接，发消息说要晚大概半小时。这种事常有发生，她让家长不要着急，自己带着小孩，继续画画。

小川是个很害羞的小男孩，跟其他小孩叽叽喳喳说个不停不一样，他从来都很安静、腼腆。他还很有点与众不同，不管这节课的主题是画太阳还是巨嘴鸟，他从不参与主题，每次都只画一样东西，叶子。

"老师，他瞎画的，明明是画太阳，他又在画叶子了。"缪琪朝着小朋友那边看过去，小川专心致志，继续画着一片又一片的叶子。

然后她发现，叶子表面被涂抹上了一点点金黄色，惊喜地脱口而出："哦，这是太阳照过的叶子吧？"小川害羞地点点头。巨嘴鸟主题，叶子会有很大的一片缺口，假如画星空，叶子就变成黑黑的颜色。

这孩子有点怪，但是很有意思，缪琪从没想过纠正他，本来嘛，画画是一种表达的途径，如果叶子是他的语言，那又有什么不可以？

画室的角落里，有一盆新买的鸟巢蕨，长得非常蓬勃，叶子很舒展。小川坐在那盆植物旁边，一边看，一边在纸上画着。过了一会，缪琪走过去看，原来他在对着画叶子，他甚至画出了叶子那种略微卷曲的状态。

缪琪站在旁边，赞叹着："你画得好生动，太厉害了，观察事物的本领非常棒。"

小朋友的脸微微红了一下，继续画起来。

她打开自己的素描册，也一边看一边画起来。画画的人，总会敏锐观察到一些别人难以察觉的细节，正是这些细节，让画变得生动，与众不同。

缪琪原来的工作是做产品设计，工作日复一日，都是在拿出第一遍底稿后，听着所有人告诉她，哪里需要改。她印象中，不管做得多出色，从来没有一稿过。有很多次，都是左调右调，调到最后，客户说，算了看来看去还是第一版好。

这多少让她觉得有点荒谬。一群人每天来回开会，反复沟通修改意见，加班加点改了一稿又一稿，最后这一切不过是回到起点，做的通通都是无用功。

她前夫听了后抱怨说："这就是很多民企的毛病，效率低下，人员结构臃肿，大部分时间都用来开会，在这样的公司，你没有任何成长机会。"

道理是这个道理，但缪琪也不是很有职业野心的人。她原本想的是，找一份朝九晚五的工作，下班后能有时间写写画画，创作点自己的插画。没想到这份工作不仅工资不高,还占据了她绝大多数时间。

她尝试着跳槽,也没什么很好的机会。很多公司听说她已婚未育,都摆出敬谢不敏的态度,谢谢,我可不是招你来休产假的。

一来二去,她只能忍受着这份不怎么样的工作,同时召唤自己的卵子,赶紧活动起来。

缪琪跟文敏不一样,后者对小孩说不上讨厌也说不上喜欢,可缪琪很喜欢小孩,小孩很赤诚,好的坏的全都摆在脸上,一个小朋友,连使坏都带着明显又单纯的目的。

文敏说:"我不喜欢无法控制的东西,小孩就是没办法控制的,太操心了。"

缪琪:"对啊,所以成长就是一个越来越被社会规训的过程,我们都不可避免成为社会动物,小孩身上却保留着野生动物般的天真烂漫,这么一想,他们的哇哇大叫是不是很妙?"

"可是你带着哇哇乱叫的小孩出门,收获的是所有人的白眼,没有人会觉得这个小孩很天真,只会觉得当家长的怎么这么教育无能?连个孩子都管不好,那不是很难受吗?"

"为什么要想最糟糕的情况呢?"

文敏深感不可思议,她是那种凡事都想到最糟糕的情况该如何应对,才勇敢走出每一步的女人。没想到她最好的朋友,都30多了,还那么懵懂。

她原本想说,你就是把一切都考虑得太简单了。

缪琪也看得出来,她的话没什么说服力。对她同学这样的人来说,成功人士的话更信服,而她不过是一个失业又失婚的人。其实她想多讲一句,你是因为没接触过小孩,才把他们一个劲想象成洪水猛兽。

话题聊到这，两人都想着，算了，何必呢？

何必为不存在的孩子毁掉她们的友谊？

文敏是具备了生孩子的所有充分必要条件，但她自己不想要。缪琪是没男人没婚姻，却空有一颗爱孩子的心。

墙上的挂钟指向晚上9点时，一个中年男子闯进画室，连声说着："对不起对不起，来晚了，老师对不起啊。"

小川不画画了，吃着老师给的面包在看一本书，他看到爸爸，立刻站起来。缪琪当然说："没关系没关系，也不是很久，小朋友可能有点累了，回家早点休息。"

小川给爸爸展示了他新画的叶子："爸爸，你看。"

他爸爸笑了笑："又画叶子啊。"

缪琪在旁边说："其实小川挺有天赋的，他的观察能力真的很棒，对事物的感知能力比别人更敏感。"

男人点点头，他看起来很累，整个人都有点皱巴巴的。缪琪心生感慨，她接触的家长多了，很少看到极为舒展的，如果用植物来形容，绝大部分都是一种缺乏照料的状态，没有及时修剪枝叶，也缺乏通风和阳光照射。他们无暇他顾，急匆匆送来孩子，又急匆匆接走孩子。

有一次她看到带小孩来的家长手里捧着大杯咖啡，随口说了一句，这么晚了喝咖啡啊？那家长顿时大吐苦水，说晚上带孩子回家，要10点才哄睡结束，之后还要继续工作到两三点，第二天早上8点上班，每天都靠咖啡续命，不喝这杯咖啡，她可撑不过整个晚上。

缪琪连连说着，真是不容易，太辛苦了。

画画课只是那孩子捎带着上的，她还得去弹钢琴，下围棋，上跆拳道课。按照妈妈的说法，不都试一遍，怎么知道哪种天赋被埋没了？这妈妈喝着咖啡，诚心请教缪琪：我的孩子有没有绘画天赋？要不要往这方面发展一下？

缪琪浮起一脸苦笑，才第二节课，这哪里说得出来？种子刚埋下去，才两天不到，就要翻出来看看有没有发芽。她只能泛泛而谈，画画其实是帮助小孩子做想象力的挖掘，您看毕加索到老只追求能跟孩子一样画画……小朋友没有技巧也没有章法，这是最可贵的地方。

那妈妈噢了几声，没再说什么。

如果她有了小孩，会是一个怎样的母亲？她的小孩，又会是怎样的小孩？她常常会思考这样的问题。

离婚的综合变量之中，有一件事最让缪琪过不去。

她和前夫结婚三年多，一直没怀上。第三年，她检查出来一个子宫肌瘤，不大，医生说做不做掉都行，很多人是怀孕剖宫产顺便弄掉的。她说她一直怀不上，跟肌瘤有关系吗？医生态度模棱两可，怀不上有很多种可能，肌瘤当然可能是其中一种，但到底是不是主要原因，说不准。

"如果你不放心，那就做掉吧。"

做完手术，缪琪妈妈来看她，无比焦虑，开始说起来："实在不行，做试管算了，不要拖到最后，连试管都做不了。"

缪琪刚想跟她妈说，不懂就别说话了。坐在客厅的婆婆走过来说："其实我们家对小孩是无所谓的，不像你们松江，一定要小孩。做试管要吃苦的，缪琪啊，你想想好，千万不要觉得是为我们家吃的苦，为我们家生的小孩哦。"

一席话说得她和她妈都不是滋味，品珍当场要骂，又怕女儿休息不好，忍了。

婆婆临走前又来了一句:"小宁小宁养伐出[1],呵呵。"

两人更加气结。陆士衡一声不吭,每次在他妈面前,他就像一根木头,不会捍卫什么,也不会争取什么,最多跟缪琪说一句:你别睬她不就好了。

品珍愤愤不平,说了句松江话:"这种人家,你就是把脑袋砍下来,人家也是当夜壶用呀。"

或许有人会为了这半亿身家,这光鲜的面子忍辱负重,可缪琪做不到,她抱着很多羞愧很多屈辱,终究还是离了。离了之后想想,自己真傻。

离婚的主要原因是什么?是结婚。

固然如此,她爸妈还是希望她再结一次。

她经常故意晚点回家,逃掉那场三方会谈。这天没想到10点多打开家门,一眼看到父母都坐在沙发上看电视,这就无可避免打招呼:"你们怎么还没睡?"

品珍靠在沙发上,看着女儿,冒出一股无名怒火:"哪里睡得着,看你一天天荡来荡去,没结婚没小孩,你说我睡得着吗?"

"知道了,我也想养小孩,但总要找到人吧,还是要不干脆我去买个精子算啦?"

这出其不意的回复,让品珍大吃一惊,她吃不准女儿到底在说真话还是发疯,买个精子?

"反正现在都是丧偶式育儿,那不如不结婚,直接生小孩嘛。"

"你有了?"

"我没有,但我可以有。"

"好了你不要发疯了,该相亲相亲,该多出去玩就多出去玩,

---

[1] 上海方言:要小孩又生不出小孩。

不要放弃,好伐?年底前没进展,说明我家这个房子真的不行,年后我立刻出手。"

品珍就这样下了最后通牒。

不惜一切代价,必须达成所愿。

她躺在床上,接到文敏发来的信息:"又不想生了,好烦啊,连卵子都要退缩了。"

缪琪叹了一口气,卵子怎么会退缩?它每个月一次奔涌而来,带着勃勃生机,寻找各种机会。一旦任务失败,要流上一星期的鲜血。它才不退缩呢,它勇敢得要命。

这世界真是不公平,她那么想要小孩,偏偏没有。好友什么都有,恩爱的老公,富裕的生活条件,却下不了决心。

她还在犹豫怎么回复,她母亲上楼了,手里托着一盘刚切好的苹果。

"琪琪,你懂的咯,你不是20多,你都过了30了,再过几年,就真的晚了。"

"那你想我怎么样?"

"你爸前两天去吃饭,碰到以前的老同事,人家要给你做介绍。本地人,对方也离婚了,要不要见见?"

这就是品珍的谈判策略,先发火,把话说死,打你一耳光,再来颗甜枣,见一见,又不要紧。缪琪心想她妈不去做商业谈判真是可惜了,这么多头脑,只用在唯一的女儿身上。

看女儿不出声,没有立刻表示反对,品珍顺势介绍起来:"条件好像还可以,听说家里住联排别墅……"

这种透着一股不靠谱味道的相亲,以前缪琪绝不接受。想当年,她就是为了拒绝成为一个本地媳妇,才坚定地嫁给前夫。有时她也想不明白,在市区生活这么多年,竟然还是回了郊区落脚。

有那么一瞬间,她好像打通了任督二脉,灵光乍现,全身舒泰。

缪琪趴在床上,把手机一放,轻快地回复:"好啊,什么时候去?"

她母亲原本都准备好了,要以九牛二虎之力,把女儿劝去相亲。也是万万没想到,准备好了母女间来一场激烈搏斗,竟然这么扑了个空。

搞得她瞬间不自信起来:"真的?你愿意去?"

"愿意呀,你安排嘛。"

缪琪想清楚了,她的前一次婚姻,是被感情生生耽误了。这一次既然想要生小孩,就要为了生小孩做出努力才对。

来吧,相亲吧,见识人类的多样性,挑选一个合适的配偶,产出自己的后代。

如果从宿命论来讲,或许她跟前夫没有小孩,也是上天的安排。

现在小姑娘不是都不想生吗？

缪琪刚离婚的时候，无比潇洒，觉得这辈子就想一个人过。过了一段时间，她醒悟过来，自己还是喜欢小孩的，喜欢到什么程度？她想要一个孩子，一个真正属于自己的小孩，给自己带来各种人生滋味。

既然有这个想法，就不可避免走入庸俗的再婚道路。如她母亲品珍所说，你去见见，又没什么损失咯。

首先，是她父亲前同事介绍的离婚男人。

见一见没什么，但见面第一眼，缪琪就在内心画了一个叉。

对方实在看起来太老了，一问，那人竟然还有一个上初中的儿子。不过男人说，都是跟着妈妈的，现在功课也忙了，没什么时间跟他见面。

什么意思？难道是在暗示他的小孩对他们的生活不会有任何干扰？

她心想离婚什么的都无所谓，怎么会推给她一个40岁还有十几岁儿子的男人？而这个男人在下午阳光明媚的咖啡馆，喋喋不休说着自己的兴趣爱好，打乒乓球和画画。

哦，介绍人觉得他们一定很合适的原因，正是因为男人也喜欢画画。他画的是国画，还有书法，刚坐下来没几分钟，他给缪琪发了一个 PPT 文件夹，说是里面有他一部分作品。

缪琪硬着头皮打开了这个 PPT，看到了诸如天道酬勤、厚德载物等字画。文艺的包含范围是极广的，即便如此，她也强烈感觉到，两人不在一个频道，无法产生任何共鸣。

不过男人不是那么想的，他谈到了自己的第一次婚姻，说跟前妻主要是生活方式没办法统一："她喜欢逛街买衣服，新出来的包包不买睡不着觉，每天跟我磨这个，你说我有什么办法？我是喜欢清风明月古琴雅诗，有艺术追求和人生理想的，心灵没有寄托，人生多么可悲？年轻的时候没感觉，到这个年龄才知道自己真正的需要……"

缪琪心不在焉地听着，想起来为什么以前不答应相亲了。

当你看到对面坐着这样不堪的人，会瞬间明白，在社交环境里，自己也是这么不堪。

她和这个喜欢画国画的老男人，在那些长辈眼里，都是没什么区别，没什么希望的人，你们凑合过过，不也挺好？

眼前的男人戴了一顶鸭舌帽，刚说到他最近正在画一个新的系列，一些词语被这个男人的手带到空中：大气，隽永，超乎想象，直指人心……

缪琪嘴角挂出了一个凝固的微笑，她心想，也没多老，怎么就开始糊涂了？

"所以我需要一个能理解我的伴侣，当我创作的时候，她能为我提供一些独特的见解，能看得懂我画里表达的是什么，能看到灵魂深处蕴含的能量……"

话越说越肉麻了："但凡中国男人，总有红袖添香的情怀。"

她明白了，他想找个女佣、粉丝、仰慕者，一种中国传统文人墨客最典型的梦想，就算穷得要死，也有美人如玉，每天晚上点着灯过来伴读磨墨。原来想要找个这样的女人啊。

她不由打量起眼前的中年男性，身材肥短，毫无品位，夸夸其谈，而这样的人也有个念初中的儿子。或许在他年轻的时候，看起来还没那么讨厌吧。

那个喜欢购物的前妻，还愿意跟这个人一起繁衍后代。

女人啊，盲目的女人。

她盯着那顶鸭舌帽，琢磨着一个问题：他应该是秃了吧，不秃的话，为什么要戴帽子？

对面还在漫无边际地闲聊着，他说他要送她一幅画，下次不如去他的画室坐坐吧，当然，也可以去她的画室坐坐。

如果按照电视剧中的场景，缪琪应该唰一下站起来，拂袖而去，但在现实之中，她不过是像读书的时候上政治课一样，以一个倾听的姿势固定住，然后开始神游太虚，想到文敏跟她讲的一个理论，文敏说："其实找老公跟买房子差不多，绝大多数普通人还是喜欢买新房。"

一切都是新的，但是这种机会，通常只会在你年纪还小，甚至学生时代发生。

男人这种东西，跟房子一样，虽然哪里都有，可大城市的男人就只有那么多，值钱还值得住的房子，就会引起别人的哄抢，导致一价难求，形成卖方市场。

缪琪："你这不是在物化男性吗？"

文敏："有什么关系，他们都物化我们几千年了，我们物化一下他们怎么了？再说现在日本女人都管丈夫叫扔不掉的大型垃圾。"

当缪琪告诉文敏，她要开始相亲，后者分析，你现在离异的身份，就像市场上只能买二手房的人，二手房嘛，肯定毛病很多，因为绝大部分中国女人,不到万不得已是不会离婚的。

想起这些话,缪琪再度打量起眼前的男人,就恍然大悟,哦,这种感觉,可能就像自己原本也没抱多大希望,想买个差不多的房子,结果被领到一个差得离谱、荒废好多年的房子,房主还一个劲在吹嘘,这套房子住得多么舒适,生活多么可心。

他指着卫生间里满是黄渍的马桶说,看,进口货,可以再用20年。其实不买没关系,但有些女的,比如缪琪,就忍不住会想象自己坐在那只马桶上的样子,忍不住觉得自己很悲惨,忍不住为前面30年活得浑浑噩噩的人生感到遗憾。

最后,她就像仓皇退出这套二手房一样,仓皇离开了相亲现场:还有事,先走了。

男人站起来朝她伸出了手:"好的,能认识缪老师很愉快,期待下次见面。"

缪琪啥也没说,只在心中大喊一声:做梦吧。

她把依然闲得没事做的文敏约到画室来,开始吐槽自己的相亲经历。

"离谱不离谱,这人就想找个给自己打下手的女的,伺候他画画、写作……还跟我说,人生梦想是红袖添香……长得就跟个矮冬瓜一样!"

文敏哈哈大笑,说:"你是不是想起了我说的那个买房子的比喻?"

"以前别人都觉得我这么年轻结婚很俗气,可是没办法,现实就是这样,学校里的男人总体来说,还是比市面上流通的要好多了,还没人惯他们那么多臭脾气。这就跟现在的二手房倒挂一样,明明不怎么样,还挂那么高的价格。"

缪琪用手撑着头说:"为什么我上学的时候,看同班男生感觉都像智力障碍者一样?"

"那是因为他们的确像智力障碍者一样。"

文敏永远能一针见血地指出问题,她心想,宋易竟然能听爸妈的话,把自己的人生押进一个6000块的事业单位工作,这不就是智力障碍者的表现吗?

不过回过头来说,谁又能保证自己聪明一辈子?文敏前30年顺风顺水的人生,不照样忽然走进了一个坑吗?

行业巨变,这又是谁能想到的?

她接着安慰缪琪:"有没有可能,这是你爸妈的一种策略,就跟中介带人去看二手房一样,先从条件最差的房子开始看起,让你天崩地裂,同时也是为了打破你的心理预期,这后面按照套路,就是一个比一个好,你的心理防线一次次被击破,到最后就同意了。"

缪琪目瞪口呆:"不至于吧,我可是我爸妈亲生的,不至于给我下这种套吧?"

过了一会,她说:"你觉得买精子生小孩现实吗?"

文敏想了想说:"有句话我说出来比较残酷,你不要受刺激啊。我觉得通过非常手段来拥有下一代,都是有钱人考虑的事,因为他们没有道德的束缚,也没有人伦的底线。你去做,第一,万一有什么变故,你承受不了怎么办?孩子若有什么缺陷,你接受吗?第二,想生孩子,还是因为喜欢人类才这么做的吧?你连男人都不要了,干吗要拥有一个孩子?"

缪琪哀叹了一声,她也就随便想想,没想到文敏能想得这么透彻。

没待多久,文敏说她要走了,她得去市区,小宋同事聚会,喊她一起去。

"咦,为什么?同事聚会叫你干吗?"

文敏:"你知道吧,小宋不是以前月薪6000的小宋了,现在工资大涨,人好像也有点不一样了。"

她继续物化自己的丈夫:"以前嘛,他就像那种两百块的帆布鞋,你把他脱在外面,根本不担心有人会拿走。现在他变成两千块的鞋了,放在外面,偶尔还是要看一眼,对吧?"

缪琪:"那你怎么提出来的?"

"本来是想掩饰一下,迂回一下,但是我为什么要在这种事情上浪费这么多时间?不如一开始就问个清楚,免得存在肚子里让我一个人不痛快,我凭什么呀?婚姻本来就是通过束缚各自的自由来达到团队合作的目的,干吗不束缚他?"

缪琪对文敏的大胆直接很是佩服,在她失败的婚姻里,并没有这种麻烦。哦,也有,她记得自己去过一些聚会,这些聚会上,婆婆总是会颐指气使,给她介绍若干个非常出色的女孩:"某某刚读了哈佛硕士回来,跟我们士衡从小青梅竹马,要不是她出国留学……"

她意思是说,要不是她出国留学,还有你什么事。缪琪在这样的聚会,跟陆士衡一样,都是一块木头,笑得很木,任何美食都吃不出滋味。

等到聚会结束,她问前夫:"你和某某青梅竹马,怎么没有继续联系?"

前夫无可无不可说:"上学比较忙吧。"

他甚至没安慰她一句,因为我喜欢你,没她什么事。

文敏听完这段,跟缪琪说:"你的不幸来自你太乖了,你爸妈从来没教过你任何人间险恶,你以为世界上每一个人都像你一样善良。"

缪琪的确是典型的乖乖女,她唯一的叛逆是小时候想当个画家。然后她爸妈都说,那不可能的,我们两家人从来都没出过搞艺术的人,你怎么可能会是呢?

他们都是靠死工资靠节俭度日过一辈子的人,无法想象那种不切实际虚无缥缈的职业。

好嘛,她觉得也有道理,当画家的确不是那么顺理成章说干就干的事情。

等她再长大一点,她发现像她这样的女孩,走艺术这条路的确很是冒险。

假如出身富贾之家,搞艺术是很增光添彩的事。

像她现在这样,晚上靠教小孩画画,勉强能够应付日常所需。平常自己画的时候,就会对自己有点要求,你得画点不一样的,特别的,足以开辟一条道路的。

越是这么想,越是什么也没画出来。

缪琪求助文敏:"怎么办,有没有办法让我变得不乖一点?"

文敏又是劈头盖脸一顿说:"缪琪啊,你说你都结了又离了,还跟爸妈吃住在一起,还听他们的指挥来生活,你怎么走出不一样的人生啊?"

缪琪继续手撑着脑袋:"或许这就是本地人的局限吧,就像树懒一样,永远想紧紧地抓着大树的枝干,靠在上面,舒服得不想下地自己走。"

"这倒是,我们外地人来上海读大学,最羡慕你们本地人,周末可以回自己家。那时你妈妈还过来给你送水果呢,还是一小块一小块切好了放在保鲜盒里的。"

"我妈现在也会这么做,所以她的人生,要有一个小孩才会完整。"

"你要为她生一个孩子吗?"

"那倒不会,不过她一定会帮我照顾吧?"

这天晚上缪琪没磨蹭,早早回到家,留给她的饭菜还是热的。

她刚坐下来吃饭,她妈已经坐在对面,问她:"人怎么样?"

"你真的不知道是什么样的人吗?"

"我怎么知道啦，我说要一起去，你爸非说不要去，说我过去帮倒忙……"品珍一旦啰唆起来，就没完没了好像小喇叭循环播报一样，但是此刻她急于知道女儿相亲的成果，赶紧掐住了自己的话头，"怎么样啦，你说呀，看得中看不中，你说句话。"

缪琪发现她爸也过来了，两人一个在前一个在后，都打算听她好好讲讲。

她放下筷子，告诉他们："年纪看起来也就比我爸小几岁吧，有个上初中的儿子，人长得跟个矮冬瓜一样，还跟我爸一样，喜欢戴个帽子。"

品珍尖叫起来："这么老啊？！"

缪启明附和着说："不会吧，老李说对方也是三十几岁呀。"

缪琪又拿起筷子，边吃边说："那我就不知道了，反正他看起来跟你更像兄弟。而且这个人，第一次见面，就说想找个女的伺候他，给他打下手，欣赏他的作品，还要从灵魂深处讲出对他作品的共鸣。"

没等缪琪说完，品珍开始撇嘴："什么不三不四的，敢说这种话，脑子有毛病伐？"

缪琪想起文敏的二手房售卖法则，心想难道这真的是爸妈的套路？先给个一塌糊涂的，再一个比一个好一点？

但她没敢问，因为品珍气坏了，那个读初中的儿子气得她暴跳如雷，先是在家大骂老缪，都交的什么狐朋狗友，敢介绍这种人给她女儿，紧接着要叫老缪赶紧打电话给老李，她要亲自骂老李。

"个老畜生，也不看看我女儿什么条件，这种人也敢介绍……"

品珍泼辣起来，谁都拦不住，这恰恰又是缪琪前婆家看不中的，觉得这家人没素质，每次亲家碰头，品珍说话的时候，缪琪一看到婆婆略略翻着白眼，情不自禁满脸绯红。现在终于不用受这种罪了，她听着她妈大骂特骂,觉得很过瘾。

上楼的时候,爸妈还在剧烈争吵,一个说,让我打电话!你死一边去。一个劝,好啦,算了,老李应该也不知道的……说是他干妈的侄子啥的……

鹬蚌相争,渔翁得利。小时候父母吵架的晚上,缪琪是最自由的,现在她也感受到了这种快乐,他们吵起来,就没人管她了。

她上楼走进自己房间,相亲的阴影已经消散了。拉窗帘的时候,对面那个房子的屋角又出现在她眼前,缪琪不禁也好奇起来,难道风水是真的吗?

真的是一把刀插入屋子,导致易起口角之争?

楼下品珍已经拨通了介绍人老李老婆的电话,对方正劝慰她:"人是个老实人,家里房子又那么大,再说了,他是不用女方生小孩的。现在小姑娘不是都不想生吗?"

品珍气炸了:"你眼睛戳瞎啦,不生小孩结什么婚?差个老东西一起睡吗?……"

女人未免在儿女情长上浪费太多人生

　　文敏这天晚上气得百转千回,她完全忍受不了小宋这种阴阳怪气。

　　没有当场发作,是因为她忍不住揣摩,小宋这种行为,难道是一报还一报?

　　说起来,小宋能有今天的飞黄腾达,都是靠几年前文敏骂出来的。那时小宋刚硕士毕业,按照家里人的心愿,以及关系网,进了一家事业单位。

　　很稳定,很清闲,每天下午4点半下班,有事还能打个招呼早走,一个月6000不到,让文敏白眼翻上天。她完全想不明白,好好一个硕士毕业生,才二十几岁,怎么能安于现状?那时她跟小宋说,你要是能怀孕生孩子,这份工作倒挺好的。

　　问题是你不能,你闲着干吗?

　　文敏记得当时自己颐指气使,数落小宋的样子。她站在道德高地,每天回家,看到小宋闲坐着,就感到浑身难受。虽然那时候小宋负责打扫,负责做饭,但她还是难受,现在又没孩子,两个人的家,哪有那么多家务要做?

　　于是她持续输出:"你一个大男人,整天无所事事怎么行?""与其躺在家里，不如出门做点什么……""你随便干点什么都行，只要不闲着"……

小宋再佛系，也经不起老婆的百般唠叨，下班后干起了快车司机。他从4点多开始接单，生意好的时候能一直拉到11点。

他还挺喜欢这份工作，一边开车一边跟客人随便聊几句。

跟所有出租车司机一样，小宋最喜欢接去机场或者高铁站的单子。那些惯常出差的旅客，做起一切事情都丝滑极了。他们知道把旅行箱放在车前座更省时间，对路线也从来没有过多要求。

从某种意义上讲，这种乘客和快车司机的契合度最高，都是为了一个"快"字。

有时碰到客人喜欢跟他聊天，问他做快车生意怎么样，小宋是一个很单纯的人，他觉得快车生意也不是什么行业机密，也就事无巨细给顾客讲讲，平台抽成比例多少，补贴多少，一天能接多少单，大致的营业收入是多少。

客人会感慨，你思路很清晰啊，小伙子，怎么跑快车呢？

小宋说自己的工作比较清闲，铁饭碗，反正在家闲着也是闲着。当然，他不会告诉客人，自己出来跑快车，是因为年入百万的老婆看不得自己闲在家里。

聊得多了，客人也会跟他聊聊自己的工作。小宋听到了一些行业没落的信息，也听到了一些正在冉冉兴起的新行业。

他受益匪浅，觉得老婆说得挺对的，闲着也是闲着，开开车挺好的。

当然，有时也会碰上过于热情的乘客。小宋在晚上7点多，搭载到一名50来岁的阿姨。那阿姨大包小包提了很多东西，看她不太方便，他从驾驶座上下来，帮阿姨开了车门，放了东西。

上车后，热心肠的阿姨东一嘴西一嘴问小宋，小伙子多大啦？

老家哪里？有房子没？

小宋没放心上，有一搭没一搭聊着天，路上碰到红灯，阿姨把手机递过来，让他看看："这个小姑娘卖相是不是蛮好？要不留个微信联系一下。"

小宋一下脸红，跟阿姨说："我结婚了。"

那阿姨啧了一声，十足惋惜："哎哟，已经结啦？这么年轻就结啦？"

是的，在小宋研究生刚毕业，成功落户上海的同时，他已经成了一名已婚人士，传说中的英年早婚者。

阿姨惋惜完了，立刻有了别的念头，问他同学里面，还有没结婚的吗？

小宋回家拿这个故事当笑话说给文敏听，文敏听了也没什么所谓，绝不会醋意大发，暴跳如雷，也不会怀疑小宋这是在点她：你看，你老公可是很受欢迎的。

因为小宋那时候不过是一个月薪6000块的普通男人而已，文敏年入百万，这怎么比？小宋是还不错，但比起他老婆，他还远远不行。

如果有人问文敏，为什么会选小宋做合法丈夫？

她倒是很有一点高瞻远瞩的看法，因为小宋除了没钱外，剩下的都是优点。而文敏正好不缺钱，这不就是传说中的天作之合吗？

从他们结婚开始，文敏始终保持着一种张扬的姿态，她是这个家的王者，挥斥方遒的总舵手，说一不二的大姐大。

没道理这个家都靠我赚钱，还弄得像个小媳妇一样低眉顺眼吧？

等小宋快车开得越来越得心应手时，文敏又开始了她的友情建议，铁饭碗和快车司机一样，都是没什么潜能的职业，你知道吧？

你这么聪明，总不能一辈子干这种吧？

小宋告诉她，他已经去一家外企面试过了，再过一轮面试，差不多就定了。

文敏有点没想到："不会吧，你怎么这么主动？"

小宋："我看出来了，你只要看到我舒舒服服待着，你就难受，必须一脚把我踹出舒适圈。"

"是的，我看到没用的男人就难受。"

文敏就是这么理直气壮且飞扬跋扈，那时大学同学还常有联系，宿舍群聊天，她还会把这一套精神散播到群里，直言，没用的男人就该扫地出门。

有个大学女同学，当时跟文敏一样，刚结婚，尝试着跟老公说，你作为男人不该多努力一点吗？她老公直言：你要努力可以自己努力呀，我又没耽误你努力。

大学女同学一时不知道该怎么说，在群里求救。文敏看了才意识到，小宋的基本盘还可以，有些男人，是烂泥扶不上墙的。

她在群里大说特说，叫男人努力，又不是叫他杀人放火，他瘫在家里干吗？享受你努力后的成果吗？你结婚是为了找个男人来伺候？为了让他过上幸福快乐的生活？

尴尬就尴尬在，女同学也没有离婚。

而女同学的老公是个无用的男人，却被每个人记住了。不知道什么时候开始，这个女同学不再作声，其他人也逐渐有了新的朋友圈子。

文敏只跟缪琪还有联络，有一次她们分别带着各自的丈夫，一起吃过一次饭。

在那餐饭里，文敏又有了个新的感受，其实男人也不是光有用就行。

在这之前,她和缪琪只是同学情谊。文敏大学时忙着兼职赚钱,经常迟到早退,多亏缪琪帮她点个到发点笔记。有些女生不愿意,她不来上课,凭什么要帮她?她打工赚那么多钱想到分给我们了吗?

缪琪没那么计较,作为一个性格略显软弱的女生,她很喜欢文敏风风火火的个性,又勇敢又分明。缪琪像水,柔软无害。文敏像火,猛烈有生机。

友谊其实也需要一点缘分,毕业后所有人投入茫茫人海,能再聚到一起,是因为缘分注定,想见面这天你有空,她也有空。

早有同学八卦缪琪嫁得很好,丈夫名校毕业,家里条件很好。文敏以为缪琪已经变了个模样,见面发现,她跟原来差不多,穿着藏蓝亚麻衬衫、浅蓝牛仔裙,是那种模样清秀,不需要过多装饰就能显露出美貌的女孩。

她旁边的男人,本来文敏以为是那种家里条件不错的纨绔子弟,缪琪看着就像会被男人骗的样子。

没想到陆士衡一副疲惫忧虑的模样,吃饭时话也极少。显然,在他看来,这种社交并无必要。小宋坐在陆旁边,看起来像一个无忧无虑的男大学生。

文敏忍不住问他,在哪里工作?

陆士衡报了公司名号,小宋饶有兴致,又进入快车司机的角色,在餐桌上问东问西。

那是家著名的互联网公司,工作强度极大,每个月都有绩效考核。看起来,陆就像一头没有喘息机会的老黄牛。

文敏很奇怪,可是你们家也不缺钱吧。潜台词是:为什么要这么累死累活呢?

陆看了文敏一眼,答:"工作也不光是为了赚钱。"

他觉得他们不会明白，所以懒得说太多。不过如果他们认识他的母亲，吴琴女士，可能就会真相大白。缪琪的婆婆非常厉害，但这并不是四个人聚餐的理由，也就略过不提。

　　那是他们两对夫妻的唯一一次会面。当大盘鸡上来的时候，缪琪问文敏，巴黎之行怎么样？因为不久前文敏和小宋一起出门旅行了一趟，前后一个星期，去了女人都梦想去的浪漫之都，巴黎。

　　文敏说，很好啊，就是八月份法国人还在度假，哪里都空空荡荡，好像大半个城市的人都走了，就跟春节时的上海一样吧。

　　她说到这里，想到点不愉快的事，当时他们的飞机半夜1点多才到，躺到酒店的床上时，已经当地时间凌晨三四点。

　　那是一间可以看见埃菲尔铁塔的四星酒店，不便宜。当她因为时差问题辗转反侧时，她在卫生间的洗手台里，发现了一根黄色长发。

　　但是当天凌晨她和小宋都太累了，甚至没有力气打电话跟酒店前台投诉这件事。

　　话说到这里，陆士衡截住话头，理智又清醒地表示："这种事情，你该写信给酒店总部才对，这基本的卫生都没做到，怎么能忍得下去？是我肯定要写投诉信，你碰到这种情况，酒店至少会提供一晚同级别酒店的免费住宿。"

　　文敏被人指点，就有点不太开心，立刻转开话题说："那你们蜜月去了哪里？"

　　缪琪表示，他们还没来得及度蜜月。

　　陆又说，巴黎其实不怎么样，小学时他跟爸妈去过，那时候巴黎还挺像回事，现在的巴黎，乱七八糟。

　　短短几句话，让文敏没了心情。去巴黎是她第一次去欧洲，她记得缪琪也说过，当然要去一趟巴黎。但看起来，陆士衡并不像会

037

带缪琪去浪漫的人。

缪琪看到文敏脸色难看，主动转了话题，说自己工作如何如何不堪，经常加班工资还少。

文敏想不明白，既然你老公有钱，为什么一定要为了这份工作这么不开心？婆家这么有能量，找份事少钱多离家近的活，应该也不难吧。

她刚想开口，缪琪老公开口了，说："她毕业的院校太差了，现在工作资历又浅，跳槽还不如这一份。"

陆是实话实说，但瞬间把桌上一半人都得罪了。两个女生的脸色都不太好看，只有小宋努力给大家挽了挽尊："现在工作是很难找，我硕士毕业，也就月薪六千。"

陆奇怪地看了小宋一眼，看不懂他为什么这么松弛。

文敏意识到，陆士衡就像一名六边形战士，每个维度都挑不出毛病，要学历有学历，要家世有家世，要成绩有成绩，所以他说的每一句话，都像在给别人判刑。

她搞不懂，缪琪怎么会跟这样的男人在一起？

陆很有用，可是人也不能光为了有用活着啊。

等她听说缪琪离婚了，由衷为她松了一口气，这样的男人，这样的家庭，条件再好，也是一种折磨吧。

这顿饭吃到最后，小宋借着上洗手间的机会，把单买了。这就是小宋，明明是一桌人里工资最少的一个，但他还是觉得，买个单有什么，大家开心就可以。

过去的小宋挺好的，谦卑，温顺，包容度极高。现在的小宋，看不懂他这到底是人的劣根性还是在进行机智的报复……

文敏因为小宋那句"辛苦一天，想回家吃碗热汤面"，气得想离家出走。

但想到当年她命令小宋在家闲着不如去开快车,又来回思忖,到底两个人谁更过分一点。

按照目前她白天黑夜都闲着无聊的状态,或许她的确应该去干家政?这么说起来,她应该给他煮一碗面?这并非一个气人的要求?

不,凭什么?她可是赚了很多钱的女人,这些钱变成了房子、车子,以一切有形资产的形式,环绕在他们生活的周围。你好歹跟我赚得一样多,才能跟我平起平坐吧?

洗完澡出来,她发现小宋斜靠在沙发上,累得睡着了。

他的手机就这么放在茶几上,像一个潘多拉的魔盒,让文敏径直走向它,打开它,翻动它。

偷偷查看男人的手机,这件事文敏以前绝不屑于做。如果男人有秘密,那就让他和他的秘密一起消失好了。男人而已啊,对文敏来说,他只负责让她的世界更美好,让她的每一个指令都能落到实处,让她的每一个关于家庭的想法都有可执行人。

如果他让她的世界变糟糕,那就毫不犹豫扔出去。

现在事情变得复杂了,小宋的手机密码没有变。但是微信联系人里,有一条让文敏觉得触目惊心,上面写着:师兄,晚安哦。

她点开了这条小宋还没来得及回的消息,发现这好像是小宋的一个同事,还是同一个大学的校友,所以女的称呼他,师兄。

啧啧,师兄。

她快速滑动着来自师妹的信息,里面大部分关于工作:师兄那个 report(报告)你帮我 renew(更新)一下行不行呢?今天下午的 meeting summary(会议纪要)我发到群里咯,公司 team building(团队建设)不去会不会不好哇?

文敏看着每句话后面的语气词,再次感到了一阵不适,这是在撒娇,还是搞什么东西?

她和小宋之间的微信对话就像两个直男:"你回来没?""今天几点下班?""出门的时候记得把垃圾带走。"实际上,虽然结婚多年,文敏还是觉得老公这个称呼有点喊不出口,在卧室里还可以,出了房门,她习惯叫他大名:宋易。

"宋易,你过来一下。""宋易,你怎么回事,今年物业费是不是忘了交?"有时候,她还喊他:"喂。"

"喂,帮我拿一下。""喂,帮我做一下……"

文敏点进这个女孩的头像和朋友圈,想看看师妹真面目。头像是一张卡通头像,朋友圈三天可见,有周末的美食,以及一个美丽的背影。

她胡乱翻了翻手机里别的内容,之后把手机放在同样的位置,假装没被动过。

莫名想起小时候的一件事,那次她父亲带她去朋友家玩,她记得就跟所有家庭一样,阿姨在厨房忙着做饭,叔叔在外面一边喝茶一边聊天。吃饭的时候,她父亲忽然说了一句米饭上有根头发,那位叔叔有点不悦,跟老婆说:"你怎么回事,米饭上有根长头发你看不见啊?"

文敏记得当时她爸飞快地打了圆场,说:"一根头发算什么,难免的、难免的,自己做顿饭不容易的,我老婆做不出来呢。"

现在文敏的眼睛里就有了根头发,就像在巴黎酒店里看到的那样,到底应该装不知道,还是像缪琪前夫那样,有准备有素质地闹一场?

她拍了两下小宋,想提醒他,别在这里睡。

小宋看她一眼,又闭上了眼睛,还下了一个命令:"你去帮我拿条毯子好不好?我睡一会等下就起来。"

他说这句话不带半点感情,就像在差遣一个女佣。

这句话文敏觉得自己说可以,小宋这么说,那就等于要造反了。

她把他一个人留在客厅,气呼呼回了房间,冻死你吧,懒得理你。

文敏躺在床上,想到自己像个小女人一样惺惺作态,觉得很没劲。女人为什么要在儿女情长上浪费这么多时间?离谱,没意思,可是却又控制不住。

她觉得自己大的一面在慢慢收起来,小的一面则铺得越来越大。

半夜的时候,小宋上床了,躺在她身边迷迷糊糊说了句:"老婆,你怎么不叫我?我睡得好像感冒了。"

他抱着她,像往常一样,很快又打起了鼾声。

文敏想到很久很久以前,她决定要跟小宋结婚的那一刻。那时小宋还在读研究生,晚上她下班的时候,他开着小电驴来接她。

她的大帆布包里有20万现金,要先去ATM机里存掉这些钱。文敏给小宋看了下袋子里的现金,小宋吃惊地看着她,然后无怨无悔地在秋风里开着电驴,一路载着她去。

她在后座背着那20万,用手紧紧抓住小宋的腰,想象他们是一对末日逃亡的情侣。

存完钱后,小宋问文敏想吃什么?文敏说,去吃牛肉粉丝汤。

他们在大学城手牵着手,走进那间热气腾腾的小馆子。老板娘麻利地擦着桌子,问他们要点什么。两碗十块钱的牛肉粉丝汤,二两锅贴,就是他俩的晚餐。

小宋吃到一半,拿起纸巾给文敏擦了擦嘴,说:你是我见过最朴素的百万富翁。

结账的时候,小宋买了单。文敏说,我买吧,你一个月才1500块生活费。

小宋咧嘴一笑:"等我的花完了再用你的。"

他一贯如此,不管是刚认识文敏的时候,还是知道文敏赚很多的时候,小宋从不鸡贼,从未想过要占任何人的便宜。

在黑夜中,他载着她回家,他俩就像宇宙中最快乐的两个人。

有爱,有钱,有梦想,有未来。

她想到这些多年前的幸福,转身抱住了小宋。

做一个男人的附庸,也没那么容易呵

　　文敏摸出大衣里的润唇膏,涂了涂嘴唇。她站在九号线站台上,等待着进城的地铁。看到"师兄晚安"消息后的次日,她选择赶紧把话摊个明白。

　　谈话单刀直入:"不好意思,昨晚看了下你手机,为什么你同事要跟你说晚安?我觉得这不太正常。"

　　小宋看起来有点茫然:"那人家要说晚安我有什么办法?我总不能跟她说,对不起,我老婆不喜欢你这样。"

　　文敏觉得这一切确实不公平,在她奋力赚钱的这些年,她根本无暇他顾,哪里有空分泌荷尔蒙?

　　天天早上醒过来忙着回复手机消息,忙着去公司,忙着琢磨怎么找人,怎么找场地,怎么调价格……店长要离职了怎么办?同行背地搞事怎么办?她有一万件事情要忙,只恨自己没有一百个分身。

　　在文敏事业繁忙的时候,每天起床,她如同灭绝师太一般,手持一柄长剑,身手利落人挡杀人,佛挡杀佛。办公室恋情,那是多么吃饱了撑的事情……

　　暧昧,除非是闲得没事做,上班只用来打发时间的人才会做的事吧。

　　可男人好像就不一样,电视剧里每一个发达的男人,管他高矮胖瘦长什么模样,都要有一个或者若干个红颜知己。

文敏想到国产剧里那些给老男人出轨专用的女秘书,忍不住做出一个干呕的表情。

小宋看她满脸不乐意,说:"周五我们部门有聚餐,你要不要一起来?"

文敏:"这不合适吧,你们同事吃饭,叫我干吗呢?"

"这有什么?只是吃个饭而已。"只是吃个饭而已,她就觉得没什么好推辞了。

在吃饭之前,她在奢侈品云集的港汇商场逛了一会。

她不怎么来市区,但每次过来,都有新的震撼。闲来无事,她也会看看社交媒体,敏锐地发现这上面没钱的女人最大的烦恼是婆媳矛盾,有钱女人最大的矛盾是和奢侈品专柜售货员之间的矛盾。

剧情总是这样,一个女人进专柜买东西,受到了售货员的冷遇,她来买东西,售货员竟然神情冷淡,毫无热情,不管她提出要看什么都找借口说没有,好不容易挑了点东西结账走人也没送到门口。

让她大为不满,呸,一个售货员还以为自己是什么玩意?底下评论都会鼓励她,去退货,去投诉,让这个售货员干不下去。

当然,还有很多文章阐述自己是如何讨好售货员,和售货员搞好关系,从而买到那只人人艳羡的名牌包,走上人生巅峰的。

这走向像极了以前的婆媳矛盾,让文敏猜不透,为什么这些女人这么需要一个精神上的婆婆?

她的眼前不停走过背着名牌包、手里提着大牌手袋的各种女人,年纪不一,样貌不一,每一个看起来都是那么富有,那么滋润。

这些女人就像这个城市食物链顶端的女人一样,在商场里飞扬跋扈地走过。

文敏没有带包,她两手空空慢悠悠地走在商场里,想到曾经在一本书上看过花瓶妻的定义。大意是说，富人妻子要孜孜不倦地花钱美容，保养健身，不停努力让自己的美貌维持在上等水平，只有这样，才是衡量丈夫身份地位的指标。

她们的美丽和奢侈品，都是让男人证实一点：我是一个成功男性，所以能给予老婆这样华贵的生活。

她以前跟小宋开玩笑，说："你看，我作为一个有钱女人，还是比有钱男人强多了吧，我都没有要求你必须有八块腹肌，也不要求你身材有多棒。"

小宋说："你可以要求啊，这些都是好事，你为什么不要求？快帮我把健身房年卡开起来。"

文敏想想，也就算了，比起去健身房健身，她还是觉得开快车以及在家劳动，更像一个正经男人。

她的用人宗旨从职场到家庭都贯彻始终，实用主义，以及绝不能让人闲着。

富有让她就像这段夫妻关系里的甲方，可以随心所欲提各种任性的要求。

而小宋一直像一个委曲求全配合度极高的乙方，无条件满足着自己。

在那些日子，她从不怀疑小宋对自己的爱，金钱关系还不够牢固吗？现在却连"师兄晚安"四个字，都值得她从松江跑来市区一趟。

哦，不过她也没什么别的事情好做。

她的职业生涯有点特殊，一出道即是巅峰，现在要从巅峰上下来，显得没那么容易。

吃饭的地方是一家湘菜馆，文敏进去的时候想，今天就试试做一个乙方一样的妻子吧，毕竟将来可能要仰仗小宋生活。就当小宋是甲方，来试试无条件满足一下。

她看到一桌人里，小宋站起来招呼了一下她。文敏从人群中穿过去，径直走到小宋那桌，她想着，来吧，做一个温柔的、懂得适当微笑的女人。

这类女人的秘诀是话少，矜持，常常用一种迷恋的眼神望向自己的老公，好像他是她在人间的神。

她以前无论如何都想不通，在 21 世纪，怎么会有这样盲目爱着男人的女人？同学里她还真认识这么一对，一个夸夸其谈的男人和一个全程看她老公说话的女人。

也是很神奇，所有同学都知道这男人风流成性，在外面就像一只行走的生殖器，只有他老婆蒙在鼓里。现在想想，或许跟她一样，也是形势所迫，没办法？

婚姻美满如同奢侈品包包一样，都是为了体现一个女人的体面。

她坐到小宋旁边，朝桌上的每一个人微笑。小宋简单介绍了下桌上每一个人的大名。以一个女人的直觉，她知道那个说"师兄晚安"的女同事，应该是坐她旁边那个，一个笑眯眯的年轻女孩，看起来人畜无害，表情温婉，她说："叫我艾米丽好了。"

在座没一个人像坏人，每个人，包括文敏，都散发出一种滥好人的高尚气质。他们谦逊，和蔼，随时照顾着别人的需要。每一道菜上来，都有人说，吃吃吃，女孩子先动手，不要饿着。

刚开始的话题同样温和，说天气，说堵车，都是新上海人，说说来上海的不适应，这都是大众话题。等到一道香辣虾上来，旁边的艾米丽招呼她说："试试这个虾吧，是这家的特色菜，我最喜欢吃了。"

文敏略略感到有点不适，这简单的一句话里好像带了两个信息，这家餐馆他们经常来，那么小宋也是常客？她事先已经知道请客的是小宋，才放心过来，你招待我，那意思你跟我老公才是主人？这大概就像坐进丈夫的车，发现副驾驶坐的是女同事吧。

文敏把桌上的转盘转向艾米丽，说："没事，你喜欢吃，多吃一点。"

艾米丽继续谦让："没事没事，你住松江，也是好不容易过来一次。"

小宋呵呵一笑，说："我每天往返。"

一桌人顺理成章谈起了房子，有人略显夸张地问小宋："你们怎么会把房子买在松江？哪一年买的？"小宋解释，是老婆要买。

那个人满脸惋惜说："当时要是买市区，起码多涨几百万吧。"

文敏的不适和尴尬又升了一级，什么意思，是说她做了个错误的决定？说她目光短浅鼠目寸光，不如在座诸位英明果断？

然而饭局就是这么一个场景，对话在密集地发生，每个人都从刚开始的老好人，变得逐步冒犯。

可能因为一张桌子吃过饭，某种意义上已经变熟了，可以进入挑肥拣瘦的流程。

那个讨厌的男人忽然转向文敏旁边的女同事说："艾米丽，你那房子位置不错吧，是不是在徐汇滨江那边？"女孩保持谦逊，说房子是她爸妈为了她上班方便买的，很小，没什么的。

一群人啧啧起来，刚上班就有房子了，这就是赢在起跑线的人。

她想到小宋曾经跟她说过，在外企最忌讳打听同事的收入，这是绝对不能说的隐私。

文敏着实想不通，这些人万把块的月薪不能说，为什么可以把房子这种成百上千万的资产挂在嘴边？最好连平方数带售价通通写在脑门上。

当若有似无的打探告一段落，每个人的资产基本变成了一种无形标签。

文敏觉得很有意思，这里面嗓门最大的那个男人，偏偏在上海没有房。

他正在说，公司里的清洁工阿姨，嘉定拆迁户呀，领 2590 块的基本工资，手里有五套房子。

"搞得好像我们给她打工一样。"

来上海久了，就有种上海滩人人不简单的感觉。有钱人多得要命，每当你有点飘起来的时候，猛的一记会被人打醒：这点钞票算什么？这点房子算什么？

文敏听着听着觉得没劲，就开始专心吃起菜来。这种上海话叫做豁胖[1]的环节，她做生意的时候经常碰到，以前要笑脸陪着，听得多了，也能拿捏出大概的几斤几两。现在不是自己主场，脸可以稍微挂下来点。

她夹了一只虾，又有点后悔，吃虾很麻烦，趁着众人不注意，她把虾放到小宋骨碟上。小宋心领神会，剥好虾又放到她碗里。

这个情节，正好被艾米丽看到了，她在旁边略微夸张地叫了下，说："师兄对老婆真好。"

文敏听着师兄二字略显刺耳，也就不再客气："这不是应该的吗？"

不是男人对老婆好应该，是用得着的地方使劲用，没什么好客气的，都是自己人。

她吃着虾，觉得"师兄晚安"这件事可以过去了。你想怎样就怎样，随便吧。

女人最大的一个缺点，就是在没发生的事情上，浪费了太多心思。什么未雨绸缪什么防患于未然，那都是吃饱了撑的除了当老婆没别的事情做的女人干的。

当她埋头吃虾时，听到艾米丽问她："姐姐，你在哪里工作？"

"最近没有工作，待在家里。"

---

[1] 上海方言：吹牛。

那个男人又插进来："太开心了吧，我的理想就是不工作。"

然后全桌人除了小宋和文敏都附和起来，说对的对的，平生最想要的就是退休不工作。

有人说想回老家开个餐厅，有人说开餐厅太辛苦，开花店比较好。总之，怎么都比现在996的生活好。

文敏心想，那还是大城市比较好，一想到回老家浑身都紧张，老家人看到她和小宋结婚几年没生小孩，肯定每天都要念，为什么？有什么问题？男的问题还是女的问题？

她在老家碰到每一个熟人，都要解释她做每一件事的动机。解释得多了，人难免对自己不自信。只有回到大城市，文敏才能找到熟悉的松懈感，她无须解释。

她耳边，一群外企精英，在湘菜馆的饭桌上，正在大谈如果回乡搞建设，画着那毫无边际的大饼。

她看了一眼那个谈兴最浓的男同事，正在说着回老家靠他爸的关系，可以如何平蹚各部门，什么事都搞得定，哪里都是他家的关系网络……

忽然间，她明白了。哦，这个男人在求偶，他在展现自己的羽毛，正企图把羽毛刷得又整齐又漂亮。再加上他总是时不时点到艾米丽，文敏就明白了几分。

大概是艾米丽实在听不下去男同事的吹水内容，她问文敏，之前做什么？文敏说："我做教培的。"

"啊，那不是不能做了？"艾米丽多少有点目瞪口呆。

她也早有粉饰太平的答案："是呀，所以在考虑转型。"

小宋这时插上来说："幸亏她不做了，她再做下去，我就要回家给她打工了。"

小宋跟寻常男人一样，有炫耀老婆的机会，从来不放过。他小宋娶的可不是普通女人，巅峰时期，文敏开了五家分店，每个大学城都有分店。

哇，餐桌上的人看文敏的眼神，终于不一样起来。文敏摆摆手："没有没有，他瞎吹的，我有合伙人的。"

正确答案其实是六家分店，但没什么所谓，她并没有纠正小宋。

饭局结束后两人手拉手去赶末班地铁，文敏问："你说幸亏我不上班了，是什么意思？"

小宋丈二和尚摸不着头脑："什么什么意思？"

"你说幸亏，好像你其实不打算让我做大做强一样。"

"哎呀，你没做大做强又不是我从中作梗，你做大做强的时候我为你高兴，愿意给你打下手，我做大做强，你就不高兴了？"

文敏不说话。

小宋站在站台上，没心没肺地说："现在这样不是挺好吗？"

"那生完小孩怎么办？本来说好是你带，现在意思就是我带了？"

"雇月嫂带啊，可以花钱的事，为什么要让自己痛苦？"

文敏怅然叹了口气："你要走成功男士路线，就该找个温柔顾家的乖乖女，家里有点钱，没什么事业心，在事业单位有份旱涝保收的工作，一心帮你生儿育女，对吧。你现在相当于，要让我这匹野马回家当贤妻良母，我觉得不合适。"

小宋还是觉得费解："我也没叫你回家干活啊。"

"怎么没有，上次你不是说干了一天活，回家想吃碗热汤面，什么意思，就是想让我在家给你煮面条？"

"行行行，你一辈子不做饭。那你意思就是，我忙了一天，还要回家给你煮饭是不是？"

地铁来了，两人都不说话了，一路各看各的手机，像一对名正言顺结婚多年的夫妇。

下了地铁，文敏走在前面，小宋走在后面，隔了一会，他终于追上来："好啦，这有什么好生气的，你不喜欢听，我以后就不说了。我这个人能屈能伸，在哪都能发光发热，不管是家庭妇男，还是外企总监，哪样我都能做好。"

小宋意犹未尽，又补上一句："我们优秀的人，在哪都是一样优秀。"

文敏就很难受了："你能不能等赚得跟我一样多，再这么猖狂啊？"

小宋哈哈大笑："亲爱的老婆，这一天不远了，不过我可不像你，什么都要我来做。到时候我们雇人来洗碗做饭，雇人带小孩，这样总行了吧？"

这大概就是男人和女人的不同，文敏年入百万的时候，觉得没必要请阿姨，家里又没什么活，找个人走来走去有点碍眼，她和小宋回家的时候也不固定，浪费这个钱干吗？她对花钱没什么兴趣爱好，一心都扑在赚钱上。轮到小宋，就赚这么点，已经想着要换个活法，想着要痛快享受，想着今朝有酒今朝醉……

小宋也纳闷一件事，不管他如何真诚，如何讨好，文敏从来没有百分百相信过他。

其实这倒不能怪罪文敏，对男人是否信任，很多时候都跟她的父亲有关。

而文敏正拥有一位浮夸的父亲，她母亲在这天晚上告诉她："你爸要买房子了，你要不要回来一趟？"

"给谁买？"

"给家里买嘛，你爸说要买一套住到老的房子。"

文敏本来觉得没什么，听到电话里，她妈说，那是一套500平方米的别墅。

"好，我明天就买票回来。"

这个男人什么都有，唯独没有……

必须承认，这是缪琪看过品相最好的一套房子，不，一个相亲对象。男，35 岁，离异无孩，名下有房一套。

按照二手房的标准，属于建筑建成年代不长，面积尚可，走进去第一印象，至少可以想象在这套房子里生活的模样。

男人穿一件浅色棉服，里面是一件白色帽衫。在他之前出现过的相亲男，穿的都是一团抹布一般的浑浊颜色，黑色或者深灰外套，说不出颜色的内衬，深咖啡色裤子，就像中年男人的保护壳一样，让缪琪觉得人生一片晦暗。

她应该好好谈谈，看看两人有没有交往意向。但前一天发生的事情冲击实在太大，搞得缪琪屡屡走神。

缪琪有一台旧 iPad，那原本是前夫送的礼物。她在这次看似体面无比的婚姻里，其实并没收获多少，因为种种原因没办婚礼，订婚戒指在离婚时被婆婆回收了。房子车子都是对方婚前持有的财产，跟她无关。

陆士衡是个很奇怪的人，他自己在吃的用的上面并不怎么讲究，平常也没什么兴趣爱好。

你说他对缪琪好吧，唯一阔绰的手笔是那只 20 万的钻戒。你说他对她差吧，每年电子产品上市，都会换手机换平板给缪琪。在他的许可范围内，他给缪琪开了最高权限。这台 iPad 有次她带回娘家，忘了带走，也就一直没带走。

那时他们感情还很好，她说回去拿吧，他说不用了，给你买好新的了。

后来睹物思人，一直没打开。

最近她才想起来，留着干吗，不如把资料清空了折价卖掉。

打开里面的邮箱，发现并不是她自己的，那是前夫的邮箱。

感情好的时候，什么都能共享，感情变差了，才开始遮遮掩掩。

缪琪没想到这邮箱还能打开，她以为会需要个验证码什么的。

再说陆士衡能有什么秘密？两人很久没有联络，她出于好奇，点了进去，翻阅着那些林林总总的工作邮件，看得出来，他工作还是那么忙。

陆士衡有两三个邮箱，这个邮箱只是应对一般的工作往来。第二页，她看到一封某著名私立医院的账单，往上翻，还有一封邮件，带着检查报告的附件。缪琪点开后，看着里面一堆 pr、np、im 等专业名词，拉到下面，还有精子活动率、精子浓度、前向运动率、总精子数等等，在是否正常这一栏，全部标注了 n。

即便她再没有医学常识，也看得出来，这张报告说明什么，说明陆士衡的精子毫无作用，这才是结婚三年多没生小孩的真正原因，跟她毫无关系。

她那些委屈和辛苦，都被骗了。

无论如何，她都想不通，前夫是怎么搞到一张正常报告单给她看的，又是出于什么目的，隐瞒她这些。

是你生不出小孩，关我什么事啊？她差点都要去做试管婴儿了，陆竟然一点反应没有。

盛怒之中,她拨通了前夫电话:"陆士衡,报告我看到了,你少精弱精,为什么不敢跟我说?"

那边沉默了一会,来了一句:"不管我是不是少精弱精,我们的结局都不会变,我又何必告诉你呢?"

缪琪大怒:"你的问题,你才是这段婚姻失败的原因,为什么要赖在我头上?"

又是长达数秒的沉默,陆开口了:"琪琪,其实我后来做了显微取精,我这种情况,就算做试管也不会有小孩,除非你愿意用别人的精子。我们……我们何必吃这种苦呢?我知道你喜欢小孩,你会找到自己的幸福的。"

缪琪简直莫名其妙,她在电话里尖叫道:"陆士衡!为了你的面子,我什么面子都没了,我凭什么?"

"琪琪,这件事,能不能不让我妈知道?"

她恍然大悟:"这么说,你是为了不让你妈知道这件事,才跟我离婚的是不是?"

"我不知道该怎么说,我知道我对不起你,亏欠你很多,我家的情况你也知道,就算想给你钱,我妈是绝不会同意的,她这个人很顽固,一直钻着死脑筋,怕你占了我们家便宜。不过,你等我想想办法,我会给你的。"

缪琪挂了电话,觉得自己几年的青春,好像被狗吃了。

前夫说的的确没错,结局不会变,现在牺牲她一个,他们全家依然过着幸福宁静的生活。再说他没办法生小孩,离婚也确实是必然的事。

回到相亲现场,看着眼前这个男人,他看起来温文儒雅,跟缪琪坐在一起,两人郎才女貌,适配度很高。

可是她对他的工作、工资、房、车,都显得很漫不经心。没有人会比她的前夫硬件条件更好了,那又怎么样,他什么都有,却没有精子。

寒暄几句过后,缪琪开诚布公说,自己离婚的原因是婆媳不和。

男人很奇怪,说:"你不是本地人吗?上海也能有婆媳矛盾?大家不是都保持社交距离的吗?"

缪琪心想,你叫我从哪里给你讲起呢?从门不当户不对开始讲,还是从婆婆一直不遗余力搞破坏开始讲?要不直入主题从因为没怀孕被婆婆人格侮辱开始讲?她讲不出来,只好浅浅说道:"一句两句说不清楚。你呢,为什么离婚?"

男人说:"我老婆,不、不,不好意思啊,我前妻是丁克。我对不生小孩没什么意见,现在生孩子要考虑的实在太多了。生小孩要考虑买学区房,一个孩子生下来,女人受罪,男人受穷,要花那么多钱。真的不是一笔小数目,可以说,大部分人活着就是为了孩子。我是不愿意过这种人生的。"

"那你们还有什么冲突?"

"她不仅觉得孩子是累赘,觉得我也是累赘了。"

缪琪笑了,离婚的女人分为两种,一种是王者,一种是败犬。

王者是随心所欲把男人踩在脚下,败犬是被男人吃干抹净一脚踢出门。性格懦弱,不敢反抗,不敢争取,都是她把日子过成这副模样的原因。

下一次呢?她不知道。

文敏有句话说得好,缪琪啊,你这种性格,只能靠运气了,运气好你就过得好,运气不好你还是那个被人扼住喉咙的人。

这一天缪琪的运气注定不好。

她笑呵呵拿起温热的咖啡喝了一口,看到咖啡馆门口走进来一个身影,那身影越逼近越熟悉。

穿着入时，贵气逼人，戴着一顶贝雷帽，穿着一身羊绒大衣，一只手上提着一只香奈儿包包，正是她的前婆婆吴琴。她看着她走到自己跟前，还是原来那副用下巴看人的姿势，盛气凌人，无比骄傲，就像自己刚从大理石砖面踩进猪圈一样，带着三分厌恶七分戾气。

吴琴不请自来，把包往台子上一放，顺势坐在第三张椅子上。她压根没看男人一眼，火力直攻缪琪："你现在本事大了，双线并进，又打电话给我儿子要复婚，又在外面不三不四，士衡还说要给你笔钱，你怎么有脸问他要？你这种出身的乡下人，打什么算盘我不要太清楚，我警告你，复婚是绝对不可能的。我儿子我也不会让他来见你的，你死了这条心。"

缪琪一脸错愕，感到万分离谱，她甚至张口结舌，不知道该从哪里说起。

吴琴转头跟相亲男人说："你知道吧，她妈是扫马路的，这种出身的人，就是骗骗我儿子这种憨儿子。什么素质，有点廉耻就不会做出这种事情，真是晦气，松江这地方，我这辈子不想多来一次……"

话音未落，缪琪手里的咖啡已经泼了吴琴一头一脸，那是一杯拿铁，乳黄色的液体洒得到处都是，周围本来喧闹的咖啡馆忽然没了声音。

此时缪琪多希望自己是个泼妇，可以上去扯着前婆婆一丝不乱的头发打上一架。在吴琴哇哇乱叫，男人瞠目结舌，围观群众屏气凝神看热闹时，她站起来疾步走出去，发誓这辈子再也不会来这家咖啡馆。

但她的坏运气还没结束，她走出咖啡馆时，里面有个小孩也跟着走了出来。

"缪老师！"

缪琪回头一看，正是来画室上课的学生王小川，她心情再次掉入冰窟，不知道小孩看到了没，也不知道该怎么跟小孩解释，要命的是，后面还跟着一个大人，并不是王小川的爸爸，是另一个女人。

急步往画室方向走时，王小川天真无邪跟了上来，一个多小时后有一堂下午 4 点半的课，他来早了，大概在咖啡馆里打发时间，就是那么凑巧，又是那么合乎情理。

她到底为什么要选一家该死的谁都会来的星巴克跟人相亲啊？

后面那个女人也跟了上来，牵住小川的手，跟缪琪打招呼："老师不好意思，想叫住小孩，他非要跟上来。"缪琪真想就地消失。

她感觉忽然间自己的伤疤被血淋淋揭开给了所有人看，她除了捂住那个伤口，甚至没资格喊疼。

小川拉住她的手，诚恳明媚地请求道："缪老师，我可以去画室吗？"

小孩天真无邪，还没学会使用世俗的眼光，可是大人会怎么想呢？王小川的妈妈会跟别的家长讨论她吗？你们知道不？在咖啡馆看到缪老师跟人吵起来，那人说缪老师骗她儿子什么的……

缪琪一边低头往前走，一边看了眼旁边的王小川妈妈。这时小川松开手，往前面一块花坛跑去，中年女人看了看缪琪，表忠心一般说："缪老师你放心，今天的事我不会说给别人听的。"

品珍确实是一名环卫工人，就连这份工作，也是托人才找到的。

40 多岁时品珍工作的食品厂倒闭，员工必须自谋生路。她找了好几份活，都干不长久，没办法缴五险一金。虽然手里有着拆迁房租金，品珍还是选择进入扫马路的行列。

一是她不能闲着，又不用带小孩。二是她退休的时候，好歹有一份退休金。像品珍这样的郊区大妈，是绝对不会像市区大妈一样，裹着丝巾到处拍照喝咖啡的，她没有那份退休金。

在缪琪结婚的时候，陆士衡家里因为这一点差点闹翻了。陆一定要结，父亲倒还好，他爸是典型的上海男人，万事都听老婆的。母亲无论如何不同意，凭什么，自己花了这么多心血栽培起来的儿子，买了这么贵的房子，就是为了找你们这种乡下人吗？

吴琴放话说："你们结婚，那我以后还有什么脸面出去吃饭？！"

后来还是结了，这种结婚，缪琪当时觉得是真爱，现在想想，可能是陆抵抗吴琴霸权统治的唯一反抗。

从小到大什么事都是亲妈说了算，就结婚想自己说了算，行不行？吴琴气到胸口隐隐作痛，身边亲戚朋友都劝："算了，小孩喜欢最重要，你家士衡已经很好了。"

吴琴想不通，这么优秀的儿子，婚姻怎么可以成为短板呢？市面上那么多好人家的女儿，他为什么偏偏要找一个环卫工人的女儿？

品珍平常在乡下伶牙俐齿，什么都敢说什么都敢做，靠自己双手吃饭，为什么矮你一截？

等女儿真的嫁人，她发现每次亲家在场，自己的的确确好像矮了一截，不敢说什么。人家是见过大世面的人，她们家除了女儿长得漂亮，还有什么底牌？然而这张底牌又是随着年龄增长逐渐失去价值的，如果有个孩子的话，也不至于到这一步吧？

品珍每每在女儿的房间里，都不可避免望向对面的屋檐，像一把刀直刺心脏，不吉利，真是不吉利。

当初看房子的时候只认准前面地方开阔，谁能想到这个呢？

她脑子里还是老观念，不管现在网上多么鼓吹不婚不育，品珍都是想：夫妻俩没有自己的小孩，怎么能拧成一根绳子？时间长了只会越走越远。

这样的话，在缪琪还结婚的时候，她不知道说过多少遍，谁叫她不听，如果刚结婚就要小孩，也不至于后来这么难吧。

品珍想着想着，天渐渐黑了，冬天太阳落得快，她该烧饭了。有时她甚至有种幻觉，这种一家三口的生活，让她想到女儿还在上高中的时候，每天晚上也是九十点钟才回家，匆匆吃一点。当时她极度忧心女儿能不能考上大学，愁肠百结，没想到女儿30岁时，会成为一个婚姻失败的人。

还不如那个时候呢。

缪琪坐在画室里，她刚上完一节画画课，过一个小时还有一节。

小朋友们陆续被领走，她的招牌笑容还凝固在脸上，直到王小川的妈妈凑上来："缪老师……"

"您说。"

缪琪尽量让自己显得礼貌，专业。

"嗯，不好意思啊，不要觉得我八卦，缪老师下午是在相亲？"

缪琪心想，你这叫不八卦吗？她"嗯"了一声。

"那个女的是你前男友的妈？不是对面那个男人的妈吧？"

"是我前夫的妈。"

"噢，是这样。"

她知道有些家长不喜欢离过婚的老师，但看小川妈妈不善罢甘休的劲头，与其无端猜测，还不如当事人说个清楚明白，至于你要怎么想，也由不得她了。

中年女人好像想活泼一下凝固的场面，笑嘻嘻跟缪老师说："原来是这样，缪老师，我也离婚了。"

眼前的中年女人，显然比缪琪要大上许多，她大概有40岁，一头卷发，穿着一件略旧的长风衣、牛仔裤和匡威鞋，不是那种保养极好的。

缪琪搞不懂，王小川还没走，正在角落里画着什么："您是说，

059

和王小川的爸爸离婚了?"

"对呀。"女人毫不避讳,"离婚又不是什么丢脸的事咯,按照我们中国女人吃苦耐劳的个性,能选离婚那肯定大部分都是男人的错,对吧。"她滔滔不绝说下去,"缪老师,我就搞不明白,你这么年轻漂亮,怎么又在咖啡馆里相亲呢?都这样了,你怎么还想结婚啊?你别怪我说话直截啊,我真的是看不下去,只能问个痛快。"

缪琪仿佛面临灵魂的拷问,为什么呢?为什么刚出狼窝,又要进虎穴?

"因为我还没生小孩。"

"噢,可是你还年轻呀,可以谈恋爱再生吧……"

"不年轻了,31岁了。"

中年女人伸出自己的手:"我叫珊瑚,认识一下吧,缪老师。缪老师啊,既然你想要小孩,你该转变个思路。"

"什么?"

"我在想哈,你都31岁了,相亲的男人只会比你大不会比你小,男人年纪超过35岁,也是毛病一大堆的。"

缪琪非常震惊,面前这位叫珊瑚的大姐,未免也太直截了。

大姐笑了两声说:"哈哈,对不起,我是不是太直截了?我只是想,有些事情没必要想得太困难。对吧?"

珊瑚加了她的微信,缪琪依然懵懂不已。

她跟文敏谈起这惊险刺激的一天,文敏在电话那头说:"可惜我在老家,不然一定陪着你大闹一趟陆家,什么东西,敢这么指点你,哎哟气死我了,缪琪你这就是软柿子任人捏啊!"

文敏可不是这样的人。

人不能沉溺在同一种痛苦里

事情很简单,陆士衡被缪琪挂断电话,这个理科男的良心忽然被撼动了。他知道他的确亏欠了她。

离婚之后,两人从无联络。他想找她,但去她家,她肯定不会见。于是他采取迂回的方式,给前丈人老缪打电话,问能不能见缪琪一面。

老缪告诉他前女婿:"她明天下午估计在大学城星巴克,你去找她好了,态度好一点。"

老缪心想,夫妻吵吵架,也是正常,男人不懂事,也是正常。就算离婚了,到底还是两口子。男人都是要被女人改造的呀,只要没有原则性的错误,谈一谈有什么不好?谈拢了也是功德一件。

老缪对前女婿并没什么不满,他每次来,都带着中华香烟和茅台酒,很大方,很客气。

缪琪去相亲,全家都知道,但是老缪觉得,再相亲,肯定还是原来的好,对吧,在咖啡馆见一面,没准就和好了呢?他也没想到,陆根本就没有来松江大学城的机会。

吴琴在儿子门外,听到陆讲电话,讲到"松江"二字,她以为是缪琪打来的电话,她恨不得当场就冲进去,怒斥一声:"你想都不要想！"

吴琴已经受够了，儿子离婚的时候她开心得想要放鞭炮庆祝，终于摆脱这一家人了。结婚呀，是两个家庭的结合，她为什么要跟这种家庭结合？亲家一个扫马路，一个在厂里烧饭，她怎么说得出口？

好不容易按捺住等儿子打完电话，她立刻冲进去，又哭又闹，说，你绝对不能去，绝对不可以。陆士衡同意了，他的理智再次压倒情感，算了，现在去，又能带来什么？只是他跟他妈说，他还是觉得亏欠太多，想稍微做点补偿。

吴琴非常难受："儿子，你爸妈赚这些钱容易吗？当年我们多么辛苦才有了今天，做外贸我和你爸天天熬夜跟人家厂商对接，早上还要送你上学，你知道我们有多苦伐？不容易的。"

陆士衡："妈，我想用自己的钱。"

"你欠她什么了？你赚钱容易吗？也是天天加班的辛苦钱，士衡，我们这种家境，如果好好经营，完全可以有一个很舒服的未来。但像你这么任性，一不小心，就掉下去了。"

儿子没再说话，吴琴为了巩固战果，亲自出马去了趟松江。

缪琪的眼泪，是回家再掉下来的。等品珍知道是老缪干的好事，立刻大骂特骂："老畜生，你女儿就算一辈子不嫁人，都不会跟他们家复婚了。你怎么这么傻，这点道理都不懂？人家送你点香烟老酒，你就要一辈子为他说话啦？这辈子就差这点香烟老酒？⋯⋯"

在缪琪小时候，家里的吵闹声可以说一直相伴她左右，好像她就是在那个时候喜欢上画画的。家里好像在刮暴风雨，但她能在白纸上，画上一些很美很温馨的东西，老爸老妈笑眯眯坐在丰盛的饭菜两旁啦，拉着她的手一起去逛动物园啦。没有哦，她从小到大从未去过一次西郊动物园。

缪琪注意到，她爸已经从"活狲"变成她妈口中的"老畜生、老棺材"，想到了一句很庸俗的话，时光啊，是怎样偷偷从身边溜走？

可能因为还跟父母一起住，她常常恍然觉得自己还是个小孩，那种下班后回家吃饭的感觉，跟她小时候一模一样。桌上的菜也万年不变，总是那几样家常菜。

结婚的时候，是为了逃避这种生活吧？那时是很开心地去了前夫家里吧？

那只20万的钻戒，就像灰姑娘的水晶鞋一样，让缪琪灰暗的生活忽然闪出了光。

她从小长得五官清秀，身材高挑，不乏追求者。她也谈过一两个男朋友，大学的时候，谈了一个本地男朋友，同样是松江人。

男孩邀请她去过一次他家，算起来，也是见家长吧。缪琪去到那个小镇，看到小镇上的商品房，就开始窒息。男友家的厨房几乎跟她家一模一样，连菜色都差不多，红烧肉，红烧鱼，炒上海青，油面筋塞肉。

缪琪象征性吃了几筷子，发誓绝对不要，绝对不想过这种日子。

陆士衡让她没有半点犹豫，他带她去他的母校，著名学府，散发着精英气息。他小时候生活的街道，两边梧桐树林立，现在已经是网红马路。前夫的出生环境，对缪琪来说，就是王子的城堡。

虽然结婚后，他们既没有住那套四五千万的新里洋房，也没有住大平层。

小夫妻住的是一套中环旁边的两室一厅，吴琴的说法是，洋房的租约还在，再说现在要搬进去，肯定是要装修的。

她原本的意思是，这样的房子装修至少1000万，不是说要女方来装，而是如果女方家境不错，她愿意双赢。可你缪琪怎么可能让吴琴做这种牺牲？门都没有。

一起住，那也不必。不如你们小夫妻自己住吧，看你们的本事。吴琴觉得自己够可以了，这套房子市价也有一千多万，租出去市价至少有一万五，现在白白给你这乡下丫头住，你还想怎么样？

她完全想不通，缪琪哪点好？你说你家里穷，那你倒是努力挣钱呀，你一天到晚云淡风轻穿个皱巴巴的衣服裤子给谁看呀，是在丢谁的脸？

婚礼一直没办，说到婚房，吴琴跟亲家说："房子现在要是装修，至少要通风一年半年，有小孩的话，肯定不合适，对伐？所以我叫他们搬到小套里去，上班方便嘛。"

当老缪说"对对对"的时候，品珍翻了白眼，这种事情早就可以准备好了，除非一开始就没想过。

缪琪在那套两室一厅里自得其乐，她还是第一次独立生活，有了自己的家，虽然房产证上没她名字，她倒也不在乎。第一年，她疯狂买茶具，买餐具，买好看的日式砂锅。对她来说，一天的工作结束后，她最放松的一件事就是回到家里，做做饭，拍拍照。那时她下班不画画，太累了。

结婚第一年，家庭聚会并不多，陆工作越来越忙，他们并不用频繁出现在公婆眼前。到第二年第三年，一些闲言碎语逐渐生起来，她听到婆婆在酒席上跟别人聊天。

人家说："你家这么大房子怎么不给新媳妇住？"

婆婆喷喷嘴："凭啥啦？家里除了拆迁房，什么都拿不出来，我们家赚钱买的房子，她就想平白无故享受起来？做人不要这么不要脸哦。"

有亲戚又凑上来："松江人不是蛮有钞票额么？去农家乐屋里厢房子不要太大哦。"

婆婆又啧啧:"是呀,阿拉儿子憨伐?人家都找有钱人家小姑娘结婚,就他找个么钞票额乡下人,个么就让他们待小房子咯,蛮好了,中环哦,上班20分钟,地铁一部头三站路。伊拉屋里厢到市区一个半小时来,小姑娘精伐?就阿拉腻子是憨度腻子呀。"

这种话,是不会在缪琪面前说的,但是呢,不知为何,又好像丝毫不忌惮被她听到。

我就看不起你了,你能怎么样啦?势利眼是什么?就是知道你穷你没有钱你乡下人,我甚至懒得伪装我们是平等的。

哦,不可以,小姑娘,为了显示我尊贵的地位,我只想用眼角的余光看着你。你可以跟我儿子结婚,但我们永远不可能是平等的。

有时缪琪感觉她婆婆在演《唐顿庄园》,而她显然是那个年轻女佣。当她跟前夫聊到这点时,陆只会说:不要睬她。

然后有一次,她婆婆又在聚会上说起这件事,当然,是趁着她出去上洗手间的时候。

那天缪琪来例假,刚走出房间,想起小包没拿。等她走回门口,听到婆婆正在说她:"别的没什么本事,就每天在家买汏烧[1],真的上海小姑娘,哪里会弄这些啦?她就靠做免费保姆,把我儿子弄得服服帖帖呀。我儿子憨伐啦?家里几千万身家的小姑娘不要,要一个这种女人,钟点工40块一小时,要来干吗?"

缪琪站在门口,面孔煞白。

又听到婆婆讲:"要是生了小孩也就算了,小孩都没有,你说要这种媳妇干吗?"

之后又听到陆士衡的声音:"妈,你不要说了,再说我走了。"

"好好,我不说,吃饭,吃饭。"

---

[1] 上海方言:做家务,尤其是做饭烧菜。

离婚之后，缪琪想了想，她更恨的，还是陆士衡。

他不反抗，他们才会变成这样，相当于缪琪在婚姻中被霸凌，陆即便没有动手，也是帮凶。

她甚至可以理解婆婆的尖酸刻薄，但无法理解前夫的冷漠无情。

幸好一切都过去了，当她走出这段婚姻，觉得无比神清气爽，那些纠结的人和事，忽然一瞬间都不重要了。

不然她总是无数次在为自己的家境、丈夫的不作为、婆婆的猖狂所烦恼。

离婚让她意识到，人可以不那么执着，走出婚姻这个小圈子，眼前皆是海阔天空。

缪琪家里的亲戚，有人讲缪琪不该离婚，婆婆总会一脚去的，到时候房子不都是你们俩的。你想想她死在你前面，是不是可以忍了？再说又不是24小时在一起，比起以前的女人，日子快活多了。

外人只喜欢说风凉话，没人理解她在这段婚姻真正被踩碎的东西，她的自尊就像一块门口的地垫，被别人反复踩踏。她做不到小不忍乱大谋，不过是个普通女人而已，又不是越王夫差卧薪尝胆。

当然这些细枝末节，都没有告诉老缪，老缪只知道女儿跟婆婆不和，但女人们的事，他一个男人知道什么？如果老缪知道，也不会觉得陆士衡还有机会，但凡是个父亲，总要拎起姓陆的衣服，好好教训一顿。

老缪退休后在亲戚开的厂里做烧饭的，2500块一个月。亲戚是远房亲戚，照理来说，要叫老缪一声叔叔。但因为亲戚是老板，所以还是叫老缪。

老缪每天早上7点多去批发市场买菜，一早上洗菜备菜，忙到手脚不停。10点开始烧，有时烧五个，有时烧六个，等到12点，厂里三十多个员工过来吃饭。吃完，老缪收拾收拾，下午2点多回家。

工作不是很辛苦，钱只是象征性的，加上退休金，老缪一个月能拿六七千块。在本地，算马马虎虎，还可以。

有次老缪回来，说亲戚说话了，早上过来一趟厨房，看到老缪把烂土豆扔掉。亲戚说："老缪啊，这是你做得不对了，这么大个土豆，你都要扔，稍微搞一搞，还可以吃呀。"

老缪把土豆拿起来，翻过来给亲戚看，喏，大半个烂掉了。

亲戚这天大概心情不好，上纲上线批评他：老缪，买菜的时候要用心点，不能因为用公司的钱，烂土豆都要随便挑进来。他听了很气，这不是我买的呀，过年的时候你拿了两麻袋过来嘛。

吵是没吵起来，但总是有点不愉快。亲戚经常不知道从哪里搞几批速冻肉回来，有时跟老缪眨眨眼睛，嘱托一句，稍微过期一点，烧一烧还是能吃的。

老缪回来跟老婆孩子说："作孽，这种肉不知道是什么僵尸肉，我一筷子都不敢碰。有时我还要跟厂里年轻人说说来，肉么少吃点，蔬菜都是我买的，新鲜的。人家以为我在帮老板省钱了。"

一家人感慨，亲戚这么有钱了，除了工厂，还有两栋写字楼，一年租金就是几百万。市区的房子要五千万，郊区的别墅也要三四千万，听说一个月光电费要一万块钱。都这么有钱了，还是想方设法在厂里省一点是一点。

缪琪想想，是这样的，她前夫一家人不就这样，只要她能占一毛钱便宜，就是对他们全家的精神侮辱。但又怕爸妈听了难过，只好随便说说："可能就是因为这样，他们才变成有钱人。"

倒是品珍接了一句："就像你前夫他们家咯。"

她又跟她爸说："做得不开心，那就不做了，你缺2500我给你好了。"

067

缪琪心想，她或许可以在周末搞个画画营之类，家长只要愿意，一整个下午都可以把孩子放过来。

老缪咪了一口老酒，说："我闲着也是闲着。"

为了不闲着，老缪跟别人说：想到女儿还没结婚生小孩，只好一直做下去。松江话有一句形容本地人的勤劳俭朴，叫"做一点是一点"。

品珍也打算退休后找一份公司里的保洁继续做，不然只怕会闲出毛病。他们做这些所有的意义，都是为了下一代，为了下一代的下一代。

只要一想到子孙的未来会因为自己的辛苦劳动而变得更美好，本地人就觉得踏实了，有奔头了。

宇宙的意义是什么不重要，但繁衍的意义松江人很明白，繁衍传承，是要靠骨子里的勤劳朴实，才能对得起列祖列宗。

缪琪每每想到这点，就更想生孩子了。

这天她认真考虑起了独自生育的问题，并非不可能。有了小孩，她和爸妈的家就完整了。

她爸妈可以跟小区里所有爷爷奶奶一样带小孩，她现在每个月去掉房租，差不多一万五到两万的收入，也足够养一个孩子了吧？关键问题是时间，虽说她今年只有31岁，可早已意识到生殖并不是一个可以随心所欲的事情。

当然，这种话自己想想就行了，如果跟别人说，人家总会觉得，你图什么呢？没孩子不是一样生活吗？干吗非要有个孩子？一个人就不能过啦？以后都是单身社会。

更有人会语调讥讽，嘲笑她真是个传统女人，还是绕不过生孩子这点事。

手机上发来一条消息，是小川的妈妈，珊瑚。她发出的是一篇小说链接，附言说：可以看看，对你有没有启发。缪琪斜躺在床上，打开那篇小说，心想太奇怪了，这女主人公，仿佛是按照她的样子在写。

里面的女主人公说：临近35岁时，每一次来月经，都比以前反应更加激烈。卵巢好像在以某种方式翻涌着，那颗无用的卵子以一种排山倒海的方式，嘶吼着冲出来，好像在破口大骂，你真没用，喂，到底什么时候才能让我派上用场？

我用热牛奶和甜巧克力安抚它，不是我不想，可是我真的没有碰到合适的人。卵子叫得更厉害了，它歇斯底里地喊道，男人根本不重要，你只是需要一个健康的精子。世界上根本不存在十全十美的配偶，你的生活属于你，不属于他。

我教训卵子，喂，怎么能把我往火坑里推，万一真的是个坑呢。巨大的血块汹涌而来，仿佛在提醒我，没有时间了，倒计时快要用完了。我决定出门碰碰运气，因为真的很想要一个，至少有一个属于我自己的孩子。我可以在这个小小的人类幼崽上，发现属于自己的一些东西。

比如，他会跟我一样，先天平足，不能当专业运动员，跑步会很累。他的耳朵轮廓会有一条奇怪的弧线，注意到的时候就很难忽略。

因为是我的小孩，所以这些缺点就像专属标记一样，看起来是那么可爱。等他长大了抱怨起来的时候，我会告诉他：没事啦，你看，虽然是扁平足，虽然耳朵长得很奇怪，你妈活得也不赖啊。

想拥有一个小孩，就像想去一个更温暖的地方一样，我无法控制这种想法。

缪琪看着看着，眼睛有点湿了，是啊，她想象中美好生活的画面，一定有一个很可爱的小孩，有两只胖乎乎的小手，一个劲地叫着"妈妈妈妈"。

小说接着又写到女主人公如何拒绝了买精子的主意。

"不,一个陌生的精子,代表着一堆陌生的线索。我可不想我的小孩生活在一个谜团里,TA至少要有一个明确的父亲,一个看着不讨厌,身上至少能挑出三个闪光点的男人。"

之后,小说就写到女主人公如何出门旅行,在旅行途中认识了一个平平无奇,原本完全不会注意到的单身异性。

情节稍稍有那么一点庸俗,女主在旅行中掉了钱包,男主给女主救急借了200块钱。

她找到了第一个闪光点,男主乐于助人。

缪琪看到这里忍不住翻了个白眼,200块?200块还能算一个优点?

第二个优点是,当笨手笨脚的服务员打翻了一碗面在男人身上,他没有生气。

第三个优点,话少。

女主说:"话少的男人至少是不好为人师的,果然,他一路没对我进行过任何人生指导。如果你跟我一样35岁,谈过几场恋爱,接触过一些男人,你就知道,这点有多么不容易。"

收集了三个优点的女主,就这样找了一个比她小九岁,又几乎一无所有的男人,终于目的达到,有了一个自己的孩子。

这篇小说的名字叫《一次与未出生孩子有关的旅行》。

缪琪翻到最后,发现作者简介上,赫然显示珊瑚的照片和介绍:

珊瑚,小说家,现居上海,文笔生动流畅,风格生猛活泼,已出版短篇小说集《一个女人的旅行故事》,长篇小说《魔都中年少女》《中年游戏》等等。

哇,是个作家,长这么大,缪琪第一次认识活的作家,跟她想象中完全不同。

她给珊瑚发消息:"这个故事,是真的吗?"

一个女人的反骨是怎么长出来的

文敏每次坐高铁回家,家里人都会来高铁站接。

有时是她妈开一辆雷克萨斯,有时是她爸开宝马 X5,有时文敏打开车门,发现全家人都坐在车上,爸妈还有小她 7 岁的弟弟文杰。一家人坐在车里喜气洋洋看着她,在这种时刻,任何外人都会说上一句:哦,你们家真幸福。

起码小宋跟着文敏回家时,就发出过这样的感慨,他说:"你在家是大姐大待遇啊,全家人都来接你。"

文敏觉得小宋傻极了,她有一个比她小 7 岁的弟弟,那可是 20 世纪 90 年代,超生要巨额罚款还要没工作的年代。

这意味着她家就是典型重男轻女的家庭。

她对小时候的记忆是这样的,在上小学之前,她跟那个年代的独生女差不多,享受爸妈百分百的关注和宠爱。上幼儿园的时候爸妈带她一起去上海逛东方明珠,去老城隍庙吃小笼包,一家人在外滩合影留念,当然,还要吃一顿肯德基。

回了家的文敏拿着那时肯德基的海洋公园贴纸,骄傲得像个公主。每个小孩都要百般讨好她,才能有一次观摩贴纸的机会。

然后她弟弟出生了,文敏记得自己忽然被送到外婆家,邻居逗她:"你妈妈要给你生小弟弟了,以后没人喜欢你了。"

她7岁,跟《西游记》里的孙悟空一样大喊:"老妖婆,更没人喜欢你。"

文敏从小就很厉害,但再厉害,也不过是个小孩。

弟弟的出生是一条分水岭,一边是文敏无忧无虑的童年,另一边,她开始发现,原来自己并不是这个家最重要的人,弟弟比她更重要。

爸妈都丢了工作,因为巨额罚款家里家徒四壁,甚至连电视都没有。这事很惨,没有电视,甚至没办法跟同学讨论前一天的动画片。她也没办法告诉别人,我家没有电视。穷是一种很具体的感受。在生活中,她无时无刻不感觉那种扑面而来的,想要极力摆脱掉的贫穷。

小孩子懂什么?

小孩子什么都懂。她脏污的袖口没有人清洗,她的鹅黄色毛衣因为太短被外婆续了一段紫红色毛线,亲戚拿来一大袋衣服,说是她女儿穿过的,都还可以穿。

要上小学了,很多她的小伙伴,都被爸妈带去镇上小学。文敏上的是外婆村里的学校,一年级只有两个班。好像没有人顾得上她,家里每个人都在各忙各的。外婆忙着喂鸡喂鸭,种菜灌溉。妈妈在喂弟弟,爸爸那时候好像很潦倒,去哪都避着人。

当有人望着文敏时,她很容易解读出眼神中的内容。

那种眼神不是在说,哦,小女孩真可爱,真漂亮;就是很单纯地,看着她的样子,从眼里涌出一些可怜兮兮的东西,是同情吧?

家境变差了,很多东西没有了。文敏在那两年感受到了人生的巨变。一次她在亲戚家的电视上,看中央电视台放的译制片《小公主》。一个富有的女孩,因为父亲在印度去世,被寄宿学校校长赶到了阁楼上。然后有好心的印度男仆和一只猴子,给她送来美味的食物,温暖的被褥。

小文敏等着她的猴子和印度仆人,痴痴冥想着。

她坐在高铁上,心想她的人生好像也挺大起大落的。因为超生,她爸无奈下海做生意,兜兜转转,不知道是走了狗屎运还是真有生意头脑,她爸赚钱了,开一个五金配件厂,成了别人眼中的小老板,她妈理所当然,成了老板娘。文敏想想,他俩就像那个年代的草莽英雄,不管不顾,置之死地而后生。

倒也出头了。

成年后有一两次,她跟她妈说起当年在外婆家的委屈,说起那一大包怎么穿都穿不完的旧衣服。她妈仿佛一票否决一样,问她:你小时候比别人差在哪里了,什么都有,好吧,你是不知道我那时候多辛苦。

小学四年级的时候,生活忽然又变了样,就像猴子和印度仆人真的现身了一样。

全家人从那套又破又小的两室一厅,搬到了敞亮的大三居。文敏有一间属于自己的卧室,这间卧室里正对窗台的位置,摆着一张淡绿色的书桌,在那个年代,任何桌子上面都流行垫一块玻璃。文敏坐在这张书桌前,感觉很好。这可是一张自己的书桌,她原来写作业都是在餐桌上,课本常常蹭到酱油渍。

有了书桌,她觉得自己就像一位公主。她还给每一个抽屉都上了锁,里面放满心爱之物。家里每次有客人来,她爸都要带着所有人膜拜:"看看,我们家最贵一张桌子,给我女儿用,她就是块读书的料。"

当她内心积蓄着满满父爱的时候,又听到老爸的声音。

他正语重心长劝着朋友:"儿子一定要生。生了儿子我样样都有，什么都顺，灵得不得了。有了儿子，一个家才叫风调雨顺万事顺意。"

他们以为她听不到，文敏觉得，这就是第一次遭受背叛的滋味吧。

如果爸妈都能骗她，那她在这个世界上，又能信任谁？

没准小宋也是一样，抵达一定年限，就翻脸不认人了，这不是很正常的事情吗？毕竟，就像苏北小城的父母总是需要一个儿子一样，有钱男人总是想要一个听话的老婆。

没准小宋飞黄腾达后，会像她爸爸一样，跟她说：我们还是该要一个儿子。

文敏忍不住做了个作呕的表情。

不过万事都要一体两面地看，如果文敏是独生女，她可能不会铆足了劲赚钱吧。她爸的朋友里，多的是碌碌无为的富二代，花几百万送出去留学，回来继续家里蹲。好不容易在英国读个硕士，回来找工作还要老爸托关系。

啃老，来源于肆无忌惮的底气。

她可没有。

文敏读书好，从小让爸妈省心省力。文总放言，你能读到博士我供到博士。

她不愿意，她才不要为了读书，放弃赚钱的机会，天下能有谁，比她自己更可靠？

临近毕业，老爸送了她一套房子。这是很多老板的做派，你看，我到位吧？房子都给你买好了，天下有几个当爹的能这样？我们文家儿子女儿一视同仁。

文敏觉得她爹有点自我感动，买套老家的房子干吗？你倒是买套上海的房子给我。

文总的说法是，经商不易，这几年实体不好赚钱了，等将来有钱，会给你换的。文敏如果没开公司，大概觉得她爹的确不容易。

问题是她当时正自己闯荡江湖，听多了早就知道那些话都是水分。如果一个老板说，这几年不好赚，那一定不是真话。真的不好赚的人，会坦白说，亏了很多。想要继续做生意，留一手，就说不好赚，相当于奉送一个烟幕弹。

后来她还是笑纳了这套房，在她自己买房的时候，卖了这套算是嫁妆的房子，给自己的小家添砖加瓦。

当时她最重要的博弈，是跟小宋的父母。文敏还怕她爸拿太多，双方实力太不均衡。她目标很明确，买房，赚钱，别的以后再说。

文敏抵达高铁站，她妈在出口接她，还是那辆白色雷克萨斯，开了好多年，一直没坏。

她妈提议说，直接去看你爸要买的房子吧？

文敏说，行，去看看。

车开到一处幽静的别墅小区，她妈跟保安打了声招呼，顺畅直入。文敏在车里看着两旁一栋栋像碉堡一样的别墅，忍不住咂舌："不是吧，我爸买这么大的房子，给谁住啊？"

"我让他不要买，他非要买，说这种房子才是身份地位的象征。还说男人奋斗一辈子，就是为了一套这样的房子，我说不过他，你看了房子就知道了。"

转几个弯后，车停了，两人下车，她妈指着眼前金碧辉煌的白色别墅说："就这栋，你爸要买。"

哇，文敏站在别墅尚未完工的大门口，发出了一声惊叹。

房子着实气派，一套北进门的三层独栋，附带着大约800平方米的大花园。花园正对小区里一条景观河，对于做生意的人来说，遇水则发，怪不得她爸一见钟情。

因为还是毛坯，别墅可以随意进出。文敏对这套房子的尺寸感到震惊，太大了。从玄关到客厅，宽敞得可以骑自行车，充足的阳光从挑高大玻璃窗里洒进来，文敏想象，她爸估计会在这装个大水晶灯。

电梯旁边留着一口电梯井，二楼两个套房，三楼则是一个大套房附带大露台。地下室半挑空设计，还不算太过暗沉，她在里面兜来兜去，第一次感觉老家的生活还是挺惬意的。

这样的房子在上海，得多少钱？

至少要半个亿吧。

她问她妈，这房子多少钱？她觉得不会贵到哪里去，小城物价便宜，现在上海20块一碗的馄饨，在小城还是卖四块五一碗。

1500万。

文敏花了点时间，才消化了这个数额。看来她爸的确挣了不少，当初她买房子的时候，她爸说现在真的一点闲钱没有，拒绝得干干净净。

"怎么我爸现在这么有钱了？"

"贷款呗，首付500万。对了，你爸说啊，家里只有小杰没买过房，有首房首贷的资格，所以呐，这套房写你弟弟的名字。"

文敏刚才波澜不惊的内心，现在仿佛被扔进一颗深水炸弹。

她爸给她买的房子，只付了个50万首付，后来卖掉130万，到她手里也就七八十万。没想到弟弟的房子价值1500万。

"妈，你是不是在说，你们要给小杰买一套1500万的房子？"

"是你爸要买，我可没同意。"

"你们要买我管不着，但要是买给我弟，那就是两回事了。"

她妈没再说什么，因为她妈并不是她家当家作主的人。

文敏上高中时，她家又搬过一次。180平方米大平层，四个房间，正对小城中心湖。她就是在这套房子里出嫁的。不过即便在上海有了新家，她的房间依然跟原来一样。

那张淡绿色的书桌还在，文敏每次回家，还会打开抽屉翻一翻过去的岁月。她和小宋一起回老家，也是睡的这个房间。

文敏踏进家门，发现她爸已经回来了，笑嘻嘻问她，是不是去看过房子了？

她家阿姨正把一样样菜摆上桌，大女儿回家，自然要添几个菜，都是她爱吃的家乡菜：肉丸，大虾，盐水鹅。

"怎么样，房子是不是很好？告诉你，这是市里最好的小区，买的不是房子，是圈层。"

父亲兴致大开，一边跟文敏讲，一边倒了一杯白酒："这房子我一去就看上了，花园方方正正，房子里一点多余的面积都没有，我们不用搞土建，就这样按设计装修就行。小敏，你楼上楼下都看了吧？到时候肯定也是要给你和宋易做个房间的。这是你爸和你妈，准备住到死的房子了。55岁，买这样一套房子，我文振华心满意足了。"

"这房子一般人想买还买不到，我都是托关系才给我留了那套。小敏，你懂的，我总要留点流动资金在厂里……"

文敏一直没有吭声，在她爸讲得眉飞色舞时，她吃着她的肉丸，抓取着话语中有用的信息，流动资金，首付，房子名额……

"奋斗一辈子，现在也到了要享福的时候了。1500万的房子，在上海不算什么，在我们这里，已经是顶配了。到时候一家人团团圆圆，你和文杰的小孩，都放到我们这里来带，我和你妈就等着享受这种天伦之乐了。"

"现在家里凑了凑，大概有300万，小敏，爸爸知道你拿200万应该不成问题吧？剩下的我再想办法。"

文敏气笑了，原来她弟弟不仅能得到一套1500万的房子，她做姐姐的还要拿200万。

那涌上头的一股气，终于爆发了。

"文振华，我妈说这套房你要写文杰的名字对不对？你送我的房子100万，送我弟的1500万，你眼里女儿就是连儿子一个零头都没有是吧？你生女儿觉得亏了想叫我吐200万是不是？我告诉你，买不买房我不管，这套房你敢写文杰的名字，就两条路，第一条你也给我1500万，第二条，我们脱离父女关系，以后我过我的，你住你的大别墅。你将来老了瘫在床上，别指望我回家看你。"

家里如死一般寂静。她妈和文杰都坐在桌边，他们长得很像，个性也很像，逆来顺受，就像文振华手底下的两个棋子。

隔了几秒，她爸对着厨房喊了一句："阿姨，你今天先下班。"

这种时候，他倒想着家丑不可外扬。做了十年的阿姨从厨房走出来，对着一桌人笑了笑："那我先走了。"

门关上，文敏站起来："我就是这个意思，没什么可谈的。现在不是一碗水端不平，是一碗水你都给了我弟，还把我的碗给砸了。"

"小敏，房子写文杰名字，那是权宜之计嘛，主要我和你妈名下都有房子。"

"那可以把我的名字也写上去。"

"你毕竟结婚了。要是将来，我说句不好听的，万一离婚了难道你还让他来分这套房子吗？"

"这简单，带着宋易去做公证，证明这套房子不属于婚内财产，是你对我的赠与，跟他没关系。"

"你和宋易两夫妻，要去做这种公证，他怎么受得了？"

文敏直接拨通小宋电话，打开免提："喂，老公，我爸最近打算买一套房，想把我名字加上，但是他怕我们万一离婚了你要分这套房子,你愿不愿意去做个公证?"

文振华一把拿过手机:"小宋,好久不来了,什么时候过来?"

小宋在电话里多少有点莫名:"爸,这么快就要公证啦?你时间确定好了告诉我。"

文敏把电话挂了。

"小敏啊,你弟弟总是要留在我们身边的,你都出嫁了,对这个怎么这么计较?"

"爸,我都出嫁了你还想让我拿200万,还是首付。是不是后面装修我也得出钱?买家具家电都有我的份吧?再说你自己听听离谱不离谱,装修呢?上下500平方米,你打算刷个水泥墙就进去住?"

"等我资金周转过来,房子也要交房嘛,到时候不是还要卖这套大平层吗?这你放心,装修没问题。现在就是先把首付解决了,这套房无论如何不会亏。"

文敏退后一步:"呵呵,问我要钱的时候,我们是一家人,家里买房的时候,我就是嫁出去的女儿。我告诉你,首付500万,你也给我500万,正好我上海的房子也要换了。"

"你什么时候给,我们什么时候恢复父女关系。"

想要 500 万的女儿，是疯了吗？

　　文敏跟她爸吵完架后，一个人拖着行李，去两条街外的一家精品酒店开了间房。

　　她对她爸的厌恶已经从精神层面散发到生理层面，没办法忍受共处一室。

　　老男人真是讨厌，连自己的爸爸也是这样。

　　他以为自己是谁？土皇帝吗？

　　文敏想起那些碉堡一样的别墅，大概都是给小城市里志得意满的中年老男人准备的。每个这样的男人，都有一个土皇帝的梦想。

　　老头刚才那段话，先是把她弟弟立了皇储，又欢迎长公主携驸马前来常驻，当然，你得注资才行。

　　他呢，就打算做那个功成名就的大家长。

　　每天在家坐在皇位上，享受着所有人的阿谀奉承，一边喝茶一边指点江山。

　　早晚在碉堡内外视察一圈，仿佛土皇帝视察自己的疆土，确保一家人都在他的遮蔽之下。

　　至于里面的人快不快乐，舒不舒服，跟他有什么关系？只要每个人都晓得，他是一家之主，你们所有人的幸福生活，都是皇帝恩赐的,那就够了。

躺在酒店的大床上,她给弟弟发了个消息:这事跟你没关系,我跟他断绝关系了,还是你姐。

过了一会,她妈和弟弟都来了。

文敏一开始以为是来劝和的,打开门就说:"不要劝我。"

没想到弟弟说:"姐,我支持你,我也不想要那个房子。"

她妈说:"都是你爸的馊主意,反正我是劝不动。"

三个人坐在房间里,开起了批判老爸大会。

先是她妈说:"你爸这样做,肯定不行,我早跟他说了,小敏不会同意的。他不听,非要说什么不试试怎么知道,还说是我们文家最大的事业。"

文敏听了翻起白眼,说最讨厌她爸的就是这一点。

"我是他女儿,他以为是在跟我谈生意,没有心软也没有不好意思,第一遍不行,谈到第三遍没准就行了。"

她说完,眼泪啪嗒就下来了,问她妈:"妈,我是我爸亲生的吧?"

"是啊,你跟你爸长得一模一样。"

文敏更加受不了了,就因为她是女的吗?就因为是女的,就什么都没有吗?

成年人的钱在哪里,爱就在哪里。这句话就像标枪一样,射在文敏的心脏上。

她爸要把所有的钱都给弟弟,那文敏算什么呢?算是一棵并不重要的,随随便便长大的野草吗?

文杰看到姐姐伤心,也伤心起来。

文杰就是地主家的傻儿子,记事开始,家里条件优渥,他关于童年的印象,是爸妈都没空回来的晚上,他爸会给他点钱,让他去买麦当劳。这让他觉得很放松。

他没经历过姐姐的童年，但从小就跟在他姐姐屁股后面，是姐姐坚定的跟屁虫。对他爸，他害怕。对姐姐，他敬佩。

毕竟姐姐在上海有房有车，还是没靠家里的有房有车。

还有饶舌的亲戚讲，文敏要是儿子就好了，小杰这副窝囊样子，怎么能行？

情绪烘托到一个悲剧调时，弟弟叫的外卖来了，三个人吃着烧烤喝着啤酒，讲起了很多小时候的事。

小时候爸爸不在的时候，家里气氛总是温暖而舒适。

她爸一回来，很多事情都会变得离谱。当年做小老板的男人，几乎都在外面有着各种各样的女人。

家有糟糠之妻，外面彩旗飘飘。她爸？肯定有吧。

因为文敏和弟弟都记得当时的争吵声，记得爸妈吵着要离婚，记得两个小孩一人一个，记得弟弟大哭抱着她妈的腿说，要跟妈妈、要跟妈妈。

弟弟从小就爱哭，现在长到身高185厘米，像只大狗熊一样，依然还是会哭。看到弟弟哭，文敏就不想哭了，因为哭看起来很没用。

文杰读书马马虎虎，可能是姐姐光环太闪耀，他只勉强达到及格线。

每次升学，都要他爸奔走一番，靠关系靠塞钱，让文振华意识到，原来同样亲生的小孩，差距可以这么大。

当时他家有一个邻居，叔叔离婚带着女儿，又结婚生子。后妈并不刻薄这个大女儿，她只是不管她，一心管着自己的女儿，给这女儿上最好的学校，去最好的补习班。

花了所有能花的钱，最终这女儿勉勉强强考上一个三本大学。倒是一直放养的大女儿，考上了复旦，光宗耀祖扬眉吐气。

这事，找谁说理呢？又或许上天是公平的，那个不怎么受宠的，总是格外受到老天的眷顾。

小杰在初中的时候，因为成绩实在太差，走了另外一条路，做艺考生。

他后来偷偷跟姐姐说，他其实从小就喜欢画画，但是爸妈都不让。直到确定他考不上高中，才让他做艺考生。

文敏心想，这是死马当活马医了。只要他能继续读书，怎么样都行。

小杰现在依然还在画画，文振华认为，儿子应该锻炼锻炼，随你怎么瞎折腾，当你折腾不动，山穷水尽那天，你只能乖乖回来继承家业。

对，家里总有一个位置是给儿子的，但女儿不行，女儿怎么能行呢？那可不像话。

消夜结束，文敏送走她妈和弟弟，一个人躺在酒店床上，啊，这一刻，她非常想念小宋。

她想给小宋打个电话，从头到尾好好讲一讲这件事，她确定小宋一定会站在她这一边。

没想到小宋在电话里让文敏放轻松点："我觉得你爸把钱给谁，是他自己的事嘛。"

小宋的理论是，一个人赚了很多钱，他的子女凭什么干涉他个人的意愿？

文敏说："大哥，他可以都给，也可以都不给，但不能只给一个人啊。"

小宋不知为何，杠上了："可是那是他自己的钱嘛，我就不想要我爸妈的钱。他们不用给我钱，也不要干涉我的自由。"

"那是因为你爸妈没钱给你。"

两人大吵一架，不欢而散。

她在气愤中迷迷糊糊睡着了,完全不知道,自己想要问她爸要500万这件事,已经掀起了一股轩然大波。

第二天一大早,文敏手机剧烈震动,她以为是小宋打电话过来道歉,拿起来一看,发现是她大伯母。

某一年过春节的时候,存了电话,大伯母说,下次去上海,要来找她玩。平常基本没怎么联系过。

大伯母的声音在手机里显得非常聒噪,文敏都不用把手机放在耳边,只要扔在另一个枕头上,就能听到里面的质问声。

"小敏,回来啦?怎么不来大伯母家玩?给你妈打过电话了,说你在住酒店。你说你浪费这个钱干吗?家里这么大不住,跑出来住酒店……"

"大伯母,到底什么事啊?"

半小时后,文敏睡眼惺忪坐在楼下咖啡厅,点了一杯冰美式。

大伯母坐在对面,说她不喝,又说女孩子怎么一大早就喝冰的。

文敏只好又问了一遍:"大伯母,到底什么事啊?"

"你爸昨天晚上来我们家啦,他说他要买房子,你要他现在分家产。小敏啊,你爸不容易的,这么多年天天扑在外面赚钱,哪里休息过一天?"

文敏的冰美式上来了,她吸了一大口,感到十分神清气爽。

终于在大伯母絮絮叨叨的叙述中,抓到了一条主线。"小敏,你这样做,过分了呀。你都已经嫁人了,对吧。再说这个家,总是要传到你弟弟手里的……你爸这样做,他也没什么错啊。"

哦,是说她不应该拿这500万。

她顿时觉得好笑起来,没想到她爸还能找到一个说客。

"小敏啊,断绝关系这种话,不能随便乱讲,你爸多伤心啊,昨天来我们家,都快哭出来了。他养你们一家老小,也不容易。"

"大伯母,你是觉得嫁出去的女儿就是泼出去的水,绝对不能跟娘家再要一分钱是不是?"

"不是不能要,但是哪有你这样的呀。"

"那什么意思?我不该主动提,要等着我爸给?我爸施舍了我就该千恩万谢?因为他愿意把钱扔水里?"

"哎呀,自古以来不就是这样,女人嘛,对吧,你都嫁出去了,娘家的东西,你就不能惦记了。好女不贪娘家财,都像你这样,不是乱套了?"

"都像您这样,在家伺候我大伯和堂哥,就天下太平啦?大伯母,您有空也提升提升自己,出门享受享受,别一天到晚就想着做奉献,给家里一大一小俩男的打工一辈子了,现在我堂哥在家啥事不干,就是你做得太苦了。"

话讲到这里,大伯母脸就气白了:"你这小姑娘,讲话怎么这么难听?你爸还活着,还没到60岁,你就分家产,那是要天打雷劈的。"

文敏听到天打雷劈几个字,怒了:"我爸都不怕天打雷劈,我怕什么天打雷劈?"

大伯母提着小包,赶着去上班。文敏走出咖啡厅,听到两个人在议论她:这年轻女的一看就不是省油的灯。

文敏听到这句话觉得很舒爽:我干吗要做省油的灯?神经病吧,省吃俭用供家里的男人好吃好喝?

她回去睡了一觉,手机特地调到飞行模式。

睡醒之后,收到很多条七大姑八大姨的消息。

都是在讲,小敏啊,这样不行。有个看起来有点明事理的阿姨这么跟她讲,小敏啊,老板们都是这样,女儿供读书,提供个基础保障,儿子用来继承家业。

我认识谁谁,那比你老爸有钱多了,他家也是这样呀,女儿大学毕业送套房，家产还是全部留给儿子，是吧，这个本质上来讲，你爸的家产，他怎么处理都行。

文敏觉得很好笑：“我爸的家产，他怎么处理都行，那我要跟他断绝父女关系，这不也是我自己的意愿吗，关你们啥事？给就给，不给就断绝关系。

"放心，他老了要是真的老无所依，我按照法律规定给他寄基本赡养费。但凭什么他现在给弟弟那么多，我还要当个没事人一样？

"好啦，你跟大家去说吧，我就不是省油的灯，就这样吧，挂了。"

其他人的意见她都不在乎，她只在乎小宋的意见。

小宋的意见要是跟她不统一，那可属于同床异梦范畴了。

小宋是独生子，他当然无法理解多子女家庭的各种复杂生态。其实他和文敏的老家相距不远，开车大概一小时而已。

两人既然是同乡，好处是在很多事情上，有着约定俗成的默契。新闻上那种跟着男朋友回老家，他家里人竟然叫女孩磕头的荒唐事，在他俩之中绝无可能发生。

过年回家，也很随意。大年三十晚上这顿年夜饭，有时在小宋家吃，有时在文敏家吃。

文振华对待亲家非常客气，他总是说，小宋啊，叫你爸妈一起过来吃，我们好久不碰头了，过年总是要聚一聚。

等小宋父母来过，文振华率领全家带着厚礼再一起去一趟，礼数周全，皆大欢喜。

文振华跟女儿说：“我这么做，还不是为了你，让小宋他们家好好对你。"

有一种女儿是这样的，受了委屈回娘家放声大哭，然后娘家亲戚聚起来，一起冲过去给她出头。

文敏心想，我是这种人吗？你女儿是什么样的人，难道你到现在还不了解?

自己的事情都解决不了,那还结什么婚?

不过,因为文敏有个弟弟,每次在小宋这边,提到这个问题,亲戚们眼中免不了带有复杂的神色。

总有亲戚问文敏:"那平常会给你弟弟寄钱吗?会不会让你买手机什么的?"

小宋在旁边听到这种问题,也觉得很离谱。一问到弟弟,三句话不离开一个钱字。

文敏刚结婚的时候,弟弟还在读书,她当然会给弟弟点钱,因为她和弟弟都知道,从老爸手里要点钱有多难。

想买块iPad画板,她爸觉得,有什么用?你将来反正是来我厂里干活,买来干吗?

想去北京上一个名师的插画培训课,她爸也不想给钱,以后又不干这行,你花这个钱干吗?

"你还能成艺术家?我家就没有这种基因。"

文敏觉得弟弟有个爱好挺好的,总比打游戏强吧?这些钱对她来说也不算什么。

所以当她回答说,当然会给一点吧。就会有人问她:"那你弟弟买房,你也要出钱的咯?"

这理所当然的优越感,让文敏感觉不适,仿佛有个弟弟的姐姐是某种低等种性的生物。

她可以说,我是重男轻女家庭里的姐姐。但别人不能当着她的面说,你是要供养你弟的吧?

她盯着那亲戚的眼睛,顺口编起了胡话:"是呀,彩礼也都是要给我弟弟结婚的。"

这样你满意了吧,满足你对重男轻女家庭的想象了吧?

这种时候，小宋已经闻到空气中的硝烟味，赶紧拉着文敏走了。小宋的意思是，没必要，你没必要去纠正每一个人的思想，只要自己过得好就行了。

这又是他们矛盾密集爆发的时候，文敏觉得，我不高兴我发飙是我的事，你不能替我原谅。

小宋摆摆手说：我替他们跟你道歉，以后我们少回家，行了吧？

小宋的愿望，是跟老家距离越远越好。

作为一个独养儿子，小宋从小就感受到了来自父母令人窒息的爱。

他觉得他一生都在努力摆脱这种窒息感，这也是他勤奋学习的主要目的。

小宋上大学的时候，谈了一个女朋友。那时很流行玩密室逃脱，他和宿舍同学一起去玩，碰到一群女生，两方一起组队进去。

自然而然地，他觉得女孩很可爱，又爽朗，特别能玩到一起。

因为是真正意义上的初恋，小宋跟爸妈分享了他谈恋爱的事，没想到迎来父母激烈反对。

初恋女友在大学城一家二本学校读书，这是第一个不利条件。

第二个是听到女友来自中部某省某县城，他妈特地去查询了一下，该城市人均年收入不足两万元。

女孩家里条件略好，也不过年收入五六万。再听到女朋友还有个上小学的弟弟，不不不，绝对不行！

小宋记得他妈妈当时在电话里声泪俱下，说："我们努力培养了你20年，不是让你去给别人家改善生活的啊。"

小宋很窒息，劝他妈妈，这只是他第一个女朋友，也不一定就走到一起了，能不能不要考虑这么长远？只要现在开心，不就好了？

他妈："坚决不同意，小姑娘家里条件这么差，只考个二本，还有心情出来玩，谈恋爱，你觉得她将来能有什么出息？你要扶贫不要花我和你爸的钱。"

后来分手了，他妈才如释重负，重新给他寄生活费。

小宋的父母都在体制内，有点人脉，还有点社会地位。

第一个女朋友，是爸妈搅黄的；第一份事业单位的工作，是爸妈介绍的。

"现在这么稳定的工作哪里去找，你在这里一边上班一边考公，不是挺好？"小宋父母认为，大城市赚再多钱，都不如回到小城市体制内稳定。

你看看，现在那么多人35岁失业，40岁到处投简历没人要的，一把年纪了骑着电动车到处送外卖，图什么？

小宋没敢告诉爸妈，其实他开过出租，也考虑过送外卖。小宋觉得在上海和老婆独自生活的感觉非常好，那令人窒息的亲情，还是不用了。

所以他不理解，文敏要这要不到的钱干吗呢？要了钱，就得听爸妈的话，多不自在。

但第二天，他还是主动给文敏打电话，诚挚地道歉了。

"还生气呢？我错了。"

"哪儿错了？"

"问你爸要钱是你的事，不该替你假大方。"

"不够深刻。"

"批判你成家了就不该问你爸要钱，是一种先入为主的陈腐印象，没有看到你在这件事的动因背后多年来受到的不公平待遇，把问题简单化扁平化处理，忽视了当事人深层次的内在感受。"

"那你昨天跟我吵什么？"

"哎呀，我是怕你收了钱，要听你爸的摆布。"

文敏犀利地指出了一点：爱摆布的父母，不管有没有钱都爱摆布。"就比如你爸妈吧……"

"好啦好啦，不是说过了，吵架只吵一件事，不准任何衍生。"

文敏告诉小宋，她家亲戚正疯了一样来劝她，等她舌战群儒后，她打算带妈妈和弟弟一起去周边城市玩两天，散散心。

小宋立刻感到自己道歉的时机非常正确，再晚一点，他老婆就要六亲不认了，还好还好。

喜欢小孩，就不能离婚啦？

"你的真名就叫珊瑚吗？"

缪琪就像一个小粉丝，虔诚地看着她生活中认识的第一位作家。

"当然是笔名，我真名叫许安宁。你想问为什么叫珊瑚？一般我都会告诉别人，因为年轻时候喜欢潜水。不过你是小川的老师，偷偷告诉你个秘密。"

啊？

她俩正坐在空旷的画室里，自从上次相亲后，缪琪再也不去咖啡馆了，她叫外卖来画室，桌上摆着两杯咖啡，两个巧克力贝果。

"因为山川湖海，我是山和湖，把川抱在中间。"

"哇，好浪漫。"

珊瑚手握咖啡，脸上洋溢着一种很明媚的笑容。

"可是，在有小川之前很多年，你就叫珊瑚了吧。"

"对哦，是因为之前我就有过一个小孩，但是那次没有成功生下来。"

"啊，那一定很伤心吧？"

"伤心啊，但是我用这个经历写了我第一本小说，然后就这样出道了。作家就是这样贩卖悲伤的人，沉浸在无法自拔的情绪之中，想着写下来吧,已经透过伤心开始遣词造句,安排段落。那个没出生的孩子,我本来打算叫川这个名字。

"很奇怪的,我叫许安宁,我爸妈希望我过一种平静安宁的生活。但我最喜欢山川湖海,喜欢冒险,喜欢到处旅行。

"啊,为什么叫川是吧?川是里面最好写的一个字嘛。结果,我儿子小川最喜欢的就是画画,哈哈哈。孩子就是出乎意料的存在呀。"

珊瑚一头短发,染了时髦的灰绿色,穿一件藏青色军装大衣,紧身牛仔裤配一双长靴。

如果不是她主动跟缪琪打招呼,这种家长通常是缪琪不太想打交道的类型,看起来就像不好惹的中年女人。

"如果小说是真的,那小川的爸爸,真的比您小 9 岁吗?"

"实际上他比我小 11 岁,不过我写小说的时候想,不能显得太离谱,你说对吧。"珊瑚挤挤眼睛。

缪琪震惊到说不出来话。再想一想,就觉得小川爸爸完全不普通,而眼前的珊瑚,果然是女作家。

"哈哈哈,为了增加小说的可信度,我改成了 9 岁。"

"啊,那您……"

"哈哈,看不出来我 40 多岁了吧。"

珊瑚意味深长地看着缪琪:"要说有什么忠告的话,我觉得你应该向下择偶,起码生小孩不会很困难。超过 35 岁,男人的精子活力会大幅下降。"

缪琪由衷敬佩珊瑚:"你俩看起来完全不像差那么多……"

作家再次奉送了一个真理:"谁带孩子谁老,小川非常非常难带,这几年我一直在外面写剧本,都是小川爸爸带的。"

"听起来他挺不错的,为什么要离婚?"

缪琪的印象中，小川爸爸是典型的学生家长，看起来总是有点疲惫，来去匆匆，对她很客气。这不就是最常见的丈夫和父亲吗？

"这说起来就话长了，我也写了一篇小说，怎么说呢，婚姻中的我不是真正的我，还是离了婚舒服又自在，回头我发给你吧。

"哈哈，说起来当作家最糟糕的一点是什么，你知道吗？"

"什么？"

"我们没有秘密。"

"为什么不继续写作呢？"

"写剧本赚钱啊，缪老师，等你有了小孩，就懂了。有钱赚就先赚，其他事都可以等一等。"

这天略晚一点，缪琪拜读了关于离婚原因的小说。

每天都会因为小孩的事情吵架，怎么会到这一步呢？

小孩两岁多，爱哭极了。什么事情都能哭上一场。

水杯打翻了，他哭，帮他再倒一杯水，他还是哭。我想我是太累了，精疲力竭问小孩，那你到底想怎么样？

小孩哭得更大声了。

丈夫跑过来说：怎么回事？你这个人，对小孩怎么这么没有耐心？

丈夫很爱小孩，但是为了给小孩一个更好的将来，他进入了事业上升期。

当我忙了一天，正在束手无策，对着哭闹的孩子没办法时，同样忙了一天的丈夫回家第一句就是，怎么回事，你这个人？

怎么连小孩都带不好？怎么家里这么乱糟糟的？怎么给孩子吃速冻水饺，有防腐剂吧？怎么又给他买了零食？怎么又生病了？怎么又流鼻涕了？怎么他老是睡觉哭？怎么小孩看起来这么瘦？⋯⋯

离婚吧。我说。

因为此刻的我很痛苦,很不幸,感受不到快乐。身体非常疲惫,每个小孩哭闹的夜晚,整个人像被碾碎了一样,每一块都掉在地上。第二天匆匆忙忙又收拾在一起,外表很完整,内心很破碎。

原来女人生了小孩,就会被默认成一台大型机器,需要源源不断地产出母爱、耐心,劳动……自我毫不重要,自我越强大,只会越痛苦。因为一个好妈妈,相当于没有自我。

提离婚的女人,丈夫会说,你怎么这么幼稚?你怎么这么任性?你怎么这么不为小孩考虑?

如果不是为小孩考虑,我看着眼前的丈夫,心想,怎么会忍你这么久呢?

而且丈夫不会改,因为他心里有一个好妈妈的固定模式。在我要求离婚的时候,他略微收敛一点,但是过一段时间,又跟原来一样。

他说,连说都不能说了吗?他说,我又不是故意的。他说,我就随便说说。

有个人始终在用疑问句,质疑我是否能成为一个好妈妈。我真的很累,所以我跟丈夫说:真的要离了。

争吵太浪费时间,抱怨让生活的成色更加难看。

他说,我绝不会跟你离婚,因为我要给小孩一个完整的家。

都到这个时候了,他所有的一切都是为了小孩,从来没有想过一点点我的幸福和快乐。我说,哦,不行,我离婚,是为了一个完整的我。

他说,我能怎么办?难道我不上班,每天回来照顾你吗?我也很忙很累,都一样的,这就是成年人的生活。

如果你跟一个没有家暴、出轨、赌博等恶习的孩子爸爸离婚,所有人都认为,你是一个自私的女人。所有人都劝我,小孩上了幼儿园就好多了，你就不会那么累，不会感觉那么遭了。

不，我得离啊，只有离婚才能证明，我依然是一个完整的女人。

缪琪看完这个开头，很震撼，哦，没想到小川爸爸这么糟糕啊。

这篇文章看起来就是一篇避孕佳作，如果你不想毁了自己，最好不要生小孩。

里面还有一段，讲女主陪着小孩住院，医院人很多，她一个人推着推车上的小孩跑上跑下。

验血看医生的时候小孩哭得筋疲力尽，最后又没有床位，只能在走廊上陪着小孩挂水。

然后小孩爸爸来了，第一个问题就是："怎么搞成这副样子？"

唉，谁看了不恼火，几乎想把这个男人撕碎。缪琪难以想象，一脸明媚的珊瑚原来经历过这么多，也绝对想象不出来，小川爸爸怎么这样？跟这样的男人在一块，的确太窒息了。

可这样的已婚男人看起来似乎很常见，碰到任何事情，先把责任推在女人身上，然后自己做一个高瞻远瞩指点迷津的傻子。很多男人都有这种病。

她把这篇小说转给文敏，过了一会，好朋友回复说，她看过，就是因为看过，所以一直没下定决心要小孩。她也不敢保证，小宋会不会变成这样。

文敏问她在不在画室，忽然又问她，你做这行，到底赚钱吗？

其实还可以吧。比起原来想象中贫困的文艺生活，倒是好多了。一个主要原因是，"双减"后很多补习机构都倒了，她这种跟学业无关的美术课，没受到任何影响。

既然都要送小孩出门打发时间，缪琪的画室因为口碑不错，最近来了不少新学员。

除了周一休息，她每天晚上都有两节课，周末上午下午晚上都有排课。

再加上给别人画插画的收入，每张 500 块，有单就接，而且缪琪要求明确，最多只能改稿一次。

她深感，比原来做设计好多了。因为设计这个行业，其实没什么提升空间。

在 20 多岁的时候，还能一稿又一稿改下去。当 30 岁，还在这样重复着跟客户周旋，听着对方离谱的意见，露出尴尬不失礼貌的微笑，她看不到将来。

啰啰唆唆跟文敏聊了聊，没想到文敏回复：你能不能把自己往惨点说啊？你以前可不是这么跟我说的。

"那是跟你比，我当然不算什么。"

"不不不，现在事情有点严重，我弟跟着我来上海了，他跟我说，打算靠画画谋生！你说离谱不离谱？"

"离谱。"

年轻人想啥呢，靠画画谋生？当艺术家吗？画画能赚几个钱？她一张插画才 500 块钱，要吭哧吭哧画上一整天呢。

"你弟弟是想通过穷困潦倒的生活，来获得一些艺术启发吗？"

"不知道，我现在后悔跟我爸决裂了，从老家弄来这么一个大号拖油瓶。"

"什么？为啥跟你爸决裂了？"

听完文敏说的她爸要给弟弟买一栋一千多万的别墅，姐姐只有一个零头都不到的家产的故事后，缪琪无法理解。

她以为这种情节只会发生在二十世纪八九十年代，或者什么大山沟里面。

她记得很小很小的时候，他们一家还住在松江乡下宅基地。

村里每户人家都会盖两层或者三层楼房，两上两下或者三上三下。这些房子并不怎么富有美感，但是当时农村富裕的标志。

富有的人家会在墙面贴上马赛克瓷砖，装上不锈钢门窗。

缪琪记得最清楚的，就是那一排楼房里，有两间十分低矮的平房，这家人不仅没有盖楼房，门前的场地也没浇水泥。

下完雨后，缪琪印象深刻，她是怎么走过那一片泥地，弄脏了新裙子。

那家人有一个姐姐，还有一个跟缪琪差不多年纪的小孩，永远穿得破破烂烂。所有小孩都不想去他们家玩。

缪琪问她妈：为什么这家不盖楼房，也不浇水泥？

品珍一如既往地直白：没钞票咯，生了两个要罚多少钱啊。我是不会要的，不知道他们为什么想不穿，没儿子大概睡不着吧。

这就是缪琪对重男轻女的印象，一大片触目惊心的贫穷。

她不理解，文敏家不是挺有钱的吗？干吗还要搞这种重男轻女？

文敏告诉缪琪，她小时候，就是缪琪印象中最穷的那户人家。

贫穷就是你不由自主会躲避的东西，文敏都经历过，那些小孩怎么赤裸裸看着她，她又是怎么退缩在那个圈子以外，像个卖火柴的小女孩一样，渴望着得不到的东西。

"没想到，我总觉得这些东西离我很遥远。"

"没想到吧，重男轻女的受害者就在你身边。"

文敏求缪琪帮她一个忙，跟她弟弟分析下，并没有必要留在上海画画。

"你就吓唬吓唬他，说这个行业水多么深，聊聊在上海搞艺术是多么不切实际，你觉得你能不能打消他的念头？"

"为什么不让他试试呢？"

文敏着急了："他留在上海，我爸妈一天要给我打多少个电话？我一天到晚要为他操多少心？这个忙你一定要帮我，我朋友里也就你一个画画的。你能不能描述下，你职业生涯中最悲惨的一段生活？"

缪琪扑哧一下笑了，悲惨生活当然有，但也不至于揭开伤疤让陌生人看吧，于是她质问文敏：

"你弟弟再怎么悲惨也有你爸传给他的家业，你到底在害怕什么？"

"怕他赖着不走。"

缪琪答应了。

初冬的下午，文敏带着弟弟来到她的画室。

那天有点冷，缪琪穿着一件硕大的卫衣，外面套了件羽绒马甲。手上戴着两只袖套，正在画室里给一幅刚打好底稿的画上色。

她的头发散开了一点，文敏进来的时候，她还没来得及把头发扎好。

所以当她看到文敏拉着的那个高大年轻男人时，略略有点窘迫，不过很快就恢复神色，一边跟他们打招呼，一边动作极快地收拾了下。

拿湿纸巾擦手，拉下绑头发的橡皮筋，迅速归拢头发，扎起一个高马尾。

文杰的眼神落在后面的一幅画上，他越过她，说："你也喜欢阿历克斯·卡茨？"

缪琪点点头说，对啊，挺喜欢的。那是卡茨一幅女人背朝画面，在水中划小船的画。

当初缪琪离婚那阵，临摹的。她很喜欢这幅画的意境，人终将孤独地面对一切。

文杰说："卡茨在复星艺术中心的展览，你去看过吗？"

"啊，他来上海办展了？"

"对啊。"

什么时候感觉到自己年纪大了，大概就是在跟比自己年轻的人聊天的时候吧。

好几年前，她也会像年轻人一样，把看展当成头等大事。在美术馆消磨一下午，站在一幅画前，研究它的构图、光影、结构。

她喜欢一个人去逛美术馆，朋友都不太能理解看画的乐趣，几乎所有女生对美术馆的第一需求就是，能不能拍出几张带有艺术气息的照片？

以前，也偶尔会跟前夫去看看。陆士衡蜻蜓点水般在里面转一圈，会到门口咖啡馆等她。

看展过于浪费时间，陆选择出来处理邮件。她其实不需要人陪，一个人能在里面看很久，有时出去才发现，陆已经先回公司了。

啊，她是什么时候不去看展的呢？好像就是离婚后吧，忙着生存，好久不进城了。

文敏在旁边启发性提问："你也学画画搞设计的，这行在上海到底有没有发展空间，你跟我弟说说？"

她随便聊了几句，承认自己是失败的，肯定吃不了这碗饭。

文杰在她的画室里兜兜转转，看到小川前几天画的一幅叶子，他停下来，说："这个画得很好，叶子好像被微风吹过一样，好有活力。"

"是我们这里一个小朋友画的。"

缪琪也觉得他画得很好，天赋吧，特别是画画这行，有天赋的人感受比别人深刻。她想到珊瑚在小说里写，小川小时候是多么难带。

她想，得跟珊瑚好好说说，那不是小孩的错，只是他比很多普通人要敏感得多。

有天赋，其实也是一件很痛苦的事啊。

"你现在画什么画？"她问文杰。

"我画条漫。"

"哇，你是我认识第一个画条漫的。你给谁画呢？"

"就给一家公众号画。一开始在网上接稿，但是我觉得来上海，应该会有帮助吧。"

文杰说话慢条斯理，跟他姐姐完全不一样。

在文敏疯狂输出的时候，他就在画室里慢悠悠地转着，看起来姐姐的担心，他一个字都没听进去。

因为他，年轻啊。

"你弟弟几岁？"

"23岁，比我小7岁，他就是在我上小学那年出生的，我上高中的时候，还要帮他一起背乘法口诀呢。"

23岁，她觉得自己再往下想就不礼貌了，这可是好朋友的弟弟，相当于她自己的弟弟。

他们快走的时候，文敏正在打一个电话。

这个年轻人用他那双很大的眼睛，带着害羞问缪琪："一起去看展吗？"

一起去看展吗？

缪琪瞬间感受到了一种非常复杂的情绪，那种她曾经很熟悉但是好几年没复燃过的感觉，好像隐隐约约朦朦胧胧再次浮出了水面。

作为一个还算漂亮的女孩，她从十几岁开始就接收到这种来自异性的邀约。

这几年这种搭讪和邀约近乎为零。

然后，它就这么出现了。

缪琪觉得，可能是自己想多了，可能只是一次普通的邀请呢？她不置可否，没有作声。

当文敏挂掉电话的时候,她弟弟又说了一次:"姐,我们要不要一起去看卡茨的画展?"

文敏当即拒绝:"我不要,我就一直搞不懂,这些画为什么一定要去现场看?在网上看看和在美术馆里看,不是差不多吗?那些在一幅画前站很久的人,到底在看什么?"

文杰看着缪琪:"你要一起去吗?"

缪琪看着文敏,文敏看着弟弟。

不,这件事,绝不可能。

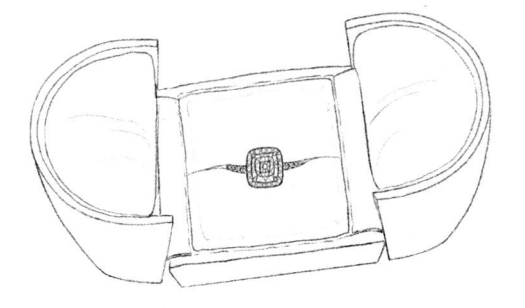

第二部分

31 岁还是恋爱脑，好意思吗？

缪琪最近改变了作息，每天早上 9 点出门。这让她妈品珍觉得很奇怪，怎么这么早出去？

缪琪的理由是，她最近接了很多插画的活，要早点去干活。

品珍想想，真辛苦，每天 9 点出门，晚上 9 点回来。每天早上，她都会拿个保鲜袋，装好早餐递给女儿。削皮切块的苹果，白煮蛋，自己做的鸡蛋饼。

缪琪接过来，放在自己的帆布袋里，坐上一辆快车，地点并不是工作室，而是地铁站。

31 岁了，她像高中生一样，瞒着父母跟人谈恋爱，这种偷偷摸摸的感觉，的的确确，让她梦回 16 岁。

16 岁那年，缪琪收到男生递来的纸条，偷偷谈了第一场恋爱。

周五放学时，她打开自行车锁准备回家，男生出现在自行车车棚里，两人一起慢慢从学校里走出去。

她那时曾经希望，这条路能长一点再长一点。

初恋无疾而终，刚刚开始谈没多久，一场模拟测验她没考好。

当时的老师很严厉，专门在上课时点了她："有些同学只要一谈恋爱，就没方向了，什么都搞不好。"

后来，她听说初恋赚了很多钱，再后来，又听说初恋因为金融诈骗坐牢了。

这跌宕起伏的人生，让缪琪多少有点感谢当年的高中老师，要不是老师这么严厉，没准她就一头扎了进去，这年纪正在勤勤恳恳给老公送牢饭。

她在地铁站下车，冬天早晨很冷，路边站着一个铁塔一样高的人，文杰。

初次见面时文杰问她去不去看展览，她下意识托词说太忙不去。

因为感觉有点离谱，朋友的弟弟，还这么年轻，一起去，多尴尬。

第二天她自己去看展览，在一幅巨大的画像前，有人拍了拍她的后背，回头一看，正是文杰。

在这种情况下，好像也没有办法假装不认识。

文杰问她："今天不忙了？"

缪琪点点头。

两人在画展里逛来逛去，缪琪喜欢的那幅画并没有来展出，不过看卡茨的画总是令人心情愉悦，一气呵成，好像生活就该那么简洁明快，没有任何烦恼。

实话实说，她喜欢一个人看展，不用配合任何人的时间和安排，在喜欢的画前多停留一会，看看笔触，欣赏欣赏意境。

文敏之前直言不讳地表示，嗳，搞不懂，一幅画，到底有什么值得看来看去的呢？

因为她不了解，既不了解这个作家，也不了解这幅画。喜欢是从了解开始，之后慢慢爱上，站在画作前，仿佛汲取着来自这幅画的养分。

文杰和文敏完全不一样，文杰话很少，虽然人很高大，倒是安安静静地转来转去。

在一幅绿色的风景画像前,两人同时痴痴地看了一会,也没说什么。

这幅画的绿色,让她想起春天里树长新叶子,那种丰盈的绿色,一团团的,生命力极强。

听说卡茨为了保持色彩的纯净,每张画都有结结实实五层打底。

如果文敏来,肯定会觉得莫名其妙,现代艺术到底是什么啊,画一团绿色就行吗?

这时文杰在旁边说:"我姐来了,肯定觉得这团绿色是骗钱的。"

缪琪因为这心有灵犀的吐槽,忍不住笑了。

走出展览馆时,她问文杰,还有没有什么安排,是不是约了朋友去玩。她得回松江准备晚上的课了。

文杰表示没有,他想跟着一起回松江。

展览馆离地铁站有大概一公里的距离,缪琪提议,扫辆共享单车吧,比较快。

但是那天太冷了,她忘了戴手套,刚骑没多久,手就冻麻了。刺骨的寒风吹过来两分钟,她已经非常后悔,这不是骑车的好天气。

寒冷是种很具体的痛苦,头会发涨,太阳穴两边痛得厉害,一圈圈发散着寒冷带来的疼痛,久久不散。

手被冻得又红又肿,像是菜场里粗糙的小根胡萝卜,如果运气不好的话,会长冻疮吧。

缪琪很为冻麻的右手担心,可千万不能长冻疮啊。

下车后她一直不停甩着手。

走在旁边的文杰问她怎么了?她说,手有点麻。

这个小孩竟然自说自话把她的手拿过来,塞在他的外套口袋里。

她下意识想把手拿出来,但那只拽住她的手很坚定,口袋很温暖，一个犹豫，这事就这么发生了。

就像那个成语，差之毫厘失之千里。

虽然荒谬，还是发生了。

感觉就像缪琪本来还坐在电视机前，看着屏幕里聒噪的婆媳剧婚姻剧，陷入一片又一片的金钱算计和道德审判之中，忽然她调了一个台，这个台只有校园恋情，单车，男孩，地铁，大衣口袋……

也是很奇怪，上了地铁，一切又恢复正常。

两人没有身体接触，好像什么都没发生过。

走出地铁站时，她听到小朋友问她，明天还要不要去看展。

"啊？"

"下周我就回家了，想把所有的展览看完。"

"好啊。"

为什么要答应呢？她不知道，就是觉得只是一个礼拜，一起看看展，有什么呢？

人生不能换台，但缪琪觉得，偷偷换一礼拜台，没什么吧？只是两个爱好艺术的朋友，结伴同行而已。

小孩告别的时候说："缪老师，明天见。"

在接下来的几天，两人在上海的每一个展览里闲逛。

像那种古早年代不允许早恋的高中生，保持着一米间距，友好而拘谨。

到饭点的时候，缪琪会主动提出，请你吃饭吧。

有时是泰式麻辣烫，有时是越南河粉，有时是日式烧肉饭。市区商场地下一层，在打工人的食堂里，也有着看展的姐姐和弟弟。

缪琪想起一部韩剧，叫《经常请吃饭的姐姐》，不过她一直觉得这韩剧真是莫名其妙，规矩大到姐姐找了弟弟，就像不伦之恋一样，有必要吗？

国内不至于，但缪琪没办法跟任何人讲这件事，什么？跟一个20出头的男孩约会？又没有未来，图什么？跟小男生没话聊吧？他是不是图你的钱？现在这种喜欢姐姐的男生很多的，都是不想负责任的……

大体而言，这就是谈到姐弟恋会接收到的评论。

她一度犹豫要不要跟文敏汇报一下：嗯，是这样，我带你弟弟出来看展了。没事，放心，蛮好的，不麻烦。

又觉得反正只是几天而已，不要紧。

其实她也很好奇，文杰到底是什么样一个人？他接近她的目的，到底是什么？上次抓住她的手，又是为了什么？

撇开这些迷雾不谈，展览是货真价实都看了。

文杰是看展的好搭档，因为他话不多，没有任何干扰角度，也不会好为人师，跟她叨叨自己的见解是什么。

他日常会带一个黑皮面小笔记本，经常会在看展时写写画画。

缪琪有时问，你画的是什么。

他很不好意思，立刻收起来，说，没什么，记点资料。

一次在商场吃饭，餐馆外面有个屋顶花园，顺其自然地，他们一起走出去，打算在冬日阳光下，稍稍散个步。

天气依然很冷，这回缪琪把手插在自己口袋里。没想到花园很大，做了很大一圈健步道。

两人走着走着，缪琪看到在某个角落里，一对穿着校服的小情侣，正在忘乎所以地吻着。

那角落里多出两个人，就像多出两个庞然大物。

缪琪立刻转身，仿佛自己私闯禁地，文杰跟在后面，往前看了一眼，也转身走回来。

如果跟文敏在一起，缪琪就会说，现在的小朋友啊。然后互相八卦八卦，在这个房价不菲的地区，什么样的学生会从学校跑出来谈恋爱。

或许是不在乎考试成绩，也不在乎未来前途？又或许是两个学霸的狂奔，谁知道呢？

撞到这一幕后，两个成年男女的沉默显得更加诡异。

缪琪感慨了一句：“他俩的年龄加起来，是不是还没有我大？”

文杰没有回话，他们就在午后的冬日阳光里潦草地散着步，一种说不上来的尴尬笼罩着他们。

那么，就到这里结束了吧？一星期的时间到了，什么乱七八糟的展览都看过了。

有一些甚至是让他俩同时怀疑是不是在洗钱的展览，大大小小，好的坏的，都看过了。

这好像也谈不上是在恋爱，双方都有点懵懂，身体接触仅限于牵一次手而已。

最共同的话题是谈论文敏，缪琪说，文敏真的厉害。文杰也说，对，我姐从小就很厉害。

"你不会恨你姐吗？她来争夺你的家产啊，你们不是应该姐弟反目才对吗？"

"你没见过我爸，见过你就知道了，他送你一套房子，是为了买断你，以后你什么都要听他的。"

"所以你才来上海？"

"对啊，来见识见识。"

"现在打算回去了？"

"对，在姐姐家住超过一个星期不太好。我姐看我的眼神，就差直说什么时候滚了。"

缪琪笑了。

文敏很少提她弟弟，提过几句的描述里，文杰一直是地主家的傻儿子这种存在，弟弟读书不好，弟弟不敢出门闯荡："我弟真可怜，被我爸妈管得死死的。"缪琪不免勾勒出一个画面，她弟弟跟很多重男轻女家庭的儿子一样，娇气，窝囊，一无是处。

既然他要走了，不如打破砂锅问到底："干吗不做个简简单单的富二代？在你们家那边，应该过得很舒服吧？"

文杰两手插兜，两只睫毛很长的眼睛盯着缪琪："因为更喜欢画画啊，你不也是这样吗？离了婚，辞了工作在画画，我为什么不行？"

"我离婚是因为婚姻不行。"

文杰接下来的一番话让缪琪有点难受。

文杰告诉她，他初二的时候辍学了一个学期，因为觉得什么事都没有意义。

你明白吗？从小就有一个特别厉害的姐姐，别人都觉得弟弟哪里哪里都不行，不过还好是个男的，那就行了。

好像我的作用就是给我们家传宗接代一样。

我小时候还不懂，初中的时候就懂了，因为成绩不好，我爸有一年春节的时候跟我说，你满23岁给我生个儿子就行。别人听到这话可能很高兴，我不知道他们怎么想的，我觉得很糟糕，为什么我毫无价值，为什么我就这么没用？

不去上学那半年，我妈天天哭，我爸说，不行就出去读个书搞个文凭。后来我姐回来了，我姐拍我肩膀说，做点自己高兴的事情，不要想那些不高兴的事情，你虽然长这么高，也只是个小孩。

我爸妈怕我学坏，给我钱抠得要命，我姐呢，一边给我钱，一边还要被我爸骂，扔这种钱干吗？将来他又不可能真的画画，能挣几个钱啊。

缪琪听着小朋友的成长史,有点感慨。

她下意识觉得他什么苦都没吃过,一切只是为了好玩。也或许每一个想走文艺路线的小孩,都会先被爸妈泼一顿冷水吧。

你可以把文艺当成人生的点缀,但不能真的当成一辈子的事业来做。

就像她妈一直强调的,能当生意做吗?

她在寒冷的北风中感慨:"你说我们爸妈奇怪不奇怪,明明也是很辛苦才把我们生下来又养大的吧,为什么小孩做什么,都要否定一百万遍?对了,那你画画到底画得怎么样呢?"

文杰没回答。

缪琪心想,也对,如果是天才画家,干吗要来跟她闲逛呢。

"你姐知道你天天跟我出来逛画展吗?"

文杰答非所问:"要不要去外滩?去一趟外滩再回松江吧。"

"你没去过外滩吗?"

"小时候去过。"

外滩啊,缪琪不喜欢去,但既然人家要走了,那就去一趟吧。

外滩真冷,江面的风吹过来,让缪琪其实一步都不想多走。然而外滩就是外滩,不管多冷,都有人在那里合影留念。

他们从一头走到另一头,缪琪冷得牙齿打架,但文杰没有停下来的意思,他还在继续往前走。

"喂,要走到哪里啊?"

文杰回过头,不好意思地笑了。

"回去吧。"

缪琪觉得很莫名其妙:"为什么啊?"

"天气预报说今天会下雪,但是没有下。"

是为了来外滩一起看雪吗?怎么这么傻啊,上海哪会有什么雪……

可是她莫名其妙地被感动到了,为了一场并不存在的雪。

妈呀,可能这是30岁后最浪漫的一件事吧,有个人带她去外滩看雪。好像有点悲伤,好像又有点幸运。

她努力整合着这个小男生传递给她的信息,觉得这人不会是什么暧昧高手吧,怎么能把一个成熟女性搞得有点晕头转向。

坐了漫长的地铁回松江,从地铁站出来,天更冷了。

"啊,下雪了。"

他们在地铁站门口,看到冬天飘舞着的第一场雪,两人都定定地看了一会。

就在那个时候,他再次牵了她的手。

后来文杰说,那天的事情是这样,他想如果下雪的话,他就表白。

缪琪说,如果不下呢?

"等到下雪那天。"

"干吗要那么执着下雪那一天?"

"这样以后你都会记得那一天。"

"先不要告诉你姐吧?"

"嗯。"

"没准过几天就分手了?"

"好。"

你为什么不化妆?

文敏最近春风得意起来,一扫前段时间的阴霾。倒不是说回老家闹一场,立刻到账500万。

文振华是绝不会那么爽快的。文敏觉得这就是一场漫长的拉锯战,只是她率先吹响了战斗的号角。

有一天她在网上看到一个普普通通的民事新闻,一对夫妻有两个儿子,最近老房拆迁,夫妻把拆迁房都给了小儿子。

大儿子不服,直接上诉法院。镜头里老母亲正在喊冤,说她对大儿子有多好,以前做生意买的房子都给了大儿子,但是他们连旅游都不带我们去。

这时小儿子带着一副谦卑的表情出现,老母亲感恩道,他做什么好吃的,都想到要端一碗来给我。

对于这种典型的家庭矛盾,她有点想不明白,为什么要耗费精力与金钱,请律师上诉?

后来一个评论提醒她,这种程度的闹翻,是方便一刀了断,再也不见。

不像她和她爸,嘴上说闹翻,但中间依然有着许多可以谈判的空间。她不着急,她爸估计也不着急。

文敏带着妈妈和弟弟，顺便去了趟苏州。没想到弟弟说，想跟着来上海。

来就来吧，都23岁了，但当文杰提出，他有创业的想法时，文敏沉默了。

之后跟文杰说："有句话你听过没，真正的败家是创业。"

文杰当然不服："姐，你也是创业发家的。"

"时代不同了，几年前跟现在完全两码事，你看我现在……"

话不投机半句多。文敏带着弟弟去大学城参观缪琪的工作室，主要是让他见识下，文体艺术，最终都走向了靠小孩赚钱这条路。

弟弟没说什么，他说住几天，把上海的展览都看看。

文敏说，你要不要去市区住个民宿，毕竟这样比较方便，钱我帮你出。

弟弟拒绝了，他觉得大学城挺好，是上海少见的消费洼地。

他去市区看展览，路过一家咖啡厅，发现咖啡88块一杯，文杰很震惊，回来跟老姐说："都是什么样的有钱人在上海？"

文敏对这句话很同意，她说她也经常想这个问题，就像探索宇宙到底有没有尽头一样，又神秘又混杂着痛苦的气息。

后来她就没空管文杰了，她在浦东分部的房东，有一天问文敏，有没有兴趣过来聊聊？想看看有没有合作的空间。

房东比文敏大，不太好判断年龄，因为她是那种跟法国女人一样，觉得年龄是大忌的女人。

文敏一开始迟疑怎么称呼，房东看出了她要不要叫姐的犹疑，说你叫我简妮就行。

后来文敏知道，她并不是真正的房东，因为签合同的时候，来了一个老男人。

女人的年龄不太好判断，男人是实打实比她爸年纪都大多了。

签下五年合约，那是生意还是风生水起的时候。

文敏对别人的八卦没多大兴趣，只是隐约听说，简妮很厉害，管好几栋商务楼，不管客户多么麻烦，她都能搞定。还说她非常有钱，住在可以看江景的豪华高级公寓。

文敏加了对方的微信，每次刷到她的朋友圈，都觉得是另一个世界，仿若电视剧里演的上海阔太日常，米其林三星餐厅，半岛下午茶，头等舱座位上的一杯香槟，拍卖会拍下一幅画作……

简妮来找她，她自然很高兴。

这大概就是有钱人的魅力所在，一听到被伊翻牌子，热血已经开始沸腾起来，情不自禁也幻想起了擎着红酒杯，对着浦东三件套喝酒的模样。

简妮让文敏直接到她公司，参观参观。

文敏这天开车过浦江，商务楼地下车库竖着一张"车位已满"牌子。一个保安过来问她，到几号？她报上简妮公司大名，保安又问她，您贵姓？

听到姓文章的文，保安立刻恭敬地说："没事没事，您开下去，位置留好了，下去会有人带您的。"

文敏忽然懂了，简妮无与伦比的办事能力，她如果可以让手下人把这些细枝末节的东西都打点到，那的确有点了不起。

公司并不大，简妮带着她草草参观了一圈，之后走进她自己的办公室，里面有舒服的双人沙发，还有许多精巧摆设。

文敏认出墙上的画，好像是某个名画家的，也曾经出现在简妮朋友圈。

就这么挂在墙上吗？文敏不敢相信，应该很贵吧？

简妮好像不怎么当回事，她看起来很注重风水，除了画之外，还有一个精巧的流水装置。

文敏家里做生意，多少懂点，生意人遇水则发，还讲究要来块镇山石，不然根基不稳等等。

她爸在这上面没少花钱，不过在家看着蠢，在浦东的著名商务楼里看见，就变得很亲切，很有道理。

简妮用工夫茶具，给文敏泡上茶，说她其实关注她很久了。

这话听起来有一种英雄惜英雄的口吻，文敏有点受宠若惊。

下面又说，现在生意不好做，好多实体都不行。文敏当然也只能点头，岂止不好做，她愁得要命，不知道该怎么办。

简妮好像看出她的难处，立刻告诉她，去年她亏了上千万。

"怎么办，还不是要继续硬挺着？"

文敏听了踏实了，毕竟她还没亏，她只是不赚了。

一番话听下来，是简妮想找文敏合作一起做电商带货，主打30岁以下女性市场。简妮说："你的员工和场地都可以用起来呀，不是蛮好。我这边资源是非常好的，现在入场，还不算太晚。"

文敏很感兴趣，两人在办公室聊了一下午，主要是听简妮聊她庞大复杂的关系网，她很有信心，文敏这么年轻，这么有执行力，她俩合作，肯定能闯出一片新天地。

晚高峰前，文敏一路开回松江，胸中激荡着无限的热情。

她在徐浦大桥上，看到冬日的夕阳缓缓落下，原来上海也有这么美的自然景观，着实令人惊喜。

也或许是心中重新点燃的希望，让世界一下又美好起来。

回家看到地主家的傻儿子文杰，这么大个子在家晃来晃去，文敏不觉得心烦了，还问他今天去看了什么展，有什么收获。

等小宋回来，三个人一起去大学城吃部队火锅，文敏和老公走在前面，弟弟跟着。

这一刻她觉得很幸福。

因为幸福掌握在她手上,不需要靠谁来给。

她心想,如果做大了,原来的计划还是可行的,花10个月生个小孩,然后出门继续她的事业,现在不是很多女老板在月子中心开会吗?她也可以啊。

小宋问文敏:"你怎么了,今天看起来很高兴,中彩票啦?"

文敏懒得回答,如果彩票只是500万的话,可覆盖不了她的梦想。

不过她不喜欢在事情还没成功之前,开始大肆炫耀。

她喜欢默默制造惊喜,当年她和小宋确定恋爱关系没多久,路过这家人均200块的韩国料理店。小宋的消费观念向来是今朝有酒今朝醉,无奈月底囊中羞涩,小宋说,下个月等他生活费和奖学金都到账了再来吃吧。

文敏说,就这家吧,今天她请。

实际上从这顿部队火锅开始,文敏就觉得没必要再让小宋付钱了,就你那1500块的生活费,留着自己塞牙缝吧。

小宋说不行不行,哪有女朋友请客的道理。

于是文敏迫不得已,暴露了她当月收入20万块的秘密。小宋惊讶不已,那天晚上吃饭好比十万个为什么。怎么赚的,怎么回事?违法吗?交税吗?

等到知道一切都是合法收入,小宋跟文敏分析:这是命运的安排,命里我就会认识一个富婆。

那时他们年纪还轻,20万还是很大一笔钱,现在就算文敏忽然赚20万,也不会再有那样的惊喜感了。因为不管20万还是500万,都没办法彻底改变在上海的人生。

文敏听缪琪说起婚姻中的种种,她后来才发现,对于陆士衡一家,不管缪琪还是文敏,都是杂草,你年入百万又如何?

干上十年,不吃不喝不过市区一套两室一厅,怎么跟人家比?

你要从爷爷那辈开始努力,才能跟人家站在同一个位置上。

不过反过来说,这又是上海的魔力,即便房价物价如此高昂,还是吸引了两千多万人在这里生存。

而且常常就会燃起一种巨大的希望,让人不自觉做起一个又一个华丽的梦。

一顿火锅吃完,文敏回家打开电脑,开始查询各种相关资料,顺手也查了简妮的公司和关联企业。没什么问题,数据很好,一切看起来很有希望。简妮的资源主要在女装,文敏初步筹划,是批量打造女生账号的人设,清晰的人设就能带来清晰的卖点。她以前经常找大学生批量写小作文,只要安排下去,50块一篇有血有肉真的不得了。

跟以前一样,她筹划起了各种人员设置安排,这事如果真的上轨道,她将又一次站在风口上。

过了两天,简妮问她考虑得怎么样,文敏这回心里已经有了很多具体的想法。两人再次碰头,畅聊一下午,文敏坦言,她觉得可以做,小成本创业,就算失败了也没多什么损失。

简妮说那太好了,她一直觉得文敏是非常有能力的女孩,如果能一起合作,肯定会大有市场。她说各方面我们都可以先合作起来,试一试,跑一跑。

"哦,对了,后天晚上,我们一起吃个饭吧?到时候我介绍个大师给你。哈哈,我这个人有一点其实蛮迷信的,选择要深度合作的人,都会先让马大师看一看。他很有名,以前都是明星找他看。你不介意这一点吧?"

"不介意不介意。"

"你放心吧,马大师人很好的,到时候你叫他帮你看看,他算得还是挺准的。"

文敏对这忽然的走向感到神奇,以她对她爸的了解,国内这些有钱人热衷算命，都是因为钱挣得太容易了。

　　她爸每年年头年尾都会为了风水大搞一番迷信活动，有次回来告诉大家，他今年收成惨淡，是因为家门口没有摆镇宅石狮子，现在买了，钱以后不会流出去了。

　　那对淘宝上最多200块的石狮子，她爸花了28888块请回家，毕竟是大师加持过的。

　　文敏不理解，或许这就是中国人的心灵疗愈吧。

　　和大师的会面约在一个私房菜馆。那天她实在不应该开车，7点钟的聚会，5点钟她从松江出发，好不容易经历一个半小时的堵车，抵达目的地后，发现停不到车。

　　绕着那地方好几圈，终于在一公里外的高架桥下，找到一个停车位。位置非常狭窄，相当难停，文敏一边骂骂咧咧，一边打着方向盘倒车，倒来倒去都倒不进去，几度想要放弃这位置。

　　有的事情，一开始不顺，如同一个隐喻，后面会一直不顺。

　　车内暖气开得太足，她因为停车过度紧张，出了不少汗。好不容易停进去，她在临下车前，就着驾驶座上方的化妆镜看了看。

　　文敏平常几乎不化妆，她一直不太理解，为什么很多女孩会在自己脸上花两个小时，就为了看起来好看一点？

　　没必要啊。

　　不过在这种日子，她扑了几下气垫粉饼，稍微抹了点口红。不幸的是，这时上海的冬雨下了起来，车里并没有伞。

　　在所有初次见面的礼仪中，她最在乎的是不能迟到。

　　细雨之中，她加紧步伐，几乎一路小跑，找到了那间隐藏在老洋房里的私房餐厅。

　　餐厅非常昏暗，推门进去，一位穿着旗袍的迎宾小姐站在门口，问她是否有预订。文敏报上简妮的名字，年轻女孩款款前行，引导她进去。

她打量着餐厅的陈设，说不出什么路数。一进去，圆桌上已经坐了三个人。

简妮招呼她进来落座，跟她介绍另两位来宾，一位是简妮的朋友，陈小姐。跟简妮一样，散发着一股富家太太的成熟风度，一身浅色装扮，大颗珍珠项链，仿佛这辈子没有用心工作过。

简妮穿着一件白色羊绒衫，没戴什么首饰，只戴了一只钻表。

唯一的男士，应该就是简妮所说的大师了。果然，简妮跟文敏介绍："这是马老师。昨天刚到上海，好不容易来一次。"

文敏看到马老师，略略放松些，就是个秃头中年男人，穿着中年男人最喜欢的暗色上衣。

如果马老师也是那种身材一流名牌加身的精英，她会紧张。但他在外表上这么马虎，让文敏瞬间安心了。

完全没料到，文敏落座后，坐在马老师旁边，对方第一句话就问她："你为什么没化妆？"

尽管文敏已经30岁，听到一个中年男人问她这个问题，还是觉得莫名其妙，她轻轻啊了一声，想假装自己没听到，含糊过去这个问题。

大师没有放过她，笑眯眯地教化她："我是说，你怎么没化妆呢？初次见面，第一印象总是很要紧的。"

文敏蒙了，她看着眼前这个半秃头，腆着大肚子的中年男人，感到了十二万分的不理解。

大叔你不看看你自己长啥模样吗？如果我要化妆，你为什么不戴个假发，做做身材管理？

她困惑的表情或许给了大师一种错觉，激起了他传道授业解惑的冲动，开始点化文敏：

"女孩子嘛，要柔和一点，是吧？穿穿裙子，化个漂亮的妆，这样出门跟人做生意，才能以柔克刚，对吧？"

大师正说着，房间门开了，进来的人是这间私房餐厅的老板娘。文敏发现她虽然年过半百，但依然有着一身上下一丝不苟的行头，精心吹过的卷发，上面每一根头发丝都是固定好的。

无可挑剔的妆容，大红唇应该刚刚补过妆，穿着一件十分合宜的中式盘扣上衣，上面是一块翡翠，手上戴着一只红彤彤的红宝石戒指，让人想起老上海电影。

老板娘一来，大师显得格外高兴。简妮介绍了房间中每一个人，到文敏这里，老板娘满脸含着笑，从头到尾打量了一番文敏，没说什么话，走了。

文敏这才明白，自己跟这里格格不入。

她脱掉大衣后，里面穿着方便活动的卫衣牛仔裤。而这里每个人，好像都活在另一个体系里。

她想起了她爸，偶尔有几次，她跟她爸说，要不我去你厂里看看。她爸想都没想就拒绝了："五金配件厂你一个小姑娘进去干吗？"

这是你搞不定的领域。

文敏在这个饭局上，过得有点艰难，因为马大师的到场，每个人都在聊命，命里有还是命里无。

他们口中谈论的某某，非富即贵，文敏听了一圈，感觉人人都挂在胡润富豪榜上。

但是跟她有什么关系？

一直浅笑吟吟的陈小姐，没忍住还是问了马大师一个问题："大师，你说我这辈子到底还有没有飞黄腾达的命了？"

大师说了句客气话："今天能到这里来的，说明都不是一般人。"

文敏笑了笑，心想，她要变成他口中的非一般人，可能要经过一个形象改造工程。

果然，之后简妮并没有再找她，看来文敏没过马大师的终面。

她一个海归同学，找到一份心仪工作，面了五六次才迎来终面。

当时这同学担心得不行，文敏还安慰她，没事的，最后一面无非是老板过一眼，看看你是不是合眼缘。

这也是老板权力的一个延伸，总不能他都没见过，你就进来了。放心吧，终面只要你不离谱，都会过的。

没想到她竟然被一个算命先生咔嚓了。

整个过程有点像恋爱，刚开始如火如荼，忽然一下全部冷却，让人回不过神来。

女性力量深度合作，怎么能被一个算命大师搅黄了？

文敏把整件事说给小宋听，问他，是不是很离谱？

小宋想了想："你不是这个圈子的，也不离谱，你想的是靠个人能力赚钱，这些人早就过了这个阶段，想的是靠资源靠关系，你得合他们的眼缘嘛。"

文敏头一次问小宋："那你觉得我是不是该化妆？"

小宋："不需要，我就喜欢看你横行霸道，有一张没被欺负过的脸。"

文敏："你是不是在内涵我？"

之后文敏打量自己的衣橱，认真考虑了一番穿着问题。

在她赚钱的时候，她从未想过这么多。

衣着是另一种语言，她只想体现自己是个很雷厉风行的人，从来不喜欢各类花边、阔腿裤这种设计。

后来她得出一个结论，规则是由成功者制定的。

当你成功，所有的一切都会变成理由。当你不成功，所有的一切又会变成原因。

心灰意冷之余，她又看一切不顺眼起来，特别是家里大个子的弟弟，到底什么时候走啊？总不能在这一直住下去吧？

可以不信神，但都信命

小宋要出差大半个月，长沙，武汉，成都，郑州……好几个地方要去。临走之前，他邀请文敏，不如跟他一起去。一来，散散心。二来，你弟弟没人照顾，或许就回家了呢？

小宋对文杰没意见，只是每天听到文敏在唠叨弟弟该怎么办，觉得她杞人忧天。这么大个人，不知道怎么办吗？你能来上海，他为什么不能来？

文敏双眉紧锁，觉得小宋看问题好简单："他在老家拿三四千的工资，回家照样过少爷生活，在上海能拿多少？别说几千，几万也是穷人，我能帮他多久啊？"

"可是你弟弟才23岁，男孩总要出来闯闯。"

"以前我也跟你一样这么想，我觉得我弟弟待在家里很窝囊，后来想想，我也没有过得多好，我让他出来干吗呢？"

"你过得挺好的啊，有这么好一个老公，是吧，多少人羡慕你？"

"宋易，你烦不烦啊，老公只是附属品好吧。你会因为你老婆很厉害，就觉得事业不重要吗？"

"我以前就这么觉得啊。大英雄能屈能伸，在哪个位置都能干好。"

文敏在床上踢了小宋一脚，拒绝继续讨论。

隔天他们一起出发坐高铁去长沙，临走前文杰显然有点愕然，你们要一起去吗？

文敏说："对，你什么时候回去？"

"那我再住一段吧。"

小宋还把车钥匙给文杰，天冷，去哪都方便。

文杰说，我送你们去车站好了。小宋说："不用，出差打车公司报销的，油钱公司不报。对了，你要加油我车里有加油卡，密码是你姐生日，别替我们省钱啊。"

文敏听了觉得有点好笑，出门后跟小宋说："你还不如给他打点钱。"

小宋真打了，路上给文杰打了一万块："好歹也是你弟弟，照顾一下应该的。"

文敏："给吧，你就说是你偷偷给的。"

"我还能对你保持秘密吗？"

"傻瓜，因为我也给过了。"

等上了高铁，文敏的心情又有点复杂，小宋这趟出差，一共三个同事，一男两女。其中一个是艾米丽。她的车票是后买的，跟他们不在一个地方。文敏落座后，艾米丽专门过来打了招呼，还贴心地问，要不要跟她换个位置："这样你俩可以一起坐。"

"不用不用，不用麻烦，我路上也要处理点事，你们就当我不存在。"

然而这么大一个活人，怎么能当真的不存在呢？

小宋中间走过来两次，给文敏送点吃的喝的。这让她觉得很别扭，别人认真出差，而她是跟着去旅游的。很奇怪，是不是？

她不知道别人是怎么想的，只觉得自己很不自在。办入住时，更加窘迫得好像自己是来占小宋公司便宜的一样。文敏很后悔，早知道这样，何苦过来散心呢？

小宋一点没有察觉妻子的不快，刚进房间就提议，一起吃饭去？

"算了吧，你们聊工作，我聊啥啊？"

"你可以不聊工作，你们女的不是有很多可聊的吗？"

"你们女的"四个字，又让文敏暴跳如雷："你这话什么意思，我们女的头发长见识短，聚在一块就要聊家长里短吗？"

"不不不，我的意思是说，可以聊聊天文地理各方面的知识，你还是去吧，我一个男的，我也不知道跟她俩聊什么。"

文敏白了小宋一眼，一起吃饭去了。饭桌上倒没聊什么，吃到最后，他们去开公司发票，又让文敏很不适应，如果是她跟小宋两个人出来出差，也还好。但是让两个女同事看着她，她仿佛在接受对方公司的拷问一样。

回房间后，文敏跟小宋说："算了，以后吃饭还是别叫我吧。"

小宋觉得不至于，这顿饭才200多块，他们每天都是有餐补和住宿标准的，只要在标准之内，完全不用不好意思。

话是这么说，可是她到底觉得别扭，总感觉是在吃嗟来之食。

出差第二天，一大早小宋走了，跟同事一起坐车去郊区的工厂。文敏一个人住在市区酒店，给自己安排了一整天的行程。8点多下去游泳，9点多吃早餐，吃完早餐去外面闲逛。

酒店外面有一个小公园，九十点钟，里面全是头发花白的退休老人，在里面一下下撞着树。文敏坐在公园长凳上，看着撞树的老大爷，心中又升起了一个问号：他这是在干吗？

她去逛街，走进平常经常买的连锁品牌，门口模特穿着一身利索的西装大衣，习惯性想试，拿起来想到，也不上班，买来干吗？一阵茫然后走出专柜，留下销售拿着好几件衣服追在后面，不试了吗？

不试了。

文敏还去了化妆品专柜，刚刚在美妆柜台停留，已经有销售过来，最近美妆柜台里全是娘里娘气的小男生，会特别温柔地问她需要什么，要不要试试这个，试试那个。

他拿来一瓶闪着光的精华，跟文敏说，这是我们最近新推出的熬夜精华，非常受欢迎，最近超级火爆，我们柜台也是刚刚来了新款。

结账的时候，文敏愕然发现，这是一瓶5000多的精华。她惊呼，这么贵！然后直接拒绝，我不要了。销售当然不太高兴，脸色陡然一变，从热情的寒暄变成礼貌的驱逐。

她决定还是回酒店，站在酒店房间落地窗前，打量着眼前的城市景象。等了似乎漫长的一世纪，丈夫终于回来了。路上堵车，回来开了四个多小时，他一边脱衣服一边絮絮叨叨说着有的没的。都是他的生意，她仔细听了一番，没什么可插嘴的地方。

她终于懂了以前那些金屋藏娇的女人为什么下场都不太好，如果人生反反复复都在等男人，那失望是最不可避免的事情。人家忙了一天，回来难道还要讨女人开心吗？

除非是什么绝世美人，才能让男人如此劳心劳力吧？现在文敏感觉自己就像房间里的一个捧哏，时刻准备着，哦，嗯，啊……这些话。你得听，你还得回应，要表示恰当的关心，当然，还要百分百站在丈夫的立场上。

她听着小宋继续唠叨："你这一天都没去个景点什么的？来都来了，你出去转转啊。我不出去吃了，实在累得要命，我们叫外卖吧？"

话都说到这份上了，外卖送到大堂，当然是闲了一天的文敏出去拿。外卖吃完，小宋说他要赶紧洗个澡，好像收拾桌面这份活，自然而然也落到了文敏身上。

在松江家里，秩序还是旧的，跟以前一样，以文敏使唤小宋为主。

跟小宋出来出差，不知不觉中，文敏已经是一个贤妻了。她一边收拾外卖盒子一边想,这是小宋的阴谋吧?看到小宋裹着浴巾从卫生间走出来,劈头盖脸问:"吃完饭也不收拾,你不会是故意的吧?"

小宋洗完澡,心情好多了,有点看不懂老婆的反应,怎么了,刚才还挺好的,又不开心了?

他很诧异地说道:"你就干这么一点点活,怎么情绪这么大,好了好了,我来收吧。"

他轻而易举收拾了桌上的残局,依旧保持着一个好男人的标准,干活利索不拖拉,还催促文敏,快去洗澡。

"干吗?"

"你说干吗?"

…………

出差前几天,小宋忙得早上 7 点出门,晚上整理文件到 2 点。休息时间不足 5 小时。文敏已经养成习惯,早上闹钟响,叫小宋起床。等他走了,她再睡个回笼觉。

白天她在外面逛逛,去去博物馆,当地有名的街区,晚上带点小吃和特产回来。小宋每次回来前都会发消息给她,她在外面点好外卖,拿回去还是热的。不然就直接让他们打车到餐厅,她提前到,等位,点菜,三个风尘仆仆的人进来,已经有一桌菜等着了。

文敏试图让自己有点用,显然,跟着出差的老公出门,最有用的,就是做个贤妻。

文敏后来没出息地找了找简妮,问她房租续约事项。房租还有一年多,她想能不能提前退。简妮说不着急呀,你再考虑考虑。前头提到的生意,一个字都没说。结尾只给她留了一句:有空吃饭。

有空吃饭,在一座 2500 万人的城市,基本是再也不见的意思。

电光石火之间,文敏明白了,这就是一个简单的骗局。人家套了她的意见,她的筹划,她的路线,然后用一个大师轻轻松松挡了过去。

这就是大师的用场,把一些不合理的事情合理化,因为中国人可以不信神,但都信命。

几天后,两个女同事回去了。

小宋发消息给文敏:"晚上客户请吃饭,请你一起去,你去吗?"

"不要了吧,我去多尴尬,你们谈生意,我总不能埋头吃吧?"

"这个客户听到你在,说把他老婆也叫上,你就当认识个新朋友吧。"

文敏答应了。白天想了想,买下那件简单利落的西装大衣,回酒店房间搞了半天,画眉毛、眼影……她对这些相当不熟练,画眼线时心情就像在走铁丝网,技巧拙劣得看不下去。20分钟后冲出门,在商场找个专柜,买了一盘高光一盘腮红,柜姐过来,快手快脚替她化了一个妆。

"我们这款高光,非常显气色的,是吧,腮红我帮你挑了款橘红的,精气神比较足,也是今年的流行色,怎么样,姐,满意吗?"

文敏很满意,镜子中的她,遮盖住了30岁的疲惫,还原了她25岁时的美貌。

"姐,看你气场挺足的,用这个正红色口红吧?"

虽然的确到了被人叫姐的年纪,也不至于每一句都加个姐吧?

"你看起来好小,几岁了?"

得知年龄后,文敏崩溃了,比她弟弟还小三岁呢。那可不得叫声姐吗?

年纪很小的柜姐说:"姐,你真看不出来30岁了,我以为你就25岁呢。"

文敏开开心心去赴约,到了餐厅,发现她还是草率了。她以为小宋的客户,肯定跟小宋年龄差不多。落座一看,对方明显是40多岁的中年男人,妻子保养极好,穿着羊绒大衣,拎一只爱马仕

Kelly 包，总该有 40 岁了吧。

瞬间让文敏觉得自己是来小朋友过家家，她恨不得用眼神谋杀小宋，搞什么，我跟这种人怎么做朋友？

太太坐在文敏旁边，很和蔼地看着她，说："你年纪很轻吧？"

文敏摇摇头："没有没有，也 30 岁了。"

之后文敏情商极高地表示："你应该也跟我差不多大吧？"

太太笑得开心极了："怎么可能，我大儿子都快上大学了。"

这倒是出乎文敏意料之外，那难道快 50 岁了吗？太太说小地方结婚生孩子早，二十几岁就生了呀。她说他们是创业夫妻，不过女人过了 35 岁，真的精力就下降了，所以现在她不怎么管啦，就负责在家带好两个小孩。

之后，文敏发现这位太太非常能说会道，一看就是场面人，先夸了一通小宋的年轻有为，说才 30 岁，就在这么重要的部门占据一席之地，真的很不容易。

在客户要求下，他们开了一瓶酒。中年男子说他不喝红酒，跟小宋喝茅台。太太跟文敏喝红酒，她总有办法一举杯，让在座每个人都保持着飘飘然的趣味。

酒到酣处，仿若自家大姐一般，劝文敏："要早点生孩子，你们宋总这么出色，你不担心吗？你早点生，安顿好后方，男人更有赚钱的动力。我说句不好听的，没有小孩，难免猜忌来去，有了小孩，才叫两个人拧成一股绳子。不过大城市是不是生孩子就是比较晚？不像我们小地方……"

客户忽然笑起来："现在我俩都是给小孩打工的，我老婆拼命给小孩弄这个弄那个，我大儿子打高尔夫，上一节课 3000 块钱，打一场比赛，那更加不得了了。每次她问我要学费，我真的听得心惊肉跳，小女儿现在上小学，请的家教是耶鲁毕业的，小提琴老师，以前是什么茱莉亚音乐学院的。她在小孩身上,真的舍得花啊。现在真的,赚点钱二奶都包不起了,都花在孩子身上。"

太太立刻白了老公一眼,又对文敏绽放出了温柔的笑容:"钱当然要花在自己小孩身上,等你有小孩就知道了,现在小孩真的太花精力,我以前还去厂里跑跑,现在是完全顾不上了。"

她拿出手机,给文敏看了两个小孩的照片。

在小宋跟客户谈业务时,太太源源不断分享着自己的生活,儿子很乖,女儿很精明,两个人在家如何吵闹又如何要好。她对小孩读书的建议,以及养几个的建议。太太忽然想到什么一样,告诉文敏:"其实我们还有在要小孩,准备再生两个。"

文敏惊讶不已:"啊,那大的两个不会不开心吗?"

客户:"是啊,我觉得两个够了。"

太太脸上依然是温柔如云的笑容,文敏怀疑她可能肉毒打多了,所以某些表情做不太开,如闲谈家常一般说着:"小孩肯定是最好的投资,多两个弟弟妹妹,小孩自然就懂,爸妈不是什么都要准备好给你们的。我朋友里,小孩读了大学回家啃老的可多了。我想想四个总不至于一个都不成器吧?"

文敏刚想问,年纪大会不会生起来有点困难?那太太快人快语地表示:那当然要采取科技手段。

她朝文敏挤挤眼睛,仿佛一切尽在掌握。

她还建议文敏:"要生趁早。等你到35岁之后,会发现自己精力已经大不如前,到40岁,那就是断崖式下降了。女人的青春啊,就是那么短暂。要我说,现在想办法一次生两个,多好。"

文敏乖巧地摆出了受益匪浅的笑容。

晚宴结束,账单令人吃惊,原来长沙也有这么贵的餐厅。她和小宋在餐厅门口挥手,惊讶地发现,这客户和太太上了一辆劳斯莱斯走了。

"怎么这么有钱啊？"

"我客户都这样啊。"

"你是甲方，你不是应该更有钱吗？"

"现在不行，以后会的。"

文敏深感不可思议，什么，真的吗？以后小宋也会开上劳斯莱斯？而她会变成拿着爱马仕 Kelly 包，两只耳朵都挂大颗澳白珍珠的贵妇？

小宋牵着文敏的手，酒店离餐厅大概十分钟路，客户是想捎他们一程的，但他俩都觉得在路上散一散步，醒醒酒更好。

"你不会也想上科技吧？咱们还是顺其自然？"

"当然。"

小宋所在的行业，是现在最热门的朝阳产业，他运气好，好得惊人，几乎每一次变换职位，都踩在起飞的位置上。

小宋想到这点就觉得："老婆，你真是旺夫啊。"

他心情很好，即便是长沙零度的冷风吹在脸上，也觉得热气腾腾，浑身舒畅。

文敏满脑子都是刚才的太太，她看起来实在太幸福了，无可指摘的夫妻关系，幸福美满的家庭生活，以及那一身专属于有钱人的优越感。但她没办法羡慕她。

甚至忍不住探究，是什么让太太热衷于展现完美无缺的生活？她的每一件事，都和老公小孩相关，竟然没有一件事情是属于自己的，好像她整个人已经被老公孩子整个吞噬掉了，只剩下一张水亮有光泽的皮。

她的确很想变成有钱人，但确实不是这样的有钱人，冷风吹得她头疼，一转身，胃里的恶心蹿上来，文敏在路边弯腰吐了好久。

小宋拍着她的背，心情忐忑："你不会是怀孕了吧？"

一旦恋爱，不到山崩地裂不想喊停

"什么？！我是你第一个女朋友？！"

"嗯。"

"你是说初恋？我就是初恋？"

"是啊。"

缪琪一百万个没想到，31岁这年，她成了一个男孩的初恋女友。

这不可能，这是骗人的吧？现在的小孩不是小学就开始谈恋爱了吗？

文杰："不信可以问我姐。"

缪琪更愕然了，怎么问啊，打电话给好朋友：喂，你弟弟说我是她的初恋，这事不会有这么离谱吧？再说文敏前几年忙得飞起，她还能对弟弟的个人感情史了若指掌？

然而这段地下恋爱，确实奇奇怪怪。跟缪琪以前谈过的所有恋爱都不同，跟文杰在一起，底色很明快，干净，就像卡茨的画一样，颜色鲜明，笔触干净利落。这真是一场简单的恋爱，每天他来看她，像小学生一样，带着小点心、小零食。有时带盒牛奶，缪琪说，天太冷了，不想喝冷牛奶。第二天他从家里拿个保温杯过来，里面装着热牛奶。

很小一件事，但她很开心，把热乎乎的牛奶倒进马克杯里，用嘴吹一吹热气，心里像放烟花一样。

他们去看电影，黑暗中他紧紧握着她的手，等到放映厅灯光亮起来时，他会下意识松开手，然后为自己解释："有种好像被老师看见的感觉。"

缪琪说，大学城里她的学生挺多的，在外面就不要牵手了。不然以后分手了，家长还要问东问西，不太好。

她觉得自己在玩大冒险，竟然跟这么小的弟弟在一起，而且他还没工作。这怎么跟人讲？是个有脑子的人都会过来好心好意教育她，你要现实一点，你现在这个年纪，浪费不起时间了。你陪他几年？一年？两年？三年？三年后你34岁了，他还是20多岁。

他们是秘密形式的恋爱，只有他和她知道。

一旦开始秘密形式的恋爱，才知道很有趣味，那种怕被人知道到处东躲西藏的感觉，刻意忽略掉生活中最重要一部分，跟朋友随便聊聊的滋味，明明内心乱成一团，表面波澜不惊的掩饰……通通都好玩。

每天晚上结束教课后，文杰来接她，在画室里帮她收拾东西，收拾颜料盘洗一洗，桌面用抹布抹抹，事情不多，但有人帮忙，感觉很不错。他还帮她在家长等候区，准备好小零食和水。那块地方原来只有两张桌子几把折叠椅。缪琪曾经也想好好弄一弄，买点花草窗帘布，但她精力有限，搁置许久。

她在工作室里打扫时随便提了两句，第二天男友兴冲冲拉着她去逛花鸟苗圃市场，在里面买下大小植物数十盆。缪琪一开始极其犹豫，不要买吧？她缺乏照顾养育植物的经验，之前工作室试买过好几次盆栽，连一盆仙人掌都没活下来。

文杰说没事，反正也没多少钱，他来照顾就行。

"活了算你的，死了算我的。"

缪琪对他有了一个新的观察，虽然他们在一起没多久，但看得出来，文杰对于动植物有着非常非常大的兴趣。他可以在花鸟市场里逛上一整天，沉迷地看着各种盆栽，从富贵竹看到文心兰，又从肾蕨看到鸟巢蕨。

他还怂恿缪琪养一只七彩文鸟，挂在霸王蕨掩映的绿色之中，一定很好看。或者可以搞一个生态鱼缸，小朋友们肯定很喜欢。

缪琪心想，我能跟你谈多久，一星期？一个月？一季度？等恋爱结束分手时还要面对你买的小鸟小鱼小虾？

她这种感觉，好比恋爱脑里装着警钟长鸣，戛然而止又欲罢不能。一会清醒得过分，一会不可避免地沉沦。这头觉得恋爱好美，那头醒来又不免心态如天山童姥，面对幼稚的想养一只小鸟的男朋友，像劝小孩一样劝他，过了春节吧，不然鸟怎么办啊？植物也少买点，冬天冷，容易死掉。

可是文杰一个人兴兴头头，花了两天时间，把那个家长等候区弄得像小型热带温室一样，大人小孩进来都一阵惊喜。那段时间缪琪正好在推寒假的画画冬令营，可能是改造过一番，大家心情都很好，来报名的人络绎不绝。本来只打算开两期，统计后一看，三期都绰绰有余。

31岁的她，谈着世界上最纯粹的一场恋爱，她觉得自己终于走了好运。踩到谷底，又爬上了杰克的魔豆。那些关于爱情的枝叶在心里不断攀爬绽放，她的春天提前开始了。

原来她总觉得松江没什么好玩的，开始谈恋爱，才知道可以去的地方很多。零下两度的降温天，他俩去爬佘山。山上一个游客没有，缪琪冻得要命，脚麻，手也麻。有人形容上海的冷，就像穿着一件浸湿的衣服出门，寒气久久不散。两人在荒凉的山上，肩并肩慢慢爬行,有一种走到世界尽头的浪漫。

文杰在很多场合,都显得很木讷,但在有动植物出现的场合,时不时会探身到路边看看。冬天山里很荒芜,基本上什么都没有。缪琪很好奇:"像你这样,不是更应该去云南这种地方吗?或者干脆去泰国印尼什么的。"

大男孩很认真地听着,又很认真地回答:"你不会觉得很神奇吗?冬天什么都没有,但到春天,最丑陋的地方都会有小草发芽,野花四处生长,大家兴兴头头,好像约好了要一起努力一样。"

缪琪冷到牙齿开始打架,文杰揽住她,问她,是不是很冷?

她颤抖着回答:"不冷。"

"你鼻子冻红了。"

她有点脸红,拿手捏了一下鼻尖,发现竟然冻出了清水鼻涕。

他拿了纸巾,乖巧地抹掉了那点鼻涕。

缪琪深感,好羞耻。好羞耻啊,如果是在10年前,有人拉着她在零下两度的天气爬佘山,一定会气得半死吧?这是贫穷男人的诡计,磨磨蹭蹭都不带她去暖和点的咖啡厅喝杯东西。

可是10年后,她觉得弟弟很可爱,就是那种笨拙又有点手足无措的模样,那种犹豫该什么时候揽住她,又小心翼翼给她擦鼻涕的模样,真的可爱极了。让她情不自禁挽住了弟弟的胳膊,主动把手伸在他口袋里。

就是这种程度的爱意,清澈如水晶,又澎湃如大海。恋爱仿佛是两个小朋友,偷偷发现了一个大糖果盒,两人你一颗我一颗,吃个不停。

初吻很冷,两人的嘴唇都像冰棒一样,让她忍不住脱口而出,好冰。即使在寒冷的山顶,也能感觉到冰凉的程度。然而吻着吻着,仿佛冬天结束,冰雪消融,化作小溪潺潺流动,花朵在春风中摇摆,逐渐成燎原之势。荷尔蒙竟拥有如此强大的力量。

以这样的勇猛谈着恋爱,回到家,她还要摆出一副臭脸,来应对爸妈的关心。

品珍问她,干吗老是一副不高兴面孔?干吗啦?谁欠你钱啦?

缪琪随便说说,今天课上小朋友很吵,哪里哪里不开心。摆臭脸的原因是她可以很快溜上楼,不用在质疑的眼光里待太久。

有一天她妈说:"你最近怎么不去相亲了?上次你舅妈要介绍那个,条件不错的,社区医院医生,以后我和你爸看病都不发愁了,你去看看嘛,相不中做个朋友也好。"

她已经想好了一个完美无缺的理由:"年前都不相了,年后再说吧,现在去相,那万一可以的话,是不是过年就要一起吃饭了?压力太大,还是过年后再说吧。"

她妈一下起劲起来,好像看到了女儿有望在春节结婚的美好前景,说:"那不是蛮好,你还要等什么?等谈个七八年,到40岁再结啊?"

缪琪叹一口气,换了个战术:"最近真的很累,年底了工作室事情多得一塌糊涂,你这样逼我,有什么意思?"

品珍狐疑地看了女儿两眼,眼神落在电视屏幕上,那里面正在播放一部国产剧,吵吵嚷嚷又歇斯底里,彻底吸引了她妈的目光。

如果她妈知道女儿的姐弟恋,会怎么样?会跟这部国产剧里的人一样歇斯底里吗?缪琪不敢细想这个问题,赶紧溜上楼。

没想到品珍又叫住她:"你最近打车回来怎么打的都是同一辆车啊?"

缪琪阵脚大乱,先虚晃一枪:"啊?"

"我问你怎么每次停在小区门口都是同一辆车?"

最近每天文杰都会开着他姐的车,送她回家,为了不让爸妈疑心,她几乎没晚归过,没想到她妈竟然会留意到车牌号。她急中生智,想出一个理由。

"哦,上次师傅说要是经常打车的话,就给他打电话,这样不用平台抽成,他可以多赚点。"

"给你便宜多少钱?"

"原来30块,现在25块。"

"师傅哪里人啊?"

"我哪知道啊?"

"你每天都坐这辆车,你不跟他聊天?"

"那我下次问问,好吧,还想知道啥,家里几个人,几辆车,几套房?"

品珍白了女儿一眼,不管她了。

很多人觉得中年女人处事精明,一眼就能看出蹊跷,实际上只要你对她摆一张臭脸,她会迅速忘记那个疑问的线头,只会开始论证自己是多么不易,才能到今天这步田地,从而推导出一个理论:这世界上只有她有资格摆臭脸,家里其他人都不能。

但在没设防的人面前,几乎谁都能看出来,缪老师最近心情好极了。

各个方面,都明快起来。原来总是穿得很沉闷,上课的时候喜欢穿黑色棉袍,带一副袖套。现在一进去,看到穿着落日色马海毛毛衣的老师,有几个小女孩会说:缪老师今天真漂亮。

她的脸熠熠生辉,即便是上海最难熬的冬天,她也很幸福。

缪琪有一种今朝有酒今朝醉的决绝,她知道这份感情根本没有结局。此刻很幸福,并不代表永远幸福。再说她是过来人,曾经跟陆士衡,也拥有过无与伦比的幸福。

她这个人虽然现在过得很惨,要什么没什么,但在恋爱上运气挺好的，没有碰到过一心一意要骗她的男人。可是这反而更令人难过，她没有错，他也没有错，最终却不能走到一起。

跟陆士衡恋爱的时候，缪琪还很单纯。开头跟偶像剧一般，说起来，跟文敏还有关系。她和文敏一起约好去北京玩，文敏有事，赔罪道歉说实在对不起，去不了了。文敏说你还想去吗？如果你不去，我把机票酒店钱转给你，不然太不好意思了。

缪琪想了想，那就一个人去吧，正好练练胆，她还没独自出去旅行过。

在飞机上她闲着无聊，拿出速写本开始画画，模仿某个日本漫画家画一个人去旅行，只不过她是被好朋友坑，才一个人拖着行李箱来到机场。当时缪琪还想入非非，不会这就是她漫画事业的开始吧。

飞机下降的时候，旁边坐着的男人开口，说："你画的是你自己吗？我觉得你比画里的人要好看多了。"

那人正是陆士衡，缪琪看到有人搭腔，出于对陌生旅行地的好奇，把本子收起来，问了几句北京的问题，去哪里玩，去哪里吃正宗老北京小吃。

陆士衡瞪大双眼说："你是第一次去北京？"

缪琪点点头说，对啊。

这或许激起了他的好奇心和保护欲，他说，加个微信吧，如果在北京有什么事，可以找他。然后为了证明自己不是坏人，他给了缪琪名片，还拿出了身份证。

文敏听到缪琪这段故事，当即拍手说："以前我都觉得影视剧是骗人的，哪里来那么多巧合啊，看来对你们长得好看的人，世界根本不一样，我们这种普通女孩，就只能朋友约着一起吃火锅认识另一半，太没意思了。"

现在 31 岁的缪琪,又谈起了甜蜜的恋爱。虽然她一再跟自己说,你被恋爱脑坑了一次还不够吗?但好像没有办法,恋爱谈起来就是这样,不到山崩地裂,不想喊停。

所以享受此刻就好了,圣诞节的时候,出去住一晚吧。跟以前的恋爱关系不一样,以前她总是扮演一个追随者,配合着男人的行动。这次她比他大,很多事情,都是她说了算。

就像喝酒,现在正喝到微醺处,是最快乐的时刻,再过一段时间,大概就吵架吵得想吐了吧。那时候可一定要果断分手啊,缪琪在心里盘算着这些事,仍然天天跟小男生在某个不为人知的地方,紧握双手,走过冬日坚硬的地面。

收到几笔寒假营学费后,缪琪请男友吃饭,找了一家中等档次居酒屋。她想就着日式烤串喝清酒,又点了大碗金枪鱼沙拉、鳗鱼饭、玉子烧。当她开始喝酒时,她感到有点奇怪,但又说不出来这股别扭和奇怪到底在哪里。文杰一开始没要酒,他开了车。

她劝他,要不还是喝一点吧?我一个人喝,很没意思。

他说,还是算了,等下我要开车送你。

她说可以找个代驾呀。

于是文杰的杯子里终于倒上了酒,喝完几杯后,缪琪恍然大悟,脑中如同忽然亮起小灯泡,明白了奇怪的点在哪里。

以前她约会,不管是初恋、前夫,还是几个不明不白的暧昧对象,那些男人无一例外,在渴望发生进一步关系前,都会劝缪琪喝酒。

酒精好像某种男女之间的诱饵,只要你答应喝酒,那就是愿意跟我进一步发展关系的铁证。实际上缪琪酒量极佳,她疑心她遗传了老缪的酒量,白酒半斤根本不在话下。但有一次她假装自己酒力不胜,对方竟然过来扶住她的腰,凑近她耳朵说,那去楼上房间休息一下吧。

做一个女人，就很容易碰到这样的事。

回想往事，她总会为当年没有狠狠甩对方几个耳光感到后悔。

现在居酒屋的榻榻米上，她正陷入微醺，当然这么点酒完全不是问题，但有些话经过酒精处理，显然很容易开口。文杰到底是来上海干吗的呢？

"你来这么久，好像也没有去找过工作吧。"

她说出来了，虽然她一直给自己洗脑，这是没有未来的恋爱。但人有时候就是情不自禁想问问，一生一世我肯定不信，但你能不能给我一个有效期，好让我有一点点准备？

文杰专心吃着鳗鱼饭，看起来一副不太灵光的样子，只是支吾了几声。

她不得不换一个角度，那么，问问来源吧："话说你到底是为什么忽然来上海？金三银四金九银十，你这大冬天来是干吗？"

"我爸把我养的蜘蛛扔了，养了8年。"

"啊？"

"智利红玫瑰，是很可爱的宠物蜘蛛，我初三那年养的。"

"为什么扔了？"

"简单点讲，就是我爸觉得蜘蛛不重要，他新找的大师说家里不宜养这种阴毒之物，说会影响生意。所以我8岁的小卡就这么被扔了。"

"你的蜘蛛还有名字啊？"

"对。"

缪琪深感自己好像来到了一片陌生领域，文杰谈论蜘蛛的样子，看起来最多12岁。她极其想要发消息给好朋友文敏吐槽，却又没办法做到。

原本她还假设，他或许是什么小海王，十几岁就忙着谈恋爱，甚至没准把女孩肚子弄大过。不然为什么一开始表现得这么若即若离。现在缪琪知道了，那些文杰专心放空的时候，极有可能只是很简单地在想念他的蜘蛛。

他没谈过恋爱，是很有道理的。一个养蜘蛛能养8年的男人，不，男孩，谁敢轻易接手？

想了想她给珊瑚发了条消息："找了个小8岁的男朋友，该怎么样无视或者容忍他的幼稚？"

珊瑚发来一个大笑的表情，紧接着又来一句："正常，你不能要求他年轻单纯又要求他圆滑世故。"

"也不是说要圆滑世故，就是他聊的话题，我有点跟不上，他在跟我聊他的宠物蜘蛛。"

"哦，那不是很好吗？喜欢小动物的男孩都很喜欢小孩。"

"不不，完全没考虑到这一步。"

小男生上洗手间回来了，缪琪只能赶紧把手机扔到包里。

这回她非常单纯，她只是谈个恋爱，不涉及婚姻更不会涉及孩子。

可是话还是问出来了："你喜欢小动物，那你喜欢小孩吗？"

这一刻，想生孩子了

"你进去买。"

文敏站在深夜药店门口，命令小宋。

小宋觉得老婆的自尊心来得莫名其妙，买个验孕棒，为什么一定要他进去呢？当然他进去买也无所谓，他以前还会在便利店帮文敏买卫生巾，除了经常弄错型号，他毫无芥蒂。

文敏不愿意进去，她心想半夜来买验孕棒的女人，大概都会被营业员处理成可怜人吧。要么是不谙世事的未婚先孕少女，要么是对自己的子宫毫不珍惜的女人。不然什么人会半夜来买？

她站在门口，琢磨这可能也是一种厌女。毕竟在她刚开始例假不久的少女时期，她妈反反复复说的都是那些不学好的未成年少女，是如何因为怀孕前途尽毁。她后来看影视剧，里面不小心怀孕的女人要么泪流满面要么羞愧到无地自容。

她才不要做那个被营业员上下打量的女人。等小宋出来，文敏凑上去，刻意问道："你说要买验孕棒的时候，人家是怎么看你的？"

小宋大大咧咧说："看我干吗呀，肯定不是我怀上的，就给我拿了一支呗。"

派小宋去，买回来的验孕棒就是最贵的，文敏都不敢相信，什么验孕棒要50块钱一支？

"说是可以显示怀孕几周什么的。"小宋显得特别开心的模样，又补了一句，"你要是不满意，我可以拿回去退。"

文敏踢了一下小宋，两人三步并作两步，急急朝酒店走去。

其实她根本不相信世界上会有什么意外怀孕，每次有人说自己意外怀孕，细细打听一番，都是所谓的安全期，结果出了事。有次她还看到一篇男人写的文章里，描述自己是怎么一不小心又让太太怀孕了，安全期竟然没保障。

文敏翻了个大白眼，这些没上过生理课的文盲，竟然还像智人一样迷信安全期，那不就是不喜欢戴安全套的男人，拿来蛊惑女人的吗？

此刻她坐在马桶上，煞有介事地看着验孕棒的使用要求，凝神静气了一会，听着小便的声音，把验孕棒放下去。小宋一直站在卫生间门口，就像等待大乐透开奖的彩民，参与度极高。

几秒钟后他俩得到了结果，没怀。看来只是单纯的不胜酒力，小宋倒也并不沮丧，反而有点自嘲说："如果每次戴安全套都能怀，那我这精子也太活跃了。"

不过这次出门，他们发现在酒店里的确比在家里有氛围，在家忙起来常常各睡各的，酒店里小宋总是积极地创造着机会。

没有怀孕，两人都松了一口气，不用去探索新世界，留在这里，也挺好的。

文敏问小宋："你到底什么想法？"

小宋无可无不可，他确实不是太着急，用行话来说，他正在事业上升期，而且是坐火箭一般的飞升。他觉得孩子有没有都可以，不是可以请月嫂育儿嫂什么的吗？比起考虑孩子，小宋考虑更多的还是事业，目前冉冉升起的绿色金融产业，小宋每次多跑一个工厂，就又助长一份雄心，他搓着手等待着收割。

因为他的行业是重点行业，去一些中小型工厂，出来见面的都是老板或者直接负责人。他们很愿意了解更多，同时也喜欢在饭桌上，跟小宋批发一些老板们的逸闻趣事。

有一次在饭桌上，小宋说起刚从某某厂过来，一老板忽然脸上多了几分笑容，很高兴地跟小宋分享了这个老板的故事：跟太太生了三个小孩，他一个人在这里开工厂，太太带着小孩在上海读书。然后嘛，老婆跟小孩游泳教练好上了。

小宋也是没想到，竟然能听到这种故事。

本来他以为老板想说的是，让小宋忙工作的同时，也要记得照顾家庭。没想到老板话锋一转，说，你知道这个×总现在多开心吗？哎哟，前段时间离了，开心得要命，说现在赚的每一分钱都是自己的了，不用害怕离婚分家产了。

小宋把这个八卦带回来，跟文敏说了一遍，老婆的解读则是这样的："这女的大概不出轨就跟死了一样，出轨了才算是活着。"

对女人来说，感情比钱要重要多了。对男人来说，感情？感情是什么？太荒谬了。

两人又商量，我们总不会到这一步吧？文敏说，其实她赚钱的时候，有想过，小宋出轨怎么办？

小宋来精神了："怎么办？"

"换一个啊，我这么优秀的女人，还怕离婚吗？"

"话说你的好闺蜜，离婚后相亲不是很不顺利吗？"

文敏甩甩头，说："缪琪嘛，最大的弱点就是传统妇女的弱点，老是觉得自己不够好，老是要委曲求全，老是站在男人的角度思考问题。其实她那么漂亮，找谁不行啊？我是她我才不会去相那些离婚男人，我就要找个年轻又帅气的。"

"你不是说她急着生小孩吗?年轻又帅气的,怎么可能这么早愿意生呢?"

"所以她自己把自己锁死了。"

出差接近尾声,小宋的行程终于缓和下来,不再像之前一样,一天塞得砰砰满。最后一站在杭州,有两天企业培训。文敏想先回家,小宋说,别啊,来都来了,有始有终,送佛送到西嘛。

所以小宋本来在桐庐开会,为了让老婆安心陪自己开会,订下千岛湖边的酒店。他说,既然出来一趟,我们就一起逛逛湖景再走,升华一下夫妻感情。

文敏不解,这么冷的天,在湖边升华什么感情?她说不要,但是来不及了,小宋已经额外请好两天年假,还租了辆车,方便出行。

小宋开完会晚上10点多往千岛湖方向赶,文敏在酒店房间里跟往常一样,无所事事。

她很高兴,出差要结束了。再过两天,她就能回到自己的主场。这大半个月来,一直以小宋妻子的身份活动,特别是后来有一程,小宋有两个男同事过来出差,文敏感觉他们看她的眼神像在看寄生虫。

嫌弃,又不便明说。特别是当这三个人在讨论话题时,文敏插进去问一句或者提一个什么想法,男人们虽然不反驳她,但显然流露出了"你不懂这行"的表情。后来文敏尽量给自己多安排活动,才能避开他们的工作餐时间。这导致她梦想的随夫旅游,更像一份没有时薪还要证明自己的工作。

去干吗呢?文敏不想逛街,也不想大冷天在外面闲逛,最终还是选择去每个城市的博物馆逛逛,有的博物馆门可罗雀,有的全是认真听讲的小学生。她原来觉得逛博物馆跟逛美术馆一样,忙里偷闲附庸风雅。去得多了,倒觉得挺有意思。她跟在某组小学生背后,听着他们不停叽叽喳喳:"哇:这个可贵了,哇,这是馆里最值钱的吗?"

他们就像在玩寻宝游戏。

而文敏很爱看古代女人的各种出土文物。骸骨,发簪,衣物,她都喜欢看。看着看着就觉得都说封建女性地位不高,但她在大量的珠宝首饰中,常常能看出些许当家主母的意味。

她甚至有点怀疑了,或许转身去做个优秀的老婆,也不错?可是又实在讨厌这种房间里看着落地窗,盘算丈夫几点能到的感觉。

晚上,文敏的电话响了,显示小宋来电。她想他可能是叫她下楼吃消夜,接起来一听,小宋的声音听起来并不那么镇定:"我坐公司的车在高速上追尾了,我现在人在医院,你过来一趟行吗?"

文敏下意识追问:"你没事吧?严重吗?"

电话那头似乎相当嘈杂,她只听到两句吩咐:"我得进去做检查,应该没事,我把医院定位发你手机上,你快点过来吧。"

酒店离小宋发给她的医院定位,有30多公里。文敏是个遇事很镇定的人,既然小宋还能打电话,应该问题不大。她下楼的时候步履匆匆,抵达停车场那一层,电梯门打开时,文敏猛地冲出去。她到车上才想起来,忘了穿外套,但是管不了那么多。

那辆小小的白色汽车租来还不到半天,方向盘很轻,底盘还不错,文敏打量了一眼手机导航,离小宋的位置,大约50分钟。

出车库第一个红灯,她给小宋发消息,50分钟后到。小宋没有回复,文敏独自驶上马路。车还没来得及调广播,索性关了。在城市里并不觉得寂寞,等到驶上高速公路,文敏只听到车内灌满胎噪声,这辆车隔音做得不太好,风有点大。

开了10分钟后,她摸索到一个放流行音乐的广播台,用强烈的节奏感,盖住了该死的胎噪。她在黑夜中心情紧张,有一种说不清道不明的惶恐。

想到很多年前，在文敏还小的时候，她上的幼儿园就在镇医院旁边，放学时她在人群中看到了她妈，很奇怪的，她爸也来了。两人一人骑着一辆自行车，文敏走到跟前，看着她爸跟妈妈说："兴华被一辆摩托车撞了一下，我们一起去医院看看吧。"

兴华是文振华的弟弟，文敏的叔叔，那年20多岁，单身，还没结婚。

她妈脸色一下焦急起来，问怎么样，有没有事？她爸以一种并不在乎的语气说，没事，有事肯定早就送到县医院去了。

镇上的医院，还是石磨地面，墙面上半部分白色，下半部分绿色。文敏在走廊这头，看到走廊那头簇拥着一堆人。没等她反应过来，她爸已经冲了过去，大喊着，兴华！兴华！

文敏的手被她妈妈拖在手里，走上去时，她在人群的缝隙中，看到鲜血正顺着那条粗糙的木质长条板凳流下来，地上好多血，几乎汇聚成了一个小水坑。

她不敢看叔叔的脸，她看到妈妈在痛哭流涕，听到有人说，把小孩带出去。乱哄哄的时候，救护车来了，很多人从走廊冲了出来，给医生让出一条道。她记得自己站在花圃旁边，看到年轻的叔叔，好像被碾碎的玩具娃娃一般，被运上了车。

那画面很长一段时间，都是文敏的童年噩梦。开心的幼儿园，忽然出现的父母，她爸说没事的，之后鲜血，人群，一张破碎的脸。

兴华没有救回来，文敏有时也想，是不是叔叔的死，让她爸妈非要再要一个不可？

葬礼上，她听到喝多了的父亲一边哭一边讲："我那时还跟我女儿讲，叔叔肯定没事。进了医院一看，人已经那样了，我腿都站不起来了……"

原来她爸说没事,只是在强撑而已。这是很多年后文敏才懂的,原来大人也会怕,也会假装一点不在乎。

她想到小宋慌张的那个"没事",脚底下的油门又踩得更重了点。明明听着吵吵闹闹的音乐,为什么心里却这么没有底?

接近高速出口时,文敏在路边看到一辆车头严重损毁的轿车,刚刚被挂上拖车。这画面瞬间把文敏理性的内心打成一盘散沙,她的惊讶久久不散。

出高速路口后,找了个路口再次拨打小宋电话,无人接听。

可以想象,她是如何慌张抵达医院,跌跌撞撞往红色字样的急诊楼跑去。冬季急诊楼里人山人海,正值流感暴发,不少父母带着高烧的小孩来看病,那些孩子满脸通红,额头上贴着退烧贴。一个坐轮椅的老人堵塞在路口,推他的人仿佛失踪了,把老人独自留在那里不知所措。文敏在急诊大厅里艰难地走来走去,有种翻越沼泽地的艰辛。

不知道过了多久,她的电话响了,是小宋。她接了电话,里头的声音告诉她:"我看到你了,你往左边走廊看。"

她拿着电话转过身,看到走廊尽头,小宋高高举起了一只手,文敏的心刚放下来,第二眼看到他另一只手蜷缩在胸前,脖子上挂着一圈绷带。

小宋刚拍完 CT,报告显示左手前臂及桡骨粉碎性骨折。文敏看了看他撩起来的手臂,又红又肿,还好没有外伤。他说:"真糟糕,我本能用这只手挡了一下,没想到骨折了。"

文敏的心放了下来,这下注意到旁边有个男的一直跟着他们。小宋说是保险公司的。

那么后面怎么办?

小伙子非常有礼貌,跟两人解释,目前在等交警给事故定责,看是哪方负主要责任,然后进行后续的理赔。他说得很云淡风轻,好像眼前这一起交通事故,不过就是小宋手指头擦破了一块皮,而不是一只手臂断了两个地方,骨头像碎片一样洒在手臂里。

但确实也不是什么大事,不就是一只可以接上的手吗?理赔员看惯大场面,所以显得波澜不惊游刃有余。

在嘈杂的找不到座位的急诊室站着,两人都有点茫然,那现在怎么办?

后来他们被告知,检查完就可以走了,你们是上海的?那就回上海的医院做手术?

文敏想想,也对,千岛湖边的酒店,这下真的没有心情再住,不如直接送伤员去上海最著名的骨科医院。车可以异地还,不重要的行李可以快递,重要的都在她包里和车上。

她打电话给文杰,电话那头很久没人接,刚接起来,文敏干脆利落地让文杰带好医保卡之类,第二天来医院。文敏一心想着,总之要先送去医院,如果耽误治疗,手会不会有问题?

小宋本来不太想连夜回上海,但他的领导得知小宋出事了,说要过来看他。小宋立刻回绝,不不不,没什么大事。领导说反正不远,过来看看吧。

于是小宋跟领导说,他已经坐上老婆开的车准备先回上海了,毕竟骨折的手要在上海做手术。

领导在电话那头噢了两声,说你老婆倒是挺厉害的。

这句话什么意思,小宋已经不想细想。在他的认知里,老婆就是一种很强大的存在,那还用说吗?

他们上车的时候,已经是后半夜。小宋有点担心:"老婆,你不会疲劳驾驶吧?其实我们回酒店明天再走也是一样。"

文敏不想走回头路,她惊魂未定,一点也不困。

在没见到小宋前,她认认真真地考虑了一个问题,如果他真的死了怎么办?

她会变成一个寡妇,一开始悲痛欲绝,之后时间像愚钝的刀一样,逐渐割开这些悲伤。一定会有人劝她朝前看,时光荏苒,没准她有了新的丈夫,新的家庭,像覆盖在旧墙纸上的新墙纸,看起来旧的像从未存在过。毕竟她又不是作家,没有什么能缅怀的方式,普通人面对伤痛,最合理的方式,不就是放下吗?

一想到丈夫会这样不留痕迹灰飞烟灭,文敏心里一紧,平常嬉笑怒骂无所谓,但在生死关头,她的爱毫无节制地涌现出来。

她越想越激动,甚至有点热泪盈眶,再一看副驾驶,半分钟前还在说"老婆累不累,要不还是我来开吧"的男人,此时张着嘴巴睡得很香。

宋易长着一张眉目疏朗的脸,这张脸存不下太多烦恼和心思。真的,文敏心想,男人的脸,好像总是比女人的脸要天真一点,愚钝一点,睡着后还是那副吊儿郎当的表情,显露着一模一样的无所谓,想那么多干吗?

文敏途中下车到服务站买了两罐咖啡,穿得单薄,走出来浑身一颤,其实她也没有看上去那么冷静,大衣都没拿。

车开进上海的时候,文敏盯着东边蒙蒙亮的天空,大口喝下涮锅水一样的黑咖啡。在那一刻,她忽然悟了,她和小宋之间,需要一个实质的项目,一个能够让他和她的过去现在未来,全都交缠在一起的项目。

以前,他们管这项目叫爱情的结晶,现在,文敏在混沌多日后,终于领悟了。

她需要生一个孩子,因为这是绝大部分夫妻最本质的一个项目,如果没这个项目,我们到底为什么要在一起?

她忍不住戳戳熟睡的丈夫，告诉他，快到了。

他睡得七荤八素，左手一直固定在绷带里，醒过来时小声呻吟了一下，说："伤口好像比刚才疼得厉害了。"

她一点不介意，像个总指挥一般，跟小宋传达了熬夜一整宿后的精神主张。

"等你手术完，我们就要个孩子吧。"

有时可爱也能管一点点用

"你说什么?"

居酒屋里刚过去一组喧闹的客人,文杰并没听见缪琪的问题。

他喝多了,或者说他的酒量跟他的身高完全不成正比。缪琪这才注意到,男友整张脸绯红绯红,眼皮周围浮肿起来,是标准的酒精过敏症状。

"你不能喝酒?你怎么不告诉我?"

文杰很难解释,因为在过往的经验里,如果他这么说,就会被人认为是娘娘腔,没种,不够意思。如果在女孩面前说自己不能喝,多少有点缺乏男子气概。

现在他肿成一只猪头,不用费劲解释了。他刚才在洗手间里吐了一会,想到那个困扰他许久的问题,人们到底在酒精里寻找什么呢?不管你多么爱酒,它都会让你变成猪头不是吗?只是有些人快一点,有些人慢一点。

回到座位上,他开始觉得昏昏欲睡,情不自禁地趴在台子上打起了瞌睡。

缪琪大感震惊,这是她第一次看到对酒精这么束手无策的男人,他们也就喝了两合清酒而已。如果缪琪爸爸在,这点酒不过是区区两杯漱口水。

她以为他只是小眯一会会，可能5分钟，最多10分钟。没准等下起来了，他们还可以点个寿喜锅。她一个人吃着烤饭团喝着剩下的酒，观赏着沉睡中的男友，觉得他有点像一种毛茸茸的小动物，索性把包里的iPad和笔拿出来。

打开绘画软件，随手画一幅插画。这是缪琪的小爱好，虽说更喜欢画布的质感，不过条件简陋的情况下，她挺愿意画电子图。以前跟朋友一起吃饭的时候，她会拿出来iPad，给大家画画人物头像，每个人都会很高兴，因为画面总比现实美丽，而且还比自拍照略有些许格调。

这样的插画很快，不过5分钟就能完事。但5分钟后男友并没有醒，缪琪盯着画面，改了主意，她再次画起了四格漫画，画上桌上丰富的食物，一碟炒杂菜，一盘吃了一半的烤串，锅里剩下一大半鳗鱼饭，章鱼烧……啊，还有男友旁边的客人。每桌客人都是那么吵闹，一桌是中年男人聚会，四个人加起来大概有250岁，一桌是一组闺蜜局，喝得比男人还要痛快。两桌人好像都在举行某种盛宴，欢呼声吵闹声不断。而文杰就在这样的喧嚣里，睡得旁若无人。

她一开始还看看时间，很快，找到了那种画画的乐趣，看着画面越来越有趣，越来越呼之欲出，她真的很喜欢画画。之后又花了好长时间，用来上色。可能有人会说，为什么不拍照呢？画画，那不是照相机没发明前的落后生产方式吗？

不，缪琪从不这么认为，相片永远不会取代绘画，因为在画布上，她可以随心所欲，把旁边食客只是勾勒一下轮廓，连男友跳出来的头发丝都会比这些人生动，这可不是照相可以取代的。

漫画完成后，缪琪有点犯难，应该放哪呢？朋友圈和另一个社交平台都有熟人关注，想来想去，她在一个最近时兴的社交软件开了个全新的账号，发布第一幅插画，标题为："和一个没有酒量的男人约会"。

秘密恋爱，总要有个秘密基地吧。

她叫了服务员买单，不停拍拍文杰的肩膀："醒醒，要走了。"

文杰放在桌上的手机，这时响个不停，缪琪一看，顿时害怕起来，上面显示，文敏来电。

不会吧，哪有那么巧，难道文敏大半夜刷着社交平台，从几根头发丝里判断到了这是她弟弟？这绝无可能。她使劲摇醒文杰："快点醒醒，你姐找你！"

这句话起效极大，文杰睁开蒙蒙眬眬的双眼，醒了，打开手机，那头传来文敏的声音。

大半夜的，能有什么事呢？缪琪坐在文杰旁边，度过了十分紧张的一分钟。

挂下电话，文杰看起来彻底醒了，告诉缪琪，姐夫在千岛湖遇到车祸，左手骨折，今晚他姐要开车带姐夫直接回上海，让他明天一早去六院送医保卡。

她立刻想给文敏发消息，然而总是名不正言不顺，甚至想不出什么像样的借口："我在居酒屋碰到你弟，他说小宋骨折了，怎么样，严重不严重？需要帮什么忙吗？"

她不能这么说，只能沉默，好吧，应该没什么事。

她和文杰各回各家，约会就此结束。接近午夜回家，她本以为会被爸妈大骂一场，没想到品珍甚至没从卧室出来，让她想起来，她的确30多了，晚归和彻夜不归，其实也不会怎么样，连学坏都已经过了年纪。

第二天，缪琪迎来了第一个无所事事的上午，经历过了20天的热恋期后，她选择在被窝里刷手机。想看看在她忽略这个世界的时候，世界都发生了些什么。

还是跟以前一样无聊，女明星被撞见和人约会，打工人因加班六小时愤怒离职，地铁站有人大摇大摆吃早点……

外面太冷，卧室空调不足，缪琪尽量拖延着起床时间，划到一条"大妈占座被泼一脸咖啡"，她很好奇，点开一看，是一条咖啡馆偷拍视频。

视频只有十几秒钟，穿着精致的大妈在骂："什么素质，有点廉耻就不会做出这种事情，真是晦气，松江这破地方，我这辈子不想多来一次……"之后，女孩泼了一杯咖啡到大妈脸上，咖啡馆乱作一团，女孩转身离开。

缪琪的正脸被清清楚楚显示在视频里。

她错愕不已，自己泼吴琴咖啡的一幕，竟然会被好事者以短视频方式进行传播，还加了一段解说，说中年阿姨莫名其妙坐在位置上，跟女孩争执了两句，就被泼了。

说起来，已经快一个月前的事了。明明完全不是真相，但视频看起来就是一副中年阿姨和年轻女孩萍水相逢互不相让的样子。大概一开始的争执这个拍摄者没注意到，他凭着主观臆断认为这就是两个女人在抢座。

是人生头一遭遇到这种事，她不可避免地打开评论，一条条蜂拥而来的恶评，让她瞬间如同被人扼住脖颈。

"有意思，泼妇对泼妇。"

"现在戾气真重，一点点小事就要吵成这样。"

"这种老阿姨咖啡馆里多得要命，一天到晚都在拍照发抖音，被泼活该。"

"老阿姨嘴上真不干净，松江招她惹她啦？"

"年轻女的真离谱，长得挺好看，没想到也是个悍妇。"

"证明上海人确实爱喝咖啡,哈哈哈。"

……

越往后翻,骂得越脏。"这种人活着也是浪费""建议拘留,脑子好好清醒清醒"……所有人都相信,他们看到的视频就是百分百事实,不容辩驳。

她完全不知道该如何是好,这超出了缪琪的个人认知,只知道大脑一片空白,好像站在了某个悬崖上。

品珍敲响了她的房门,那大嗓门平常听着烦人,现在听起来却带着来自真实世界的温暖:"几点了?你还不起床啊?昨晚那么迟回来,去干吗啦?"

缪琪从床上起来,也没言语,直接走进卫生间洗漱。

品珍还想继续唠叨,看女儿神情不对劲,那张脸跟白纸一样,她有点忐忑,缓和了语气:"怎么了,你不舒服?"

缪琪把卫生间的门关上,含糊说自己不舒服,好像发烧了。

她妈顿时心疼起来,怎么发烧了?是不是最近流感传染到了?怎么办啦,给你弄点粥喝喝怎么样?

她发现自己其实毫无食欲,在卫生间喊了一句:"妈,让我休息一下,你先出去吧。"

对泼咖啡这件事,她并不后悔,但一下放置在公众视野之中,毫无疑问,她看起来粗俗,暴力,没有道德。缪琪无法想象的是,这热搜会走多远,会不会像很多热搜一样,来上几个反转,有知情人说这不是占座,然后呢,她,她的离异故事,她的家庭,会不会每一样都被翻出来?

虽然她不偷不抢没做什么亏心事,可网络上的恶意会这么放过她吗?

比愤怒更可怕的是恐惧,恐惧热搜这把火会烧多大,也恐惧别人将会怎么看待她。

原本她只是一个小规模的家族笑话，亲戚朋友们早就知道，这段婚姻长不了，因为爱情结婚，怎么会有这么便当的事情？拎不清，不自量力。缪琪离婚后，她妈连小区散步都不去了。

这一次呢？如果全上海人都知道，这个泼别人咖啡的女人，是因为婚姻失败，对前婆婆泄愤，会怎么样？他们一家，是不是要从此缩起脖子做山顶洞人？

还有她的画画工作室，还能继续开下去吗？

在这种当口，缪琪忽然觉得，她以前嫌弃的失意人生，其实挺好的。一家三口虽然吵吵闹闹，也算其乐融融。她有一份可以糊口的工作，还有一个刚刚开始交往的小男友。是，如果说物质条件，在上海根本不行。

可是她很快乐。

现在连这点快乐都要没有了吗？

火势逐渐开始蔓延，首先牺牲的就是缪琪的手机。一开始文杰问她起了没有，后来又发消息说，他已经到医院了，姐夫看起来情况还可以，好像没办法立刻动手术。缪琪没回，不知道该说什么，假装没有看到。

这两条消息，很快就被一条接一条的消息冲刷到了另一个世界。好多人给她转发这条热搜，问这里面的是不是她，是吧？这个阿姨不是你前婆婆吗？怎么说她是来占座的呀？

"缪琪，看不出来啊，你竟然这么猛，敢当场泼咖啡。到底发生什么事了呀，这热搜说得不清不楚。这是最近的事吗？你不是离婚好久了吗？怎么又跟婆婆坐一起？你俩旁边那个男的是谁呀，看起来不像小陆啊……"

最搞笑的是，有个前同事问缪琪："是不是签了那些流量公司什么的,现在靠这个引流,成名了开始卖货做主播?你们这个是写好的剧本,专门找人推的吧?没想到你辞职了在干这个,缪琪,苟富贵莫相忘啊。"

以上种种,她都没有回复,对那个前同事,干脆拉黑了事。上班的时候还必须要忍受愚蠢与无礼,辞职了就没有这个必要了。

下午的时候,品珍和老缪都知道了。出乎意料,他们并没有回来骂缪琪,而是对吴琴破口大骂,松江怎么了,我们松江人招她惹她了?

吴琴那句"松江这破地方",一下子触发了地域歧视的敏感点。以前在家里说儿媳妇,那是家庭内部矛盾,现在矛盾哗啦被抖到台前,很多人都坐不住了。

晚一点缪琪再上网,热搜上还是她,不过比之前好一点,视频里所有人的模样都马赛克过了。

她想起武侠片里常常有昏迷数日的女侠,醒过来已经从千钧一发的决斗现场,躺在偏僻的山中小屋,不问世事安心养伤。如果她也能这般昏迷该多好,醒着,就要一步步熬过眼下的日子。

吴琴怎么样,她是无论如何不想过问,或许她正在某个地方旅游,压根不知道这种事。只是缪琪的善良,让她还是思考了一会,如果没泼咖啡,是不是热搜这件事根本不会发生。

陆士衡的电话和微信,是早已经被屏蔽拉黑了。以前还略有几分不舍,每隔一段时间,她会在微信添加新联系人里,搜索陆的微信号码,看看他有没有更新朋友圈。自然是没有,但这已经成了一个习惯动作,直到跟文杰交往,才彻底改掉。

文杰这天打了两个电话来,问她要不要出门,她很粗鲁地说,不要,没心情,今天别找我。

她后来找机会找了文敏,她问文敏有没有办法处理这种事,看到自己一直挂在热搜上，总不是办法。文敏在医院，听起来很疲惫，不过还是跟她说，应该找律师，找个律师事务所发律师函给所有的视频发布账号，估计会有效果。

"虽然律师函没有法律效力，好歹他们知道你不是好惹的。"

又过了一会，文敏给她打电话，说她看过热搜了，哦，其实没什么问题，现在网上没多少人骂你。

缪琪最最惊讶的，就是文敏说，这种事情她也碰到过。

"前两年风生水起的时候，对家老是造谣，说她的机构有内幕，老板有问题，收了钱根本不退，背后还有什么不干不净的流氓团伙，不然她怎么会一个人开那么多家？"

文敏说到这里大笑起来："这种诽谤的内容，真的很好笑，但真的有人信，就是你知道吧，互联网上咬人的狗最多。"

"我怎么不知道你这些事？"

"当时你不是在甜甜的恋爱？哪里听得下去这种尔虞我诈的故事。其实也没那么复杂，我找律师让他帮你找公证处，然后取证，剩下的事情从发律师函到打官司，都是他帮你操作，就是我那个律师太黑了，发一张律师函收了我好几万。"

"什么？要好几万？"

缪琪顿时犹豫起来，几万对文敏不算什么，对缪琪是一笔不小的开销，她又有了新的忧愁，每次面对生活真正的风雨，她总是囊中羞涩。可如今她已经30出头，不是20多岁可以穷得天真烂漫的岁月了。

电话里文敏继续出着主意："要不这样，我弟反正闲着，我先找他给你固定证据？"

"不，不用了。"

"客气什么？"

159

缪琪实在窘迫,她忽然觉得自己很对不起文敏,人家一片赤诚,自己却跟对方的亲弟弟在交往。这一天缪琪一直没出门,跟文敏打完电话后,她把手机关机了,想要从网络世界里抽离一会儿,离那个泼咖啡的泼妇困境远一点。

睡觉前,她还是打开了手机,在很多消息里,看到一条文杰的可怜巴巴的消息,一个小时之前发的,说:"我在小区门口等你。"

这么冷,他应该走了吧,又不是演苦情偶像剧。缪琪缩在被窝里,犹豫几秒,还是起来了,毕竟他只有 23 岁,她还是他的初恋。她裹上自己最厚的羽绒服,像包着一条被子,冲出家门。背后是品珍的声音:"这么晚去哪?"

"买点东西。"

她从楼下三步两步跑到小区门口,打算如果门口没有人,就散步到小区对面的便利店,随便买点什么。

小区门口果然没有人,她为她的纯情感到害臊,但随之斜对面停着的一辆车里,探出了文杰的脑袋,毛茸茸的,生机勃勃。

这份可爱,拯救了她无比沉沦的一天。

把生孩子当成婚姻第一大项目来做吧

骨科病房里一共三张病床，靠窗的阳光最充足，靠卫生间的条件最差，总有人在病床前走来走去，还能时不时闻到卫生间下水道传来的刺鼻气息，这味道几乎挂在文敏鼻子上。

小宋倒是很淡定，进了医院，戴上他的蓝牙耳机，该挂盐水挂盐水，该闭目养神闭目养神。偶尔，打打电话交接工作，接受大家的慰问。

他现在是最有资格躺着的人。

文敏在病房待了两天，铆足了劲想要把小宋的手术往前排一排。

他们刚进医院办好入院手续，护士就告诉他们，没有床位了，先回家吧，有床位会先通知你们的。小宋急需睡觉，虽然他在路上睡了会，但他非常需要一个能躺下来的地方。

文敏通宵开车，精神上极想躺倒休息，但驾驶带来的亢奋感还在身体里上下奔走。

她让小宋躺到车里，你先躺会，我上去。

她问护士：小宋前面有多少人？今天出院的病人有多少？什么时候才能轮到小宋住院？

护士打了个官腔，说不准，我们也是看床位在调整。

"那是今天还是明天？"

护士推诿起来："就叫你等通知嘛，轮到了我会打电话过来的。"

文敏在护士不耐烦的神色之间，看到了些许可以努力的空间。她明白现在小宋和几个人都在池子里，池子是不透明的，谁先上岸说不准。

在上海，以及很多地方，都有很多这样的池子。等着一个电话或者一些关系，排出一支隐形的队伍。

她得找点关系，这关系费了她很大功夫，找到一个原来的合作伙伴。

那时候吹牛说他爸爸是某医院一把手，但这条路显然行不通，因为人家已经把她拉黑了，律师函发过的公司也有这哥们的。

她还想到了她爹，文振华在上海应该也是认识一些人的，可她不久前刚跟她爹绝交，没有500万坚决不复交。

文敏想起一个人，简妮，她肯定有办法，她一看就是在关系上下了很多功夫的女人。骗子当然门路多，这还用说吗？

她靠着护士台，划拉着手机，思考要不要在医院旁边开个钟点房。

那护士抱着一堆资料出来，看了她一眼，说："你别等在这里，说不准的。"

"哦，我们住很远，在松江，他人在千岛湖撞的，我开了一晚上车过来，实在没力气再开回松江了。"

护士撂下一句："那我也没办法呀。"

等他们住进来，躺在那张文敏十分嫌弃的病床上，她才知道，医院里比小宋和她惨的人，那真是多多了。

护士的嫌弃很有道理，你只是断了一只手，这里到处都是工伤碾断一整只胳膊，抑郁症跳楼断腿，因为糖尿病要截肢的病人。

文敏目睹了一天这种情况，就决定不争取手术排班了。她原来还想用人盯人战术，或者找找关系看看能不能让小宋早点手术，后来知道躺在隔壁位置的大哥，出的是工伤事故，已经做了好几次手术，还在等着至少两次修复手术。

她想想，算了。

但小宋躺了两天，手术已经安排好了。小宋的领导很有能量，一个电话，安排得妥妥帖帖。

人还没来，空气中已经溢满对小宋领导的恭敬之情。文敏陪着丈夫做检查，挂盐水。

挂好了，他俩从医院大楼溜出去，在对面商场里吃顿饭，然后回来被护士一通骂，病人怎么好走出去？

隔壁病床上的大哥和大嫂笑嘻嘻，搭话说，你俩刚结婚吧？感情真好。

听到他俩结婚好几年还没小孩，床上的大哥分析："上海人要小孩是很晚的，城里培养一个小孩多贵啊，是吧？"

小宋点点头："是的，太贵了，还要买学区房。"

大哥躺在床上，一只手伸在脑袋下说："可不是，那房子动不动上千万，谁买得起？"

大嫂附和说："就是，以后小伟大学毕业，不知道娶不娶得到老婆……"

小伟大概就是他们的儿子，病房生活寂寞，他们很快熟稔起来。

文敏得知这对中年夫妻，已经来上海打工快20年，儿子也在上海，从老家考到了上海的大学。

大哥想着，等出院了赶紧回老家，用工伤赔偿在老家买套房子。大嫂想着，还是上海好，干家政一个月能赚好几千，回老家哪有这样的活？

文敏觉得这对夫妇挺不容易，在病房省吃俭用，连水果都没买过。她叫外卖的时候，略略宽松一些，说店主做活动，送多了，拿去尝尝吧，放在病房也是坏掉。

她并不吝啬做一个好人。

跟着文杰回家，拿好必需品，文敏在医院旁边开了一间房间，她可不能跟大嫂一样，晚上睡在一张小小的折叠床上，甚至有时上洗手间，也会等到回酒店再上。

小宋晚上也过去睡，病房声音嘈杂，压根睡不好。

小宋做手术这天，文敏早上10点走进病房，发现床位已经空了。隔壁大嫂看她的目光，也不像前两天那么热络。

不好。

她坐电梯到手术室门口，看到了她久未谋面的公婆，告诉她，人已经进去了。言语之中，像在责怪文敏，你老公要做手术了，你还这么晚来？

文敏解释说，昨天护士告诉她，手术要在10点以后。

她婆婆又高又壮，带着一种你怎么这么不懂事的语气，说："我们宋易昨晚到现在什么也没吃，做手术哪能干等着？你不自己上点心，人家能为你上心吗？我都不知道跑了多少遍，总算10点前推进去了。"

文敏大翻白眼，可这种事就是这样，你再不喜欢公婆，儿子手断了，他们于情于理都要出现在你眼前。

如果说缪琪的前婆婆，理念是不想儿媳妇占他们家一分一毫的便宜。文敏的婆婆，则是不遗余力要把儿子生活中的每一份功劳，都说成是自己的。

文敏百分百肯定，婆婆一出现在病房里，肯定找机会跟隔壁床大哥大嫂说了婆媳大战的故事，那句"她是想逼死我们"估计出现频率在三次以上。

好几年前的事了，文敏买房结婚的时候，小宋才刚刚毕业，拿着 6000 块月薪。当然，她不图他的钱，但是既然要结婚，文敏就要一个公平公正。

两家必须出一样的首付钱，她把她爸买的那套房子卖了，去掉贷款，到手大概 70 万。

文振华当时还不知道女儿事业高歌猛进，他觉得女儿就算泼出去的水，那也要泼得掷地有声，泼出娘家人的气势。

他说，我们家出 100 万。

文敏掐了掐，首付 200 万，她爸出 100 万，剩下 100 万，她跟小宋说，你爸妈能出吗？

小宋觉得应该没问题吧，他爸妈在老家收入还算不错，而且这么多年都没买房，那肯定是为儿子存了一笔钱，就算没有 100 万，大几十万总该有的。

这是一种基本操作，绝大部分中国传统父母，不是都有这种为了下一代呕心沥血鞠躬尽瘁的心理？

自己什么都不肯吃什么都不肯用，也要给小孩的未来添砖加瓦。

于是他俩一起回去了，小宋父母很喜欢文敏，这姑娘爽朗不矫情，家还是同城的。

他们总算不用再做噩梦，生怕独生儿子找一个偏远山区的女孩，那怎么行？无论如何，他们这种家庭是不可能扶贫的。

这下儿子找了个门当户对的对象，虽然文敏家是做生意的，文敏自己也开公司。

婆婆略略有点不开心，说起来，总是有点不稳定。

她认为儿子最好的伴侣是找个小学老师，那就再好没有了。

可儿子既然决定了，家里有什么办法呢？以后趁有机会，劝劝儿媳妇考个公务员才好。

文敏记得那天天气很好，秋高气爽，小宋率先提起了买房子的问题，他妈听闻两人要在上海买房子，立刻站起身，说："我给你们都准备好了。"

回到房间，拿出一张存折，郑重其事给到文敏手里，连称呼都变了："闺女啊，我和你叔叔这么多年抚养小宋不容易，我们不像你爸做生意，我们都是拿死工资的……"

文敏刚准备投入感情的时候，打开看了眼存折，整个人傻眼了，小宋爸妈只准备了10万块。

这真是令人震惊。她想到她家亲戚里即便是某个离婚的远房表姨，靠着在火锅店当服务员，还给儿子攒了100多万买房。

你俩有手有脚体制内做了这么多年，拿这点钱是什么意思？

文敏看小宋，小宋看了看存折，陷入沉默。

她忍不住要发火了，是不喜欢我的意思？那你们不妨有话直说。

看着二老恳切又爽朗的笑容，文敏耐住性子，从长计议，开始谈判："阿姨，是不是拿错了，这只有10万块啊？"

婆婆脸上依然充盈着微笑，她没有正面回答问题，只是换了一个开导的姿势。

毕竟体制内工作，开导是她工作的主要内容："小敏，是这样的，我和你叔叔这些年，外人看着觉得我们赚不少，那真的是误解了。这么多年，我们培养小宋不容易，他去上海念大学，上海这地方开销多大啊，每年的学费、生活费，好家伙，那真不是一笔小数目。他还比别人多念两年，我和你叔叔真是发愁啊，幸好后面也供出来了……"

文敏越听越不是那么回事，什么意思？因为宋易是研究生，所以就觉得拿钱吃亏了？他这样的人才，应该让女方贴钱结婚才对？

"阿姨，说到这个我就想不通了，小宋既然选择落户上海，怎么能给他找一份月薪五六千的工作？"

"那工作自然还是稳定点好，现在大集团裁员多了去了，我天天在朋友圈看到什么硕士被辞送外卖，大学生毕业干快递员的新闻呢。我们家小宋可不能干那个，小宋他爷爷是中学校长，也算是书香门第吧。"

"阿姨，说句不好听的，10万块不管在老家还是在上海，都买不了房。如果你们家只出这点钱，那小宋就算入赘我们家了。"

这句话登时让小宋爸妈吓了一跳："那怎么行，小宋是我们的独子。"

处在漩涡中心的小宋，此时呈放空状态，他其实无所谓。10万少是少了点，他想想自己是个成年人，父母也没有义务必须帮他多少。

文敏坚决不同意，她内心台词是这样的，看不起谁呢，给10万块你们也好意思？养了个儿子就想空手套白狼？

表面上，她坦然应对："阿姨，我就不绕圈子了，只出10万肯定不行，我家亲戚离婚了靠干服务员还给儿子攒了100万买房，您和叔叔这么多年积累要是就10万块，回头两家亲戚知道了，我怕对你们影响不好。

"还有就是现在房产都是按照双方出资额来分配的，现在500万的房子，小宋既不出首付也还不起贷款，将来房产增值，他基本上也拿不到什么钱，对他个人没什么保障。

"实在不行，把你们现在这套房子抵押个100万吧，退休金差不多也够还每个月的贷款了。"

话说到这步，小宋妈妈就急了，甚至摆出破罐破摔的姿势："那我们就是没钱怎么了？你逼死我们，我们也没有。"

"那不行就问我爸借100万，但是按照我们这的规矩，小宋就是入赘了，我觉得对大家也不好。"

文敏后来把要钱这段事说给缪琪听，后者惊呆了。在松江人缪琪看来，文敏又不缺钱，为什么要逼到这一步，这不是很难看吗？

文敏说："你傻不傻呀，要是一开始就让人家当软柿子捏，人家说什么你就干什么，以后怎么掌握主动权啊？"

缪琪觉得有道理，可是她是万万做不到的，因为她总是想做个好女人。所以在后来的婚姻里，只能让婆婆任意妄为搅得一塌糊涂。

和婆婆大战一场后，文敏一直没松口，并且还提醒婆婆，回头跟婆婆家的亲戚一起吃饭，这事她是绝对会拿出来说的，她要让大家评评理，儿子在上海买房，家里就出10万块，到底是怎么个打算？

两人大战三百回合后，婆婆终于拿出了压箱底的一笔钱，大概80万。不多，但至少过得去。钱虽然拿出来了，婆婆还做着最后的努力，这回她不跟文敏说，她跟儿子说。

"儿子啊，这可是我和你爸的棺材本，你说你去了上海，以后谁照顾我们，万一我们身体不好了，谁给我们养老送终。小易，妈妈真是命苦呀，没有这笔钱，将来躺在ICU，拿不出钱怎么办？"

那时文敏和小宋在松江租的房子里，文敏听着视频那边婆婆声泪俱下的叹息，几乎要把儿子给说动了。这一把苦情牌讲究的是钱给你，难题也给你，拿了钱你就是不忠不孝的罪名。

她凑过来说了一句："阿姨，那小宋一辈子不结婚，你躺在ICU就心安理得了？"

不就是情感绑架吗，谁还不会？

即便是文敏的朋友，缪琪都觉得离谱了，不至于这么狠吧？

但小宋的妈妈听完这句话，万般不愿，还是打来了这笔钱。

文敏胜利了，顺利结婚买房。其实她在乎的不是80万，而是你们不能把我当傻子一样，以为我什么都不在乎。

小宋的父母也没吃亏，小宋大学刚毕业就在上海买了房，让他们额外脸上有光。

后来他俩一起回了几趟老家，文敏总算知道了公婆为什么工作体面但手头拮据。

他们一家人完全是一个模子刻出来的，有事没事都要请客吃饭，亲朋好友聚在一块，互相大肆攀比买东西，要不就是组团去哪里玩，好像活着只是为了享受。

文敏不介意这种活法，但她很介意她婆婆的口吻，既然你这么潇洒人生，那能不能拜托你不要每次出现的时候，开始口口声声自己活着就是为了儿子？

就比如现在，手术室门口，婆婆正跟人吹嘘着小宋的光荣历史，考研，落户，买房，结婚，哪一样不是她辛苦栽培？

听着听着，文敏踱出了过道，心情极其不爽。

现在，婆婆知道文敏的教培干不下去了，但还不知道小宋现在事业风生水起，月薪已经5万多。她不敢想象，如果婆婆知道这件事，会怎么样爬到她头上？

这是绝对不能让婆婆知道的秘密，不然说不定老太太立刻要从江苏杀来上海，先杀杀儿媳妇的锐气。

相比而言，小宋的断手倒显得一点都不重要了。

总不能一直做个逃兵吧

热搜过去得很快。

明明有那么两天,网上铺天盖地都在讨论。很快又有了更劲爆更狗血的新闻,像一阵疾风,吹走了缪琪和她那杯泼出去的咖啡。

可还是有人不依不饶。

美术班的一个家长,自从看到这个热搜后,就在私下建群拉了所有家长进群,号称缪老师师德败坏,这样的老师,怎么能教小孩呢?再说她教的还不是语数外,只是画画这种课罢了。那就更加需要个人修养,对不对?

想来想去,她决定要退费,不仅要退剩下的课时费,还要退以前缴纳过的所有费用,她希望能得到大家的支持,并且一起行动,方便施压,这种事情,就算告到工商局教育局,她也是不怕的。

珊瑚给缪琪转发了这些内容,缪琪当然吓了一跳。这家长在群里叫小宇妈妈,正是小孩刚上第二节课,就追问她孩子有没有天赋的家长。

之后经常明里暗里提醒老师:怎么还不让她家小孩去参加画画比赛?都上了那么多节课了,中不溜秋的奖项总该来一个吧?不然怎么能证明我们在这里学习的价值?

那些牢骚让缪琪也很为难,她想让来画室的小朋友拥有的是画画的乐趣,不是好胜心。不过后来她家小孩坚持要来上课,也就这么不了了之了。

但看来,亲妈还是觉得亏了。

珊瑚说这家长已经在群里说了好几天,最近有越说越离谱的趋势,说自己是本地人,通过各种途径已经打听到了,对面那个被她泼咖啡的人,是缪琪的婆婆。

离婚原因是缪老师婚内出轨,出轨对象正是公司男同事,所以工作都不要了,从市区跑回松江。最近缪老师又跟前夫联系上了,婆婆才跑过来的……

"这种人怎么能做我们小孩的老师?谁知道以后还会出什么样的事?谁打算一起去退款?"

小宇妈妈把群名改成了维权群,气焰愈加嚣张。

缪琪完全不知道如何反抗,也不知道如何辩驳,别说,谣言听起来还挺合理,符合大众想象。不然难道有人信她真的是为了艺术追求回松江吗?

她想到这妈妈那时候在教室说,自己喝一大杯咖啡就为了撑到半夜两点,难道是在追查缪琪的线索?还是靠这功夫在编造谣言?

可是她能怎么办呢?

珊瑚看到缪老师模棱两可的态度,开始为她着急了:"缪老师,你打算怎么办?"

缪琪竟然有点蒙,她这才明白,为什么大家都说自由职业有风险,没保障。平常看起来收入不错,比上班好多了,也开心多了。

等真的碰到事的时候,没有任何人任何组织会保护她。除了任由别人泼脏水外,也没什么办法。

珊瑚叹息起来，怎么可以这么任人宰割？上次泼人咖啡那股劲呢？

说起来，缪琪还在懊恼，为什么要忍不住，如果上次忍住了，是不是也没有热搜这回事了？她太太平平想过日子的愿望，为什么总是被打破？

她决定这次要忍耐，随便你怎么说，退费也好，辱骂也好，忍着吧。

珊瑚摇头叹息之中，跟缪琪分享了一件事。

我现在认为，每个女人成长过程中，或多或少都会碰到这种搅屎棍。据我所知，搅屎棍广泛分布在人群之中，他们抓住任何机会就要展现他们的戾气，开始胡作非为。

这些人不会因为你忍让后退就这么算了，只会越来越嚣张。因为搞臭你成了他们生活的主要目的和乐趣，他们会乐此不疲当成一桩事业来做。

珊瑚想了想，或许文艺工作者都有这个特质，如果不是现实生活中屡战屡败，怎么会愿意埋头到文字或者绘画中求一条生路？

她告诉缪琪，多年前她也被网暴过，有一天她因为在网络上跟人争执，这人丧心病狂追着她不放，在网上勤勤恳恳动不动写下几千字小作文谩骂珊瑚，如同梦魇一般伴随她左右。

"这种人很可怕的，他认定他生活的所有失败都是因你而起，如果我没猜错的话，群里这个小宇妈妈，马上就要开始装病了。"

"你怎么知道？"

"示弱就是她的武器嘛，她会说因为这个事她睡不好，她家小孩也受影响，然后找你讹更多的钱。"

缪琪瑟瑟发抖，更加不知道何去何从："那你当年是怎么做的？"

珊瑚后悔不已，说："我就是因为那件事退出了互联网，从此隐姓埋名,连出新书开签售会都害怕这个人来现场。当然退网的好处是,创作时间变长了,但还是后悔呀。当时正面搏斗,不一定是我输,但我怕了走了,就是我输。你现在不站出来回应,她只会越闹越凶,缪老师,勇敢一点。"

缪琪拿着一篮水果,去文敏家看望小宋。

其实她不在意小宋的手,但非常需要文敏的帮助。她知道文敏肯定有办法,果然,文敏看到那些信息,就气炸了。

"这个人在诽谤你,是可以定罪的。"

"那我怎么办?"

"我觉得可以报警。"

"要闹这么大吗?有没有不那么大张旗鼓的做法?"

文敏看了缪琪一眼,真是哀其不幸怒其不争,把她手机拿过来,在群里@这位惹是生非的妈妈,干脆利落发送消息:

"天宇妈妈,你说的这些都没有事实依据,诽谤是可以定罪的,我希望你在群里正式跟我道歉,不然我马上报警。"

缪琪很害怕,文敏觉得缪琪简直莫名其妙,你怕什么?你婚内出轨了?你真的搞了男同事?没有的事,你怕什么?

"可是我真的泼了咖啡。"

"泼咖啡跟有违师德有什么联系啦?她现在传播你的视频还是在侵犯你的肖像权你懂不懂?对了,你还可以告她这个啊。还有她对你的声誉造成的损失,精神赔偿,这个真的可以请律师了。再说你怕什么,你只是教她的小孩,又不是欠她几百万。哎呀,缪琪,你不要老是觉得自己犯错了好不好?"

本来缪琪还想继续待着,她觉得文敏就是她力量的源泉,但是小宋的爸妈来了,再加上文杰,房子变得非常狭窄,也不好说话。

她拿着手机走了,文杰从后面跟上来,缪琪又像做错事的小女孩:"你来干什么?"

"我跟我姐说出去转转,其实我觉得我姐说得没错,你干吗老是怕这怕那?"

"我每次让你姐帮忙,我心里对她的愧疚就又多了十分。"

文杰对此更加无法理解,他说:"要不把我们的事告诉我姐吧,我觉得我姐会支持的。"

缪琪心想,你是嫌我最近还不够乱吗?

两人间隔一米的距离,往小区门口走去,文杰提议说:"你是不是很恨那个家长?其实我可以帮你去揍一顿什么的,你需要吗?"

她呆滞了一两秒才回复:"不用了,打架斗殴,那是犯法的。"

他不以为然地说:"那也值得。"

她脑袋轰的一炸:"不不不,千万不要做这种事,现在人家造谣是她不对,你去打她就变成我们不对了。"

在上一段婚姻里,缪琪最恨的就是陆士衡的不作为,不管他妈说什么,他都泰然处之。

有一次缪琪忍不住问他,你到底怎么想的?陆说:"你只要不把它当回事,就感觉不到痛苦。"

看来这么多年,他一直这么做。可这并不是缪琪的亲妈,她没有必须忍耐的理由。

现在换了一个,又觉得文杰平常没什么不好,一遇到事整个人大脑没怎么发育好的样子。缪琪忍不住像大姐姐一样,叮嘱文杰,不要冲动。

他说:"开玩笑的,好了,你放松一点。"

缪琪不说话了,她心想,画画班是她的生计啊,是能拿来开玩笑的事情吗?她可没有做生意的爸爸和有钱的姐姐来罩着自己生活。

文杰说要去看看房子,不想继续在姐姐家住了。

缪琪好奇:"你有钱租房吗?"

"嗯,已经租好了。"

"你不回家了?"

文杰看她的眼神很奇怪,好像在说,当然啊,不然你怎么办?

房子租在大学城附近小区,离文敏的家有点距离,但不算远。

当缪琪走进那个小区时,她有了一种说不清道不明的感觉,走进楼里,才回想起来。

对了,那时候去本地男友家里,不就是这种心情吗? 20 岁出头的她,无论如何都不愿意沿着本地人的生活模式继续下去。

没想到绕了一大圈,她还是在松江,而且男朋友还是租的房子,一室一厅。

幸好装修还过得去,原木色地板,白色橱柜,不至于心啪嗒一下掉在和家里一模一样的亮面瓷砖上。

刚坐在浅色沙发上,手机群里就有了小宇妈妈的道歉。

大概是报警两个字,触发到了这位母亲的良知。

其实缪琪也搞不懂,一个妈妈搞这些事,到底是为了小孩,还是为了她自己?

她看起来控制欲那么强,强到小孩走的每一步路,都精确算计好了步伐路径和价值取向。这么不放松的人,在家长群里,还不是少数。

缪琪的心略松了一松,虽然那家长说道歉归道歉,退费归退费。群里有七八名家长联系了她,表示决定要退费。缪琪粗粗一算,并不是一笔小数目。

她心情抑郁,早早回到自己家,却发现家里一晚上来好几拨人看房。

品珍说,想通了,房子还是要卖,卖得越早越好,不然为什么会碰到这些倒霉事?

中介带着客人,在他们家上上下下来来回回看个不停,这种时候特别有一种兵荒马乱的氛围。

老缪还在喝酒吃小菜,他们大概没料到缪琪会回家吃饭,所以晚饭烧得很节省。

一盘已经回炉至少一个礼拜的咸菜炒鸡,另一盘也是乌擦擦的炒茄子,就这两个菜,老缪吃得有滋有味。

每个看房的人进来,出于中国人的惯性,都要往台子上看一眼,一眼过后,神色就很复杂。

她想到多年前,如果邻居来他们家,看到这样的菜色,会大声说:"怎么吃得这么省?"七分不解带着三分嘲笑,缪琪也不明白,本地人的生活,不是应该都差不多吗?为什么他们家要这么省。

后来她知道了,在她上大学的时候,家里所有的钱,被她爸放到了一个老熟人那里,吃利息。

镇上这样做的人很多,缪琪上学回来,听到说,这不是非法集资吗?品珍说不会的,那家人房子那么大,工厂那么大,厂房那么大,听说厂房就值一个亿,怎么可能要我们的钱?

最多一两年,事情急转直下。熟人的老婆孩子都去了国外,熟人还在,但一分钱都给不出了,不管你去哭也好闹也好上吊也好,这人都只回两个字,没钱。

这又是吴琴看不起她家的一个重要理由,要多蠢多贪的人家,才会上这种当?

等看房的人都走了,缪琪问她妈:"房子卖了我们住哪里?"

看房的人虽多,出价都不高,所以品珍心情不好,回答说:"总不会叫你住树上。"

住哪?先租套房子住,对付对付再说。下一步呢?下一步房子卖掉，立刻买房子。买什么样的房子？

品珍也没了话，本地人只会因为一个原因置换房子，那就是家里的小孩要读书了，需要去买一套像样的学区房。可是她家的孩子呢？

她家没有孩子。

这天晚上，一家人各自叹着各自的气，都不再言语。

缪琪回到房间，再次算了一笔账目，去掉这笔钱，她就没什么闲钱了。对于一个30多岁的女人来说，这点未免太过凄惨。

她找文敏诉苦，文敏劈头盖脸又教训她一顿："退什么退，你不是有合同吗？这种合同上都写了不能退，你退来干吗？"

缪琪后悔了，她不该辞职的，此时她甚至有点怀念那些虐她千遍万遍的甲方和客户，至少不用拉她到道德审判庭，接受这种折磨。

当然，这话她不敢说给文敏听，后者一定会恨铁不成钢，你看看你，多大点事。

她不知道，她觉得这事很大，离婚是丧失了对另一半的信任，这事是丧失了对家长的信任。明明还一起有说有笑讨论着小孩子，怎么背地里会这样对她？

这一回，她没有退路了。上次可以从市区搬回乡下，现在怎么办？结束画画班还能退到哪里？总不能一直做个逃兵吧？

她退了钱，目的是结束现在的一切，不要再发酵了。如果歇斯底里的小宇妈妈去找吴琴……她不敢想象这件事会有多麻烦。缪琪心想，人怎么可以像打仗一样活着？太累了。

退完钱，缪琪不想回家，她没什么地方可去，和文杰一起散步到他的出租房。

"你姐知道你租了房子吗？"

"现在还不知道，不过马上要知道了。"

177

缪琪多希望世界在这个时间段停一停，稳住，不要动，让她在有限的几个小时里，去除掉所有乱七八糟的事，只享受一会男女之间的温存情谊。

她需要一张床躺一躺，发现前几天来看的公寓，已经换了模样。

席梦思上已经罩好深灰色床单，一套灰格子床品，文杰说，宜家买的，便宜货。

他还买了只踢脚线取暖器，到底是少爷，并不打算过凄风苦雨的独立生活。

缪琪已经为他的大手大脚吃惊，置办这么多东西，回家怎么办？

她问他："你有没有洁癖？"

他说没有。

她躺在那张床上，席梦思有点硬，但房间很暖和，不该沦陷的，总是要沦陷。

这件事略显得有点古怪，一个23岁，未婚，无业。一个31岁，离异，自由职业。

两家人会怎么样拼了命拆散他们？想到这点，他们在床上就拥抱得更紧了。

回家路上，她的电话响了，上面显示陌生号码，因为电话归属地是上海，她接了。

听到那声"喂"，她明白是陆士衡。

都这个时候了，还找她干吗呢？

陆士衡说："我母亲过世了。"

这不是几千年来说好了的事吗？

小宋的直属上司来了，跟文敏想象中的油腻发福中年领导完全不一样。

那是个瘦削挺拔的中年人，戴一副银边近视镜，头发白了一层，像漂染过，更显风度翩翩。可能为了显示这并不是公司层面的探望，而是私人交情，他带了妻子一起来。女人站在领导旁边，看上去并不匹配，虽然她穿着面料闪出一层光泽的浅驼色大衣，背一只小巧名牌包，可人胖乎乎的，没什么神采。

来之前小宋跟文敏科普过，上司姓韩，是美籍华人，回来工作起点就比所有人高，老婆是全职太太，生了三个小孩，都在上海国际学校念书。

哦，对了，韩总前段时间一直都在杭州，每周末回家一次。在他们这个行业，出差非常常见，基本上只要到达一定级别，常年出差在外会变成一种常态。

如此一来，韩先生和韩太太的状态，也就得到了解释。一个是经年累月奔波在外的面貌，一个是多年操心家事的体征。要带三个孩子呢，文敏心想，怎么会有这种生三个孩子的冲动？

她在厨房准备茶点和水果，小宋手断了，这种事只好她来做，现在她看起来很像男人背后的女人,散发出一层贤妻的温柔光环。最近她家务干得颇多,略略也有点得心应手。不知不觉之中,他们就完成了角色转换。

现在小宋就像电视剧里那种令人讨厌的已婚男人,吊着个胳膊,每天在家里逛来逛去。文敏呢,变成辛勤的贤内助,整天忙忙这个,做做那个。一次她看不下去小宋的悠闲劲,在煮的馄饨里加了很多红油,吃完饭小宋蹲了一晚上厕所,让她感到有些满意。

之后每次文敏在厨房,小宋都要过来转一转,不断提醒她,这个提子你要洗干净点,哈密瓜不要切这么大块。他看起来真想自己上手,很快又适应了角色,泡好茶,一只手端着茶盘出去。

韩总和夫人都劝:"别忙别忙,小宋,自己人,不要那么客气,你坐着就行。"

这是劝小宋的,当文敏把弄好的水果干果一碟碟放在餐桌上,他们倒没说什么话,甚至没有一句谢谢,仿佛这就是文敏的天职。

虽然韩总是美籍华人,毕竟根是中国的,开门见山,还是说起了小宋的房子,说:"今天有点堵,过来一趟快一个小时,小宋,你平常地铁来回,也很花时间吧?"

小宋说:"还好,习惯了也没什么。"

韩太太开口了:"房子买在松江,以后小孩上学是不是有点麻烦?"

文敏有点不解:说实话她其实没想过那么多:"松江学校也不会很差吧?"

太太莞尔一笑:"总是市区教育资源好一点吧,不过你们年纪还轻。"

文敏嗯了一声,说:"房子是打算要换的,以后有了小孩,这套房子太小了。"

一谈到房子,韩总摇起头来:"上海房价太疯狂了,我们小区都已经十几万一平方米了。"

文敏好奇地问了一句，是哪里的小区？韩总说，哦，我们是租的，就在小孩学校旁边。

他太太哀叹了一声："几年前如果买的话，现在卖了房子，可以去美国过退休生活了。"

文敏再看韩总的白头发，瞬间有点理解，大概就是没赶上那班车，后悔莫及长出来的吧。

之后两个男人开始聊工作，文敏就负责那个贤妻的角色，跟韩太太聊聊。她多少有点好奇，家里三个小孩，很累吧？

太太表情略显复杂，解释说："之前都在国外嘛，感觉多生几个挺正常的，不像国内，大家都不愿意生。我们当时在那边，旁边人家都是三个四个小孩，你生了两个，会觉得家里只有两个小孩，真冷清，不就这么一个接一个生啦。"

"你们呢？准备生几个？"

文敏实在不知道怎么回答这个问题，这好比你在上海滩还一套房子没买，有人问你，准备买几套？你是真的不知道该怎么答。

有时她也觉得很奇怪，现在不管哪个地方来的人，都会说，啊，上海物价真贵，啊，在上海真是活不下去。但就是有两千多万人，在上海好好活着。

她俩坐在沙发聊天的时候，文敏看到坐在桌子边的小宋，听着上司小声说的话，笑容凝固住，严肃点头应和着。韩先生说了什么？文敏很好奇。

就在这时，门开了。小宋父母可以直接开儿子家的密码锁，毕竟也是这套房子的原始股股东。他们来上海一个星期，一直没回家。但可能因为文杰也住这里，小宋给他爸妈订了附近的酒店。老两口心满意足，大概是来都来了，也没什么理由不享受的，每天点卯一样来趟儿子家。

她婆婆一进门,知道来的是小宋的领导,立刻殷勤起来,招呼客人一定要留下来吃晚饭,她这就去厨房做。

幸好这时韩总站起来说,必须回去了,孩子们都在家里,阿姨带着,出来久了太太不放心。韩太太依然微笑,没说什么话,只是拿起包准备走人。

婆婆依依不舍,连忙冲到小房间提了两盒礼盒又冲出来:"拿去给小朋友吃,千万不要客气。"

一番推脱之下,太太还真的拿着走了。婆婆很高兴,回来就跟文敏说:"怎么不早点告诉我们领导要来,这样我就好好准备点东西。"

文敏很佩服婆婆,每次她一来,马上能营造出一种无与伦比的气氛,这个小家没有她,简直是要塌了,儿子不懂事,儿媳妇也不懂事,就靠她一个人苦苦维持,他俩才好不容易有了今天的幸福生活。

婆婆继续唠叨着,说她在家的时候眼皮总是跳,觉得要出什么事,后来想起来了,是这个月初一她没去烧香,所以才会出这种事。

文敏啼笑皆非:"妈,这么说你要不去烧香,地球都不转了。"

婆婆没听进去,继续唠叨:"宋易,平常妈怎么说来着,开车要当心,小心驶得万年船。"

亲生的儿子也憋不住了:"妈,不是我开的车,而且是对方全责。"

婆婆还是一样的口气:"那我跟你爸活了这么多年,怎么就没遇到过这种事?是吧,小心肯定出不了错。"

小宋的表情渐趋烦躁,文敏心想,出手的时候到了。

晚上吃饭的时候,她对饭桌上的公婆说:"爸妈,我跟小宋想了想,打算把松江的房子卖了,去市区买一套。刚才小宋领导过来,也跟我们说,如果考虑到小孩的话,那还是买市区的房子,以后肯定是更方便。我最近就打算开始看房了,但现在这套房卖掉,买城里的房子还是有差距。这么说吧,都是为了小孩,看爸妈是不是还能支持一点?"

小宋父母脸色立刻就不好看了:"你们买这房子的时候,我们就已经拿出棺材本了,真的没有了,现在我跟你爸都可担心了,万一生个病怎么办?那时候可别连累你们。"

文敏才不在乎扮恶人:"妈,上海买房子就是这样的,别人家都是有多少拿多少,没有藏着掖着的,再说你们不就小宋一个儿子吗?"

婆婆忍不住了:"现在不是还没孩子吗?有孩子是有孩子的打算,是吧小敏,你要挟天子以令诸侯,你好歹要有那个天子,再让我们这帮老东西活动起来啊。"

"小孩说有就能有,妈,这个您放心。"

婆婆丝毫不示弱:"好,等你怀了再谈这个事。"

餐桌气氛顿时沉默下来,其实她并没有真的想要小宋爸妈掏钱,但每次听着婆婆翻来覆去说一切都是为了你们,心里就很烦躁,天天嘴皮都说秃了,行动基本没有,凭什么啊?

果然,小宋爸妈这天晚上就说,家里其实挺忙,要回去了。

文敏问小宋,你老板今天来,说了什么?小宋无可无不可地回应道:"还不就是那些,公司以员工为本,一切为了员工,但是呢,他说出差带家属不是不可以,只是对同事之间的凝聚力会有点影响。"

文敏听了,当然有点生气,什么玩意,还怪起她来了?

"你这工作就是出差性质的,这就是说你卖身给公司的前提下,我还要在家无怨无悔做永远等你的另一半,最好还能生三个小孩,保证一辈子不跑路?"

小宋:"有什么办法,工作就是这样啊。"

他的工作是赚钱养家,太太的工作是生儿育女,这不是几千年来说好了的事吗？

幸好小宋断的只是手，对造人计划并没有什么妨碍。

躺在床上，文敏看看时间，都已经12点了，文杰依然没有回家。她一开始以为文杰是不愿意跟她公婆在同一屋檐下，这很正常，她也不愿意。但后来她就觉得，这事不太对劲。

"你说我弟弟是不是谈恋爱了？所以赖在上海不走啊？"

"你弟弟几岁？"

"23岁。"

"他不恋爱我比较建议你报警，恋爱说明人没问题。"

文敏踹了小宋一脚："谈个毛线，啥也没有，拿什么谈，拿我和你给他的零花钱谈吗？"

小宋十分不以为然，因为当年他和文敏谈恋爱的时候，自己每个月也就1500块生活费，现在不是挺好的吗？

有句话怎么说的来着，各人自有各人的前程，他立刻就睡着了。

小宋父母前脚刚走，文敏父母后脚即到。

跟公婆一样，她爸妈也有这套公寓的密码锁，能够畅通无阻，打开房门。

文敏妈妈先进来，手里提着不少东西，水果，花胶，没发过的海参。她爸站在门口，往里面看了看，旁若无人散发出阵阵爹味："门口怎么摆那么多双鞋子，财不入浊门，门口这么乱七八糟，影响财运，还影响家庭关系……"

她妈听到，放下大堆东西，把门口的女式靴子，运动鞋，拖鞋，都塞到鞋柜里。她爸才算屈尊走进来。文敏在吃早餐，冷眼旁观这一幕，开口了："影响家庭关系的是鞋吗？是自己一碗水端不平吧？"

小宋看到文敏妈妈，很开心地叫了声："妈。"

文振华干瞪眼没说话,过了一会才说:"我来是看小宋。"意思可不是跟你恢复邦交。

来就来吧,文振华在房间里东看看西看看,一会说摆在西边的发财树不好,树应该摆东边,左青龙右白虎,这样男人才能发,一会说住进来这么久都没小孩,这房子不利子嗣,最好是要改改布局。

文敏妈很操心:"你弟弟呢?"

文杰从房间出来,整间屋子就变得更小了,他爸看到不成器的儿子,眉头不自觉皱起来,看起来就跟旧上海巡捕房的捕头逮到人一样,脸色铁青说:"等下你跟我们的车回去。"

弟弟睡眼蒙眬,看了他爸一眼,立刻说:"不回。"

"为什么不回?你在上海找到工作了?"

文杰没说话。

文振华又开口:"你留在这里没有意义。"

文杰说:"我找女朋友了。"

文敏是什么时候回过味来的呢?她在某一个时刻,拿着手机,看了两眼,忽然觉得,不好,出大事了。

文杰和缪琪用的是同一套表情。

她找到弟弟,问是不是真的?弟弟立刻承认,是啊,怎么了?

文敏心想,这件事真的是,她不知道该怪谁好。缪琪和文杰第一次见面,文杰忽然叫她们一起去看画展,当时她就应该看到了那朵小火苗,但是她没有。这种心情,就像有时候你其实心中有数,那件事有点点问题,但是又说服自己,不要想那么多,应该没什么,如果现在就站出来,显得有点太小题大做。

然后回头一看,熊熊火苗已经烧起来了,这不再是一朵小火苗,已经变成一场大火。

她后悔不迭,跟自己亲弟弟说:"你这样做,是害了她。"

文杰搞不明白姐姐的意思："怎么了？都是未婚，她只是比我大，离过一次婚，我们就不能在一起吗？"

文敏真是揪心一般痛，缪琪啊，你傻不傻啊，文振华的战斗力，丝毫不比你前婆婆弱，你一个手无缚鸡之力的女人，为什么要惹这种杀身之祸？

人怎么可以两次犯一样的错？你缪琪需要的是一个能挣脱家庭的男人才对。

这个男人，他就绝不可能是我弟弟。

离婚后钻戒该还给他吗？

缪琪去见前夫，忐忑万分。那天她的手从出发开始就冷得发抖，陆士衡问能不能来松江见她一面，她主动提出，我过去找你吧。自从上次咖啡馆热搜后，缪琪很长一段时间没有出现在松江的公共场所，她宁愿折腾一点，去市区大隐隐于市。

从家里打车过去，至少要两百。缪琪跟往常一样，打车到地铁站，一路都在胡思乱想。她想最好不要是赔钱，因为她真的没什么可赔了。

最近她的财务状况岌岌可危，已经快跟离婚的时候一样了。那时她净身出户，很多人都义愤填膺，包括文敏："人家欺负你，你怎么能一毛钱不带走人了？谁要欺负我，我让他们一家人都不得安宁……"

缪琪有苦难言，因为她想的是快跑，这种日子一天都不要过了。她承受能力太差，每次看到吴琴都心情紧张，好像这个人是她永远打不过的大魔王。

没想到吴琴 60 不到，已经走了。

缪琪并不觉得大快人心，隐约之中，她意识到死亡跟自己有关。

一间茶室里，她和陆士衡面对面坐着，两人面前的茶都没有动。

陆比以前瘦了一圈，穿一身黑，人显得很清减，不知道是不是因为这个原因，他没有以前看起来那么疲惫。缪琪留意到他袖子上的黑臂章，她为他感到难过。

"我母亲是突发心源性猝死，她看到那个热搜了，骂她的人很多。我发了律师函给网上所有发视频的人，下一步我打算告那些恶意剪辑评论的人。"

陆叹出长长一口气："你知道，我妈这个人，她很在乎外界评价，这辈子好像一直活在面子里，骄傲了一辈子，哪里被这么多人骂过……"

"对不起。"缪琪迫不及待道起歉来，如果不是她，这件事原本可以不发生的。她也知道，道歉没有用，可是如果她知道吴琴会因为上热搜而猝死，当时她在咖啡馆里一定不会那么做。

陆看着缪琪，好久不见，她几乎没变，还是那么喜欢说对不起。

吴琴刚发现自己上热搜的时候，已经气得在家大闹一通，一方面自己被泼咖啡的样子被全天下人看到，另一方面很多人不明就里跑来骂她。什么占座，那个女的明明是我儿子前妻……

陆士衡劝她冷静，要分两步走，第一步固定证据，第二步发律师函，热搜马上会过去的，不用放在心上。陆是一个无神论者，但碰到这件事，他甚至心想，是不是报应？

从他上小学开始，他就听着亲妈无穷尽地讲着，考这么差，我面子放哪里？连班级前三都考不上，我还抬得起头做人吗？

他妈一边说着这些话，一边把小孩作业和试卷通通撕碎。

她的面子大过天，孩子的面子有什么所谓？反正我是为了你好，你大了就知道了。

吴琴当年做生意很忙，但忙归忙，在商场上，她看多了有钱人的小孩是怎么变成一无是处的废物。那些被宠得一塌糊涂的富二代，隔一段时间就要拱出一个烂摊子，等着爸妈去收拾。所以她主张家庭条件越好，对小孩越是要严格要求。这是典型的虎妈思维，宁可让你痛不欲生，也不能让你忘乎所以。

她全方位沉浸在虎妈角色之中，一路破坏掉所有影响儿子成长的路障，终于送他进了上海最好的大学，那是吴琴人生中的高光时刻。她不仅生意做得好，小孩又这么出色，是多少人艳羡的对象。

吴琴的咄咄逼人，常常让做儿子的不知所措，小时候还会拼命哭着求他妈，你不要这样。时间久了，陆士衡就像罩了一层壳，他把那个害怕的自己罩在里面，呈现在大众眼前的，是一个什么都不在乎的男人。

久了他甚至会费解，为什么缪琪这么生气？不就几句话吗？又不是每天都在你旁边讲，你当什么也没听到不就行了吗？吴琴暴跳如雷的时候，他也不明白，这些网上骂你的人根本不知道你是谁，值得为了不相干的人这么生气吗？

陆士衡固定完所有证据，立刻回了自己家。离婚后他本来跟他爸妈一起住，那次他妈偷听到他电话求着他绝对不许去松江，他深感只要一起住，就永远是母亲的傀儡。

吴琴猝死那晚，一个人在家翻阅着那些儿子整理出来的证据，她跟老陆分房睡，好几晚没怎么睡着。

看着看着，胸部一阵剧痛，整个人朝前扑倒，连大声呼救的声音都没能喊出来。挣扎半天，没有起来。

没有人想到吴琴会以这种方式离世，陆后悔不已，如果他能多陪陪他妈，这本来是可以避免的一幕。他跟往常一样，选择把自己埋起来，选择对痛苦无动于衷。

葬礼过后，陆久久不能释怀。

听着缪琪说的对不起，他并不想她的内疚再多一分。

"不用说对不起，你……我只想让那些网暴她的人付出代价。"

缪琪相信，陆能做到。她不行，她做不到让自己沉溺在痛苦之中。

"你现在过得好吗？"陆看着她，近视眼镜镜片后面的眼睛有些发红，是明显没睡好的征兆。

缪琪喝了一口冷掉的茶，她该怎么说呢？能有多好？美术班的小学员走了大半，课只能勉强维持房租，家里的房子要卖了，一家人住哪还没着落，前途茫茫，经济状况堪忧……

"挺好的。"活着不就是好事一件吗？

"那就好。缪琪，以前的事，对不起。这个你收着吧，我送的礼物，随便你怎么处置，我妈拿回来，是她不对。"

缪琪看到这只深蓝色戒指盒，知道是那只求婚钻戒。

她摇头说："不要，我已经有男朋友了。"

陆士衡讲了一个她没办法拒绝的理由。

"拿着吧，不要让我觉得一辈子欠着你。"

从茶室走出来，陆目送缪琪的身影消失在地铁站里。

他想到多年前他们在飞机上刚认识的那一幕，那是陆士衡第一次搭讪。他有同事常在飞机上搭讪女孩，空姐，以此调剂枯燥的差旅生活。还在饭桌上到处吹嘘。这人就像买玩具一样，要下女孩的电话或者微信，约她们出来吃饭看电影。一周后出差结束，又换新玩具。

陆对这同事有种生理性厌恶，倒不是他水性杨花朝三暮四。而是这种洋洋自得，把人玩弄于股掌之间的做派，陆常常觉得，跟他妈吴琴一模一样。精明到骨子里，市侩到每一个细胞。简单来说，就是绝不允许自己在这种儿女情长上损失一分钱，玩玩可以，用信用卡积分请看电影，公司餐饮额度请吃饭，女孩的情感投入则是同事赚到的个人收益。但是想要付出其他，那是门都没有。

自从陆家坐火箭一样发财后，吴琴生怕钱财外泄，常常抓紧一切机会跟儿子说，你不要傻哦，外面想图你钱的人多的是，这种小姑娘我见得多了，你一个都不要信。

言外之意，任何人想要来霸占他家的家产，都是对他们全家智商层面的侮辱，这是绝不可能发生的事情。

他注意到坐在旁边的女孩，是因为起飞时，她越过他使劲盯着机窗外。

起飞后不久，他拿出电脑看资料，女孩拿出一本素描本，一支铅笔，画画涂涂。上飞机餐时，他收起电脑，看了一眼隔壁小桌板上的素描本，画的恰好是一个女孩的侧影，看着窗外的机翼。他脱口而出："画的是你自己吗？"

他只是非常好奇，她看起来纯粹又快乐，跟他完全是两类人。缪琪是个没有太大野心的人，她很容易在画画中找到快乐。在航程后半段，陆开始好奇，她为什么可以用一张纸和一支笔，度过这么长时间？正是这份好奇，让他更进一步。

他们第一次约会是在北海公园。北京对于陆士衡来说，一直是个无趣的地方，他对缪琪一个人来北京玩这个想法非常好奇，北京有什么好玩的？除了故宫长城，还有什么值得去的景点？

那天他走进北海公园，看到从桥上走下来的白衣女孩，背后是北京最好的季节，秋高气爽，蓝天白云。他心中慢慢涌起一种好久没出现过的没有负担的快乐，那种童年时代在学校大唱"让我们荡起双桨，小船儿推开波浪"的回忆，朦朦胧胧出现。

他们在北海公园看到了秋天的日落，之后去烟袋斜街，整条马路充斥着拙劣不堪的旅游纪念品，缪琪在各种摊子前流连忘返，仿佛那些小玩意有什么迷人的乐趣。一天下来，他们或许走了两万步，累而满足。

在这之前,他去见了家里介绍的几个女孩,那几个女孩,无一例外都跟他妈一样,有着拼搏向上的精神,满脑子想着更高更大更强。

陆甚至一度以为,可能世界就是这样,给了女性权利,她们要进化得比男人更强。

他没想到会有缪琪这么纯粹的女孩,竟然坦然告诉他,自己是第一次去北京,还问他,你是不是第一次?陆那一年是京沪快线的常客,再飞几班,他就能晋升为白金卡会员,去商务舱坐了。

在北京的时候,他想尽办法约缪琪一起出去玩,前几次她都拒绝了。后来缪琪才告诉他,好朋友说,要警惕那些大献殷勤的男人,肯定有问题。

是的,他当然有问题,他生平第一次想追着她跑。

缪琪的世界很简单,他也搞不明白,她这样的家境,竟然真的不图什么吗?吴琴言之凿凿:"人家心机深呀,难道上来就告诉你要图财吗?你不要被卖了还在帮人家数钱。"

在陆士衡心里,缪琪永远是那年九月,最好的季节里,跟他一起在什刹海边骑自行车的女孩。

她到底幸福吗?

缪琪拿着钻戒回家,发现她爸妈两人愁眉苦脸坐在家里。

品珍说:"怎么办,看了半天,现在有意向要买房的,都拼命砍价。一开始我们挂680万,后来砍到630万,现在有人问,600万卖不卖……"

二手房交易很考验人心,像品珍老缪这样的老实人,压根不是中介们的对手。

越是这样,越是节节败退。但今天缪琪没心情参与房价的讨论,她告诉父母，陆士衡妈妈去世了。

品珍瞪大眼睛："去世了？人没了？"

缪琪点点头，她没有细说原因，只告诉他们，陆士衡说的，心源性猝死，没救过来，就走了。

品珍虽然有种大仇得报的坦然，又未免兔死狐悲："这人60还没到，就这么没了？作孽，怎么会这样？"

等她知道了整件事情是如何发生的，前亲家的死亡就成了品珍口中的新故事，让她碰到谁都要诉说一番，到最后，必定一句话收尾："到最后还不是一脚去，人呐，活着都要想开点。"

死亡面前，众生平等。

但在活人面前，每一样东西都有标签属性。

这个冬天最终还是吵成了一锅粥。

整件事情如同不小心推倒多米诺骨牌，把每个人都卷了进去。

前夫还给她的钻戒，她知道这东西很贵重，家里只有一个保险箱，在父母房间的衣橱里。缪琪不想惊动他们，她还在考虑，该拿这个戒指怎么办好。

于是每天把戒指放在包里，出出进进。一天被文杰看到了，出于好奇，文杰打开这个精美的首饰盒，看到里面一只闪闪发亮的钻戒。

等知道这是前夫送回来的钻戒，文杰的荷尔蒙一下冲了上来，随即让他整个人丧失理智，冲动不已。即使女朋友就在旁边，但他已经无法忍耐再保持秘密关系。

这一刻没有任何选择，他正面临一个强大的威胁。

即使相信缪琪说的话，只是不知道该搁哪里，所以就带在了身边。

可他必须把这份恋情公之于众。

他先打电话给爸妈，之前一直死扛着不肯说，现在他潇洒大方地发了照片过去。

文敏妈妈曾经看过缪琪，她一看，这不是你姐的同学吗？跟你姐一个年纪，听你姐说，她离婚了？

文杰铤而走险，说，对啊，那又怎么样，离婚怎么了？

父母当然不同意，荒谬，可笑，昏头，比你大八岁不说，还离过婚，那怎么能行？即使文杰是个女孩，父母也不可能同意她嫁给一个大八岁还离过婚的男人。两人连夜开车从老家到上海，决定去挽救儿子的前途。

这种事情一旦出现，就要当机立断毁灭掉。

文杰不请自来，出现在缪琪家门口。当品珍听说小伙子才23岁，没工作，还只是个大专生，又是个外地人，品珍爆发了："不可能，肯定不可能。"

品珍说的那些话，缪琪其实预先都能背出来："缪琪啊，你的青春能有几年，他那么小，跟你在一起几年都可以。你怎么办？再过几年，过了35，还有人要吗？你不能这么玩下去啊。"

这些声音在她耳边像炸弹一样，一个又一个扔过来。

文振华出现在文杰面前时，毫不手软"啪"一个耳光甩了过去。文敏看了心里一裂，其实弟弟经常被打，但这么大的人，被打心里该有多疼啊。

文振华夫妇带着文杰回家了。文敏本想留下来安慰好友，但还是跟着一起走了出去。

缪琪在这群人走之后，坐在沙发上过了好长时间，才开始哭起来，她也不知道她为什么这么多愁善感，只是觉得自己人生太失败了，而且她也不知道，为什么就会走到这一步？她到底做错了什么？

品珍以580万，低于市场价100万的价格，立刻出售了家里那套三层的拆迁房。

美术班的冬令营只办了一期，即草草收场。诸事不顺，然而无可奈何。

文敏说她不打算回老家了，因为她爸还是没答应给她500万，甚至没口头承诺会给500万。但两人草草见了一面后，并不像以前那么亲热。

过完年后，缪琪走过大学城的店铺，有些店铺因为学生寒假回家，已经歇业。只有炸鸡排、霉干菜那几个常年热门的铺子，照旧生意兴隆，门口十几个人排着队，即便温度只有个位数，也不为所动。

她在寒风里走着，原本对这些路边食物一点兴趣没有，不知怎的，今天却很有胃口的模样。缪琪买了一只热乎乎的烧饼，吃了一口，想想有点不对，走进药店，买下一根验孕棒。

是卵子真的听到了她的召唤吗？

第三部分

花 10 万开始贵妇体验

三月,天气好极了,文敏站在阳台上,能看到前面的大树正生机勃发长出嫩绿的新芽。

她万念俱灰。

为什么大自然里万物生长新旧交替这么自然,这么具有美感?她现在怀孕才两个月,已经吐得面色发黑,人不像人鬼不像鬼。

实际上从测出怀孕开始,文敏就感觉自己开始了无比艰难的旅程。根本不像她原来设想的那样轻松,没怀之前,她满脑子都是怀孕有什么了不起?她要做的是虽然怀着小孩,但依然精神抖擞光彩照人的女人,绝对不是那种一怀孕就整天躺在床上的弱女子。

然而小孩仿佛天生就是来克她的,她常常觉得身体疲乏思想倦怠,整个人好像被哪吒抽去龙筋一般,软乎乎的,全然没有半分力气。

前段时间,她爸妈发现弟弟跟缪琪的恋情,连夜从老家开五小时车杀过来。

文振华先到她家,大门一开,劈头盖脸就问:"你弟呢?"

那时文杰已经搬出去了,她父母立刻转到文杰住的出租屋去,文敏怕出事,也跟着一起去了。她也不知道该怎么解释,谁知道这两人干吗要谈恋爱?比起文杰,她更担心缪琪。

但是当她爸在那个小小的出租屋里暴跳如雷,文敏本该像女侠一样,冲上去为弟弟和好朋友维护几句。不知为何,例假迟来几天的她,全然觉得这些事毫无所谓,不就是男欢女爱吗?有啥不行的?谈了就要结吗?结了那又怎么样?离了就是人生原罪了?

从本质上,文敏觉得她爸的暴跳如雷没有来由,难道你当年搞七搞八的时候脑子就很清楚?

可她只是木然地站在一边,看着文杰被扇了一记耳光,灰溜溜跟着爸妈后面回家。文振华说:"你要这么搞,我和你妈天天坐你女朋友画室去。"

他们一家从出租屋出去,留下缪琪一个人待在里面。

文敏心想,文振华这一巴掌,好像是同时打在了三个人脸上。缪琪大概也很不是滋味。文敏思索了一整个晚上,该如何跟缪琪解释。

倒是缪琪率先破冰,找到文敏说:"我们还能做好朋友吗?"

文敏想不明白:"为什么不能?你又没做什么对不起我的事。不过如果你早点告诉我,我肯定拦着你,缪琪啊,我弟还不如你前夫那个姓陆的呢。你俩一起搞创作,以后怎么办?风花雪月够过日子吗?我弟虽然是个小富二代,钱都在文振华手里,你能从文振华手里要到钱吗?"

文敏大叹一口气:"我都要不到!"

缪琪把钻戒拿出来,那只 HW 钻戒闪闪发光,让文敏即刻停住了唠叨。

"姓陆的竟然愿意把这个还给你?"

文敏听说缪琪的前婆婆去世了,人一死,再多的恨意也烟消云散。这个节点,她才有机会跟缪琪聊聊:"你说姓陆的,他妈妈控制欲这么强,我是他,我宁愿带着你逃到非洲去,不是好多大企业都在非洲有厂吗?"

"怎么逃?我和他都是独生子女,早晚有一天都要回来面对吧。如果现在我和你弟弟逃到非洲,你爸妈会怎么样?"

文敏想想,也对:"嗯,文振华一定会追到非洲,把他儿子带走的。"

她结婚的时候,小宋只送了一只57分的钻戒,小得很,完全看不见,小宋很开心,说多好啊,五七就是吾妻的意思。文敏思忖道:穷男人连结婚都只能靠谐音梗。

她的手指关节比缪琪略粗一点,只能把戒指放在无名指上比画比画,随后隐隐为文杰担忧起来:"姓陆的不会重新来追你吧?现在他妈死了,他不是完全没有阻碍了?"

"不会。"缪琪斩钉截铁。

这之后,文敏无暇他顾,每天被强烈的早孕反应,折磨得死去活来。

说怀孕就立刻怀孕,她当然高兴,但是每次吃一点点就去卫生间吐得肠子都要呕出来,又让文敏痛不欲生。反应实在太大了,一吐就吐到连胃酸都吐出来。

这样的痛苦,是她完全始料未及的。

不但食物让她恶心,气味也是,一开始是炒菜油的味道,后来逐步升级,连电饭煲煮饭的气味,都让她感到由衷的反胃。每次家里要煮饭的时候,文敏只能提前出门散步一圈,她的体重以每天一斤的速度递减,一周下来没了六七斤。又不是那种光彩夺目的瘦,而是形容枯槁,体内好像被什么东西在猛烈地殴打着。

她想不通,以她现在的孕周,胎儿最多是个一厘米不到的小蝌蚪吧,怎么会威力这么大?

网上说这些都属于正常的妊娠反应,她本以为生育是一件极其自然的事，没想到怀孕这个过程竟然可以这么反人类。等她打开各种论坛，那俨然就是一个比惨大会。不是说所有孕妇都惨，可能只有遭遇悲惨的孕妇才会愤愤不平上网吐槽，真的有人吐到生，有人一怀孕就像被妖怪附体，浑身上下一身痒块，还有人卧床不起长达半年，因为稍微活动就有流产症状……

她的确不是最惨的，只是惨的入门级别。

在文敏恶心得死去活来，整天在昏昏欲睡和强打精神之间摇摆时，小宋半点不受影响，照样生龙活虎，照样该吃吃该喝喝。因为左手受伤，他不怎么做饭了。有一次在厨房右手拿铲左手端锅，看到锅有点歪，他拿左手把锅提起来后，一下疼得脸色苍白，关掉火走出来，跟躺在沙发上的文敏说："老婆，我可能手又断了。"

文敏心想，不可能啊，你的手拿钢钉接的，又不是拿牙签接的。

两人一起出发去医院，忙了一晚上，证明虚惊一场，只是扭到了。

这之后，小宋正式退出厨坛。可是文敏也不能做饭，按照小宋的说法，找人吧，花点钱就能做到的事，干吗要为难自己？

文敏同意了，很快，钟点工出现在她家门口，一位40来岁的中年妇女。阿姨每天过来工作四小时，两小时打扫两小时做晚餐，早餐和中餐文敏自己解决，剩下的家务由小宋下班后做。

小宋认为这种安排真是完美无缺，他很久以前就想请钟点工，但文敏一直不同意，说房子太小了没必要。有时他怀疑她不过是在享受配偶忙来忙去两脚不沾地的状态，既然现在自己手上有钱了，很有必要改变一下。

钟点工第一天来，他俩都在家。晚饭时分，阿姨问饭菜怎么做？是喜欢清淡点还是炒点辣的？

文敏指定要清淡一点，当然她也不至于跟阿姨挑明，自己怀孕了胃口不好。毕竟两个月都还没到,她不太想惊动别人。

晚餐端上来的时候,文敏看着浸在油水里的蔬菜,一下失去胃口。

那阿姨搓着两只手站在厨房门口,问文敏说:"怎么样,吃得惯吗?你们叫我做得清淡,我就尽量少油少盐,也不知道合不合你们胃口。"

这时小宋坐上来,拿起饭碗,吃得津津有味,跟阿姨说:"挺好吃的。"

正好这时钟点到了,文敏让阿姨先走,关上门对小宋说:"我不爱吃。"

小宋:"挺好吃的啊,你还没尝,就说不好吃吗?"

"反正我看了没胃口。"

"现在就是御厨给你做饭,你也没胃口。"

文敏冒火了,她生气的不只是阿姨,而是小宋凭什么这么置身事外,凭什么这么好吃好喝好胃口?凭什么他俩共同有一个孩子对他一点影响没有?

这不公平。

她希望小宋也能食不知味夜不能寐,从而达到一种痛不欲生的状态。

当然,也不用百分百复刻她的,就像她并没有希望自己能跟弟弟拿一样多家产,但是 80% 总要有吧?小宋也该承担她 80% 的痛苦才对。

她是标准的 80% 主义,我不要求一个男人做得跟我一样好,因为我非常好,所以你只要达到 80% 就行了。仅仅如此,所有人都觉得她过于嚣张跋扈,不给别人活路,这真让文敏感到费解。80% 都这么难吗?

怀孕生子难道不是两个人的项目吗?她痛苦万分,他的快乐对她来说，只是凭空添堵。

文敏刚想发作，靠近时那些饭菜形成一股强烈的冲击波，让她体内又是一阵排山倒海的难过。

有种说法，说胚胎正在清空母体内的毒素，才会有这么强烈的反应，孕反越激烈，说明胎儿越健康。还有种说法，因为胚胎携带着别人的基因，所以身体正在极力排斥它。

太难过的时候，文敏心想，排斥掉这个胚胎算了。不太难过的时候，她又想，吃这么少，孩子还能吸收到营养吗？

后来她又看了篇文章，惊恐地发现，胚胎就跟寄生兽一样，缺钙就拿妈妈的钙补营养，缺铁就拿妈妈的铁来吸收，作为一个新生命，它只会不择手段疯狂生长。

胚胎并不顾妈妈的死活，是啊，这就是繁殖的意义。

晚上，文敏虚弱地半躺在床上，她什么都没吃，只有睡觉能让她好受一点。

小宋走进来，问她要不要吃一点？

"吃什么？"

"我给你煮碗面？"

她对小宋的怨气刚刚平息下来，几秒钟后又风起云涌。

小宋说，他定了那个阿姨，先给中介付了一个月工资。

"不行，我不想吃她做的饭。"

"那家里总要有个人做饭呀。"

"你干吗不经过我同意就定下阿姨？"

"这阿姨不是挺好的吗？"

"我不同意。"

"钱已经付了。"

小宋在这个时候并没有意识到事态的严重，他觉得文敏需要适应这些新变化,将来家里势必是要用人的。文敏很想大吵一架,但是孕反太严重,她连吵架的力气都没有。

她开始看小宋不顺眼了,心想小宋难道瞎了吗?看不到她每天要吐至少八遍?看不到她脸色这么差?

你到底为什么不能跟我感同身受?

答案很简单,小宋是个男人,当妻子开始噉噉吐的时候,小宋只是在想,看来电视剧也不全是瞎编的,原来怀孕真的这样啊。他也不是不关心妻子,只是每次文敏都一副你别惹我的表情。

他能怎么办?

小宋问文敏:"那你希望我怎么做?"

"我希望你比我痛苦。"

"我已经断了一只手了,这一只你也想断?那你来。"

文敏:"行了,我说不要这个阿姨,你换一个不就好了,换到我满意为止,哪那么多废话。"

小宋那6000块钱,经过一番交涉后,扣了1000块违约金。

文敏又跟小宋说:"我这几天只有苏打饼干吃了不会吐,我觉得你也没必要找钟点工了,等我能吃了再找吧。"

小宋:"那我吃什么?"

"你不是只断了一只手吗?"

有时文敏也怀疑,她这种近乎无理取闹的风格,是不是太不独立女性了?

现在的她,跟她想象中的自己,实在相差甚远。

生活怎么这么没意思?这种折磨到底还要多久?

她去了一次公立医院,作为头胎孕妇,她心中有500个问题,那医生却只有两分钟的时间和门外等候的50个病人。医生态度挺好,只是她坐下来时,总有人试图打断她,四面八方涌来各种声音,不好意思我能插个队吗？我让医生看下 B 超单就走。对不起医生，你给我开的药怎么吃啊？

文敏的耐心消耗殆尽，找了家备受推崇的私立医院，一开始并不想搞特殊，她知道上海有钱人多得很，觉得自己这种情况，没必要搞得这么娇贵。但现在她孕反严重，加上头胎怀孕的焦虑感，急切需要一些贴心的服务。

如果自己都不对自己好，还能指望谁帮她？

夫妻俩第一次去私立医院，文敏被那种温馨从容的气氛所打动，心想自己赚钱这么多年，也没怎么高消费过，最艰难的时候享受一次，也没什么吧？当然，文敏很期待小宋会站起来，利索地说："这个钱我来出吧。"

小宋没有，他只是表达了言语上的支持，并且感慨着，这跟他住院的医院可真是天壤之别啊。在外企，他老板韩总这个级别，是有高管待遇走私立医院保险的，不需要抢床位也不需要在走廊上睡，听说在这种医院住院一星期要 10 万块，走保险则是全报。

两人翻开医院给的册子，小宋又刷新了自己的眼界，原来老婆在这里住院生小孩，顺产住三天再加上全套产检就要 10 万块。

一个大肚子的年轻女人从他们面前走过，文敏看到了纤细的四肢，硕大的肚子，一只大概要十几万的包包。然后她看到了更多的包，属于不同的女人。而陪着来的男人，都穿着带有明显 logo 的名牌服饰，嘻哈装扮，跟女人一样，极其年轻。

这些人是怎么如此年轻又如此富有的？

此刻坐在私立医院沙发上的小宋，跟整个环境格格不入。

文敏不客气地点评他："你今天穿得为什么像个修电梯或者修空调的？"

幸好这时有一个外国男人走进来，后面跟着他的中国老婆，两个人异常朴素,那外国男人还背着一只破洞的双肩背包,全身上下的衣物都像小区二手衣回收中心刨出来的。

只要不在自己的地盘,就可以无畏别人的眼光。

文敏做不到,就像她审视别人一样,别人也审视着她。来到了超一流的私立医院,她只想到刚读小学的那两年,别的女孩看待她的表情。

历史何其相似,只是到 30 岁这年,文敏已经知道了,有些东西,生来有就有,不是你奋斗得来的。

出去的时候,小宋开着车,忽然对着医院停车场一辆黑车惊叹道:"我天,这辆车好像要 800 万,还是第一次看到真车呢。"

跟所有男人一样,小宋当然也是迷恋车的,不过他从来不会为名车烦恼,反正买不起,看到就是赚到。不像文敏,她对各种奢侈品的纠结就在于,她并非买不起,所以她很痛苦。

文敏坐在车里,打量着医院停车位上大大小小的豪车,想到在长沙那个晚上,小宋信誓旦旦说自己将来会很富有,那么,"什么时候能让我坐上你的劳斯莱斯啊?"

嘿嘿。小宋笑了笑,拒绝回答。

她回到家里才后悔莫及,因为第一次享受到医生温柔备至的关注,文敏颇感不适。她已经养成了在公立医院能不麻烦医生就不麻烦医生的话术,回答简洁明了,不带一丝废话。犹豫半天才问医生,应该怎么缓解妊娠反应?她孕吐很严重。

医生戴着口罩,露出一副非常关心的表情,叹息说,这个其实没什么办法,这个阶段有些人就是反应会很严重,不过到 14 周后,大部分人都会缓解的。

文敏:"医生,如果我到了 14 周还是吐怎么办?"

医生依然春风和煦地回答:"不会的,如果真的这样,到时候我们再来看。"

回家后,文敏坐在马桶上,心想,糟糕,忘了问医生便秘怎么办。

已经三天没上厕所,她很烦躁,烦躁到看着小宋占据卫生间,就极其暴躁。他拉得太多了,造物主未免对男人太好了,凭什么他们连肠子都比女人要直?

文敏怒不可遏,对着小宋一顿吼,小宋说:"我来帮你解决。"

第二天,她还躺在床上,小宋要出发去出差了。

文敏略有质疑:"能行吗?胳膊都断了,能上飞机吗?"

小宋:"我觉得我还是出门比较好,待在家里你只会看我不顺眼。"

她醒来后,在餐桌上发现一张纸条。

小宋写的:"宝宝,送给你的惊喜在卫生间抽屉里。"

她去到卫生间,打开抽屉,里面是满满一抽屉的开塞露。

文敏震惊之余数了一遍,一共 52 只,没想到连开塞露都蕴含着谐音梗。

她无法理解男人,就像男人无法理解女人。

如果解决之道这么简单,那她还需要烦恼那么久吗?

100万不能给小孩一个将来，可总比没有好

缪琪怀孕了，考虑到这是一段不被祝福的爱情的产物，她谁也没告诉。

她在网上自己查消息，怀孕八周左右，需要去社区医院建小卡。

左思右想，她没在家附近的社区医院建卡，换到七八公里外另一家社区医院，妇科门口排队的人并不多，她需要做一个B超，化验白带和小便等等，做完这些，就可以去旁边的建卡室建卡。

她生怕有熟人经过，一直埋着头，却听到里面的大夫正大声骂着人："都16周了来建什么卡，我这里不能生的，你去三甲医院。"

那大夫不知为何，像吃了枪药一般，见一个骂一个。她前面的人拿出B超单，说我已经做过B超了，能不能不做？大夫说：那你不要在我这里建，你出去。

缪琪进去的时候很紧张，听到大夫劈头盖脸问："看什么？"

"过来建小卡。"

医生头也不抬，唰唰给她开了一系列单子。她拿着这些单子去缴费，发现里面并没有尿检的单子，于是跑到诊室里问医生："好像没有开尿检的单子。"

正好给了女医生发泄的机会："怎么没有？明明就有！"

夺过单子一看,的确没有,她又骂起来:"都是你自己搞不清楚,连这个都不知道,搞什么搞……"说着拿起她的社保卡,开了一张尿检单。

缪琪挨完骂,从这间诊室走出来,心情极度复杂。她按照叫号,走进B超室,幸好当值的女医生是个脾气好的年轻人。

一股冰凉的耦合剂挤在她肚子上,医生拿着探头,动作轻柔,告诉她:"嗯,有孕囊,看到了,蛮好,正常的。"

短短几句话,给了缪琪巨大的心理安慰。之后她拿到报告,黑白B超照片上,有一个手指头尖尖大小的胚胎,似乎已经能看到往上抬着的小手小脚,即便还没有人形,也可爱得忘乎所以。

缪琪胸中一下涌出无限的柔情,又觉得自己凭空增添了无数的力量,要保护住这个报告上写着仅仅两厘米长的小家伙。

之后她去隔壁的建卡室,异常冷静告诉工作人员:"我来建小卡,还没结婚,需要办未婚生育。"

她当然觉察到了工作人员眼镜背后,那忽然睁大的眼睛,然后是平静的语气:"那父亲这一栏就不填了吧。"

事情并没有她想象中那么困难,也没有所谓的唏嘘和劝说,她得到了一本孕产妇健康手册,还有一本母子健康手册。

出门路过那间妇科诊室,缪琪看到里面一个大姐正指着鼻子骂大夫:"你什么态度,搞笑了,医院是你开的?问你一句话你就不耐烦,不想上班回家蹲着去,在这发什么火?还敢翻白眼看我?一赤脚医生还威风起来了?……"

缪琪笑了,一下就神清气爽起来,在心里为这位大姐鼓掌。

她并不信命,可冥冥之中,她觉得这个孩子正给她带来好运。

虽然美术班学员走了一半,寒假期间缪琪期待的寒假营并没有得到如期收益,最近她的社交媒体账号倒是做起来了。她第一篇漫画大概有 100 万浏览量，几万点赞，为她收获了近万粉丝。在这些粉丝的鼓励下，缪琪一篇篇画下去，看画展，他在背后拍她，一起骑单车，她不停甩手的样子……之后不温不火，每篇都有十来万浏览量。

缪琪心想，挺好的，就当一个纪念吧，如果以后小孩问起我爸爸是什么样，你们怎么在一起的，小孩可以在里面找到答案，哦，原来爸妈是爱过的，是因为爱，你才来到这个世界上的。

想到这一点，她忍不住要哭起来了。不过这毕竟是个开明的时代，单身妈妈又怎么样？人不可能一辈子活在别人的评价里。再说那些一年见不到两面的亲戚，远远打一声招呼的隔壁邻居之类，跟她的生活有什么关系？

文敏说得对，让她去战胜文杰的爸爸，实在太难了，基本没有任何胜算。

生活会很难，但也不至于那么难。

文杰回家后，经常会给她发消息，问她起床没有，有没有好好吃饭，工作室里的花花草草有认真浇水吗？他越是若无其事，她越是觉得悲哀。

假如他能坦然跟她谈谈那一耳光，或者谈谈如何讨厌他爸，反抗他爸，这都是正常人的行径。

不正常是跟陆士衡一样，把这些痛苦和麻烦都扔在看不见的地方，自己远远跑开，以求自保。她忍受了一次这样的婚姻，不可能再忍受一次这样的男女关系。

她下决心要把这一章翻过去，就提了分手。

靠画画，不至于养不活孩子吧？她很少像现在这样，这么需要钱过。绞尽脑汁把家里每一份收入都算上，拿出计算器摁个不停，其实自己也没什么概念，养孩子到底需要多少钱？缪家并不是没有钱，但家里赚的都是苦力钱。即便连她自己也是，说是追求艺术，还是靠自己一笔笔画出来，卖个五百六百，现在行情还是一路走跌的趋势。

这个时候去找个班上，显然不可能，绝对不会有哪家企业会要一个孕妇来上班。缪琪再看那枚钻戒，倒像一根救命稻草。

卖掉的话，至少这两年可以撑过去？

她真的找了一家奢侈品回收中心，那人看了看缪琪，又看了看璀璨的钻戒，眼神狐疑不决。她拿出身份证说，是她的婚戒，戒指里面还有她的名字缩写和生日。

老板依然犹豫不决，告诉她，可以回收，但这样大牌的戒指，克数也挺大的，如果有证书、小票、保卡，也就是你买钻戒时候的所有证书收据和包装，简称大全套，会是另一个价钱。

"对伐小姑娘，你东西都有的话，我卖出去价格也不一样。"

"那没有的话，卖多少钱？"

"有，可以给到差不多五折的价格，没有，可能就只有两三折，毕竟我要承担不少风险。"

缪琪大为失望，那也没多少钱。

看她默不作声，老板伸出一只手，在她面前来回晃了三下："就这个数。"

缪琪以为是一万五，也就把戒指收起来。

老板："15万这价格不低了，HW店里卖你七八十万，但钻石回收就是这么个行情。"

她吃一惊，这只钻戒竟然要七八十万？当初陆只是告诉她，香港买的。她没见过小票，心想20万总是要的，怪不得吴琴一定要把这只戒指留下。

她探了底，收起戒指走了。当然不可能去问陆士衡拿证书，只是恍惚间，想到以前民国电影和古装片里，都有妇孺拿着细软跑路的情节，从兵荒马路的地方逃出来，靠着一只翡翠镯子、几根金项链,慢慢地当下去,直到油尽灯枯。

早知道当年多要点金银珠宝该多好,缪琪在这个节点,才悔不当初,上一段婚姻里怎么跟脑袋进水一样,一心要证明自己的清白,不是为了钱来的。

当然是看中你家房子大,家产多,才义无反顾嫁进来的。

她怀孕后食欲很好,来一趟市区,去了商场地下一层的越南河粉店,点一碗牛肉河粉,以前跟文杰一起来吃过,连位置都只隔了一桌。那个位置上如今坐了一对新的情侣,在周围食客都一手吃面一手举手机的背景板中,这对情侣正吃着面笑嘻嘻聊着等下去哪里。

缪琪收回视线,夹起一筷子河粉,埋头吃起来。

现在这么做,到底是不是陷文杰于不义之地?以后他们发现了怎么办?她可以不要他们负责,但这家人会善罢甘休吗?

到这个时候,缪琪唯有走一步算一步,或许车到山前必有路,船到桥头自然直。

品珍和老缪搬家了,找了一套100平方米的旧公寓。原来房子里的东西,品珍扔了大半,还是把房子塞得满满当当。几年工夫积累下来的各种家当,塞得到处都是。缪琪买给他们的按摩椅,一万块,不能扔。楼上楼下两套沙发,真皮的,也不能扔。三张床,品珍想来想去,一定要处理掉一张,但还是肉痛。

她说:"回头还要买,多麻烦。"

缪琪劝她:"算了,也不一定要买这样的房子。"

品珍想着押上全部家当,在原来小区买一套一样的,卖房子的时候,她都已经看好了。跟上家签好合同,才跟下家签的约。

没想到自己房子卖了,上家后悔了,说不卖。

品珍后悔得心痛,因为定金交得少,也就10万块。上家一开始说,本地人不坑本地人,你放心,我知道你也是赚点辛苦钱,你就交 10 万块放我这里。后来那套房，上家执意不肯卖，宁愿赔品珍 20 万，也要加价 60 万卖给别人。

谁想得到？谁也想不到。善良的人不会把别人想太坏，总是用自己的道德标准衡量世界，直到被辜负了一次又一次，迫不得已，变成一个坏人。善良变成了一种理所当然的愚蠢，被人利用，品珍心想，大概全小区的人都在想，这家人怎么这么蠢？

缪家把这种不吉利，依然怪在房子上，就是那套房子，太倒霉了，霉气冲天。

房子出手，他们就觉得释然了。现在老缪依旧坐在同一张餐桌前咪着老酒，只是周围的东西未免多了些。缪琪一进来，就觉得格外逼仄。但剩下的东西，已经是品珍千挑万选后留下的，实在不能扔。那个小小的客厅里，摆了两张三人沙发，实在挤得过分。

她刚想开口跟品珍说，扔掉一张吧。现在这种东西扔出去，还要出 200 块麻烦别人来处理掉，你当个宝贝攒在家里干吗？

抬头一看，一张沙发上坐着陆士衡。

缪琪的脸就挂下来了，都什么时候了，怎么还对前夫念念不忘网开一面？

品珍和老缪都没说话，缪琪看了看家里，连个说话的地方都没有，跟陆说："那还是出去聊吧。"

小区出门，缪琪领着陆士衡，往一条没什么人的马路走去。晚上八点多，郊区的马路上人已经少了很多，偶尔几辆电瓶车开过，都是赶着送餐的外卖小哥。

从外表看，他们并不是一个世界的人。陆像是刚刚下班，一身黑色商务打扮，缪琪则是明显的休闲装扮，春天里穿一件带帽子的浅色卫衣。

确实，缪琪想了想，他们从头到尾都是两个世界的人。

陆问她，怎么换房子了？

她问陆，怎么找到的这里？

他："你现在一个人了？"

缪琪："什么意思？"

"你母亲说你分手了。"

"为什么要让你知道呢？"

"你别怪她，我只是碰巧问一问。"

从陆执意送回她那个戒指，她好像就知道，事情会这样的。可是太迟了，一切都已经变了。事情发生得就是这么巧合，一个冬天，他母亲过世了，她却怀孕了。

缪琪心想，这大概就是有缘无分吧。

"我怀孕了。"

这四个字让陆士衡愣在原地，过了两秒后才说："怀孕了？"

到这一步，好像没什么可说了。春风沉醉的晚上，通常都是没有结局的悲剧。

但他还是问了她："会跟他结婚吗？"

这个问题真是奇怪，结婚？为什么要结婚？她从来没想过，即便有80万的钻戒，婚姻不照样会被击碎吗？她不打算结婚。

看着眼前的陆士衡，她忽然觉得，其实跟前夫做个朋友也不错，曾经的情仇已经消失在风里，便以朋友的角度讲："不结婚。我啊，打算当个单身妈妈。"

"你爸妈知道吗？"

"现在不知道，以后会知道吧。"

"那时候你打算怎么办？"

"就继续做我的单身妈妈呀，你知道我很喜欢小孩。是不是也挺好的？以前为了孩子过得那么痛苦，离婚了，孩子就来了。"

说到这，缪琪苦笑起来，这剧情太狗血了，人家是忠义两难全，她是夫子两难全，有夫无子，有子无夫。

陆看着缪琪，叹了口气："你会不会把这件事想得太简单了？"

"我也不知道，走一步算一步吧。"

她心想，已经解决了最难的一步，还能有什么困难？

陆看着前妻，心情很复杂。他很忙，每天忙得喘不过气来。工作是很好的逃避一切的方式，几年前他开始拿公司股权，有一年，美股账户已经达到三四百万美金。可即便如此，他并没有觉得快乐。有时候他会想，对前妻到底是不是真的爱？还是只是找了个单纯的女孩，证明自己有爱的能力？听到缪琪跟别人交往，甚至怀孕，好像对他来说，心情也并不那么刺痛。他们之间从恋爱到结婚，长达五六年时间，早已从爱情变成一种亲情。跟陆士衡之前所习惯的亲情不一样，缪琪温柔如水，曾经给过他很大的安慰。

两人在沉默中越走越远，走到马路尽头。

陆终于开口了："其实我们在一起的时候挺好的。你那时候给我准备的饭菜，做的糕点，我都很喜欢。对不起，当时没告诉过你。习惯了，小时候我说喜欢什么，我妈总是怕我玩物丧志，费尽心机要摧毁它。不管是科幻杂志也好，手办玩具也好。"

又是沉默。

缪琪不知道该如何回复，感谢你多年后的欣赏？晚了吧？

"到35岁，每天感觉挺累的，有时我会想，会不会跟我妈一样，猝死没救过来？"

"你爸呢？最近还好吗？"

"他打算过段时间去大洋洲养老。"

"那你呢，打算怎么办？"

说着话，缪琪转头看了眼陆，发现他脸上浮现出一种难以言喻的表情。

陆牵动两下嘴角,也说不清是苦笑还是叹气,他说:"我现在有那么一点像《肖申克的救赎》里的犯人,一生都是在我妈管控之下,她告诉我该怎么做如何做,现在她走了,再也管不了我了……我没觉得有多好,还挺想回去的。以前的人生,不管你喜不喜欢,都只有一条路,总感觉抓紧点走,前面应该会有希望。"

"现在呢?"

"缪琪,我希望你还是能跟我一起生活,我们在一块,可以继续留在上海,如果你想要小孩,那我们就一起去大洋洲。这样应该对小孩更好,我会对他像自己的孩子一样。"

"你是说我怀着别人的小孩,重新跟你在一块?"

"我希望你能同意,不管你要不要小孩,我们都将是美满的一家。"

"这不行吧。"这时缪琪也恍然起来,跟陆士衡在一起,到底是为了爱情,还是为了生活?

她转身朝家的方向走去,陆跟在旁边,送她回去。

走到小区门口,陆说:"你的银行账户,还是以前的吧?"

"怎么了?"

"不管你跟不跟我在一起,我都希望你能过得好一点。"

回家后,品珍迫不及待:"都聊什么了?"

"没什么,他问我要不要一起去大洋洲?"

"大洋洲?国外有啥好的?"

"是啊,我也这么说。"

缪琪的手机上,接连收到了两笔转账信息,每笔50万,陆士衡给她打了100万。

她收下了,今时不同往日,她需要这笔钱。

100万不能给小孩一个将来,可总比没有好。

弟弟的回归

文杰回来了，拉着行李直接来到缪琪的工作室，他非常挂念他买的那些植物。

冲进教室，到处查看一遍："哦，这个鸟巢蕨枯死了，肯定没浇水。幸福树是不是水浇多了？缪老师，怎么弄的，能死这么多？"

确实，缪琪没有养植物的天分，这段时间闲下来都在看怀孕百科、育儿百科。

她没顾上打理，连鱼都死得只剩下两条。她原本想要带回去让她妈照顾，或许寿命还能更长一些。

文杰回归的方式，好像什么都没发生过，好像他离开的这段时间，只是去外地出了趟差。

说起来，这事怪他。一开始他觉得，只要一个礼拜，事情也就过去了。

他只是找了个女朋友，又不是在上海杀人放火。

但文振华的怒火分两种，一种是形式上的，用来吓唬人的，他打儿子一耳光，那也算虚张声势的一种，对文振华来说，这并不算什么，棍棒教育是他们那一代人的特色。

另一种怒火，是真正的。当他大声说着绝对不可以找年纪这么大还离过婚的女人时,文杰顶嘴说:"你以为她家想跟我们结吗?人家还嫌我是外地的。"

文振华一下飙了起来:"什么?他爸妈赚几个钱?敢嫌弃我们?"

他生平最恨别人瞧不起他,富人瞧不起倒也算了,穷人也敢瞧不起?

"这绝对不行,你说破天都不行,除非你跟文敏一样,从今天开始不认我这个爹。"

不认就不认,有什么了不起,但是他妈死死拖住了他。文太太心里想,孩子怎么这么傻,一个比一个叛逆。

亲爹可以不要,家里的钱也不要吗?文振华拿着这笔钱,像以前一样出去胡乱投资怎么办?

到这一步,文太太也透彻了,不管怎么说,先把房子放到自己手上吧?不然这份家业,难道要拱手送给别人吗?

她就像《红楼梦》里的王夫人一般,平常像个活死人,不闻不问。

这是一种生活智慧,如果她活过来,就看不下文振华的所作所为,不如两眼一闭,随你们折腾。

但关键时刻,她没法再含含糊糊。之前文敏的事,文太太选择了不吱声,因为女儿厉害,你为她献计献策,她还不一定听得进去。

现在儿子的事,她必须站出来。

她拉住文杰,直接拨通文敏电话,开启家庭会议。

"小敏,你弟弟说要来上海,你说怎么办?"

文敏:"能怎么办,我又管不住他。"

"哎呀,你爸说小杰敢走,他俩也要断绝关系。你想想嘛,你爸这个人,对家里人日防夜防,对外面的人肝胆相照,你俩都走了,他的钱还守得住?"

文振华发财的那个年代，搞关系做兄弟互相帮忙都是理所当然的。好兄弟有福同享有难同当，兄弟有难八方相助，老婆孩子随便糊弄。

于是十多年前他拿着1000万，没有买房，去投资了兄弟的生意，亏得血本无归。

那可是多年前的1000万，每每文敏想起这件事，都忍不住心痛得无法呼吸。

如果钱没让文振华拿出去，而是按照她妈的说法，跟谁谁一样，给女儿先买套上海的房子。

那会儿上海的商品房还没限购，有邻居拿着100万现金，给在上海的独生女买了套闵行地铁站旁300万的房，现在早就挂牌1500万。

她爸要是肯听她妈的话，现在文杰和文敏本可以成为豪门姐弟的。

想到这些往事，文敏立刻着急起来，可上回文振华明明说首付还要问她借200万。

"妈，不是他说首付还差200万吗？"

"你爸这人有几句实话，想诈你的钱呗，他就怕家里人知道他有钱问他拿，而且你到处一闹，那些要借钱的亲戚也吓走了。"

文振华有个很奇怪的逻辑，或者说小老板的共性，喜欢跟没自己有钱的人哭穷，工人和家人都算，生怕这些人惦记上他的钱。

但又极喜欢跟比他有钱的老板炫富，生怕别人觉得他没钱。在文敏看来，她爹扭曲得就像个双面人。

在文振华看来，不都这样吗？这叫做人处世的技巧，你还年轻，你学着点。

这是文敏最过不去的地方，怎么可以连家里人都骗，家里人都信不过？真以为自己是土皇帝，底下人都仰仗他来生活吗？

既然如此，文敏心想，对，她妈说得没错，当务之急，是要把家庭资产掌握在家庭内部。

"小杰,去买别墅吧。"

"姐,不是说只要买这个房子,你就跟老爸脱离关系吗?"

"我脱离我的,跟你又没有关系,你放心大胆去买。你没听明白妈妈的意思吗?"

"什么意思?"

"我妈的意思就是,哄着点我爸,把他的钱掏完。"

文太太心想,女儿真聪明,儿子远远不及。

文杰还不知就里:"那他不肯掏怎么办?"

"你跟他来软的,我还是来硬的啊,你放心,文振华最在乎的就是面子,面子就是他的命根。到时候我生小孩,百日宴不请他,你看他难受不难受。"

文母叹息,两个孩子,真是生错了方向,女儿这么硬,儿子这么软。

文杰便如傀儡一般,听从安排。三人迅速结成了同盟,属于弟弟的房子要先拿下,属于姐姐的房子总有一天要到手。

先由文太太去吹枕边风:"我看房子还是早点买,有了房子,小杰才好找般配的对象。等成了家心定了,这些事情嘛,我看也就过去了。"

其实文振华早就付了定金,不管如何,他都是要买的。文敏再拦,也拦不住。他对儿子的顺从虽然不解,但想想儿子肯定是认清事实了。

留在老家住着别墅多舒服,干吗要去上海做被人看不起的外地人?租个走十步路就到头的小房子?年轻人真是幼稚。

买完别墅,办完该办的手续,文杰一刻都不耽误,从家里走了。

文振华这回没有冲过来,他心想,你去吧,再当两个月被看不起的外地人，我看你熬不熬得过去。

缪琪木然看着忽然出现的文杰，默默无语，只觉得他好像来得不是时候。

文杰不在的这段时间，都已经让她想了八百遍，未婚生育的种种困境和解决办法，你来了，我这条路不是白铺了？

再说文杰的人生才刚刚开始，他愿意一头扎身到一把屎一把尿的育儿生活去吗？

看缪琪不说话，文杰独自忙碌起来。给门口的盆栽修修剪剪，枯萎的枝叶要齐根剪掉，耷拉下来的只要补足水分，加点营养土，不出几天又是好汉一条。

有两盆实在救不了，死得很彻底的，只能挖根扔了，再种别的。

一盆龟背竹徒长得厉害，文杰修了修，又给换了盆。鱼缸里全是绿藻，他拿网兜先清理一遍。

她看他忙着干活的模样，自顾自走了，反正工作室没什么值钱的东西。

文杰内心很纠结，活干到一半，鱼缸水还没清，他叹着气扔下网兜，追了出去。

"你等等我。"他去牵住她的手。

她甩开了。

他又努力地牵上，这没有什么难为情的。

缪琪此时的心情，有点像失踪的小狗找到了，可她已经打包好了行李准备远行。

品珍听到陆士衡想带女儿一起去大洋洲，好几个晚上没睡着。

她躺在床上辗转反侧，如果女儿真的心动了，去了怎么办？

小区里有个老太，一个独养儿子20年前去了加拿大，再也没回来过。老太如祥林嫂一般，逢人就说：

小孩还是不要太出息，出息的孩子，都是给别人养的，你看看我，养个孩子看不见摸不着，生病要自己去排队，吃年夜饭跟老头子两个人。我们过去了什么都不懂，回家到底说的话有人听得懂……

那时品珍总是庆幸，缪琪一直都是小家碧玉，没有那么大的野心也没什么大出息，即便嫁到市区，也会经常回来看看他们。

现在，自从她听到"大洋洲"三个字，生生给自己安排好了晚年，肯定是跟那老太一样，在小区里兜来兜去，试图找人倾诉：小孩别养得太出息……

老缪劝她："好了，你不要瞎想。琪琪不是说了，她没打算去。"

"现在她那个恶婆婆都没了呀，小陆也是蛮罪过的。"

松江人把可怜说成罪过，有些老太婆要一直把罪过两个字挂在嘴上，给她两块糖都要说，妹妹，罪过啊罪过。

罪过同时要彰显着自己的品德，可怜人总是品德高尚的，说小陆可怜，大概就是说，这是个老好人。

这老好人还有万贯家财，还向女儿伸出了橄榄枝。

品珍摇头叹息，连她都想去大洋洲了。

缪琪跟文杰在一家西餐厅坐着，她饿了，孕妇的饿没办法拖延，必须马上解决。

实际上她上课的时候就想着，等下要去吃比萨，厚底烤肉撒很多芝士。

在没吃到之前，她无心做其他事。

热气腾腾的比萨一上桌，缪琪率先拿了一块，吞下一整块后，她才说："不是分了吗？还来干吗？"

"我没答应。"

"不行，我要跟前夫复合了。"

缪琪在几秒钟前想出了这个主意，想让文杰知难而退。

文杰完全不上套:"那不可能,如果复合了,你早就搬市区去了,不会还在松江。"

她又吞下一块比萨,文杰把比萨的盘子往她那边推了推:"你今天这么饿吗?"

缪琪没办法这么快做决定。

她告诉文杰:"还是先退回到朋友的位置,冷静思考一下吧。"

缪琪觉得至少要再等一段时间,才放心大胆告诉别人怀孕这件事。

文杰一下显得很颓然,但他很快就恢复了斗气:"明天,去多伦多美术馆看展吗?有一场超现实主义和东方美学的展览。"

"啊?"

"不是你说的吗,从朋友开始再来一遍。"

缪琪笑了。

如果可以重来,她一点也不后悔,甚至可以说,这就是她策划的。

大自然中为了繁殖常有匪夷所思的事情发现,母螳螂交配后会一口吃掉公螳螂作为养分,公蜘蛛心甘愿爬到母蜘蛛嘴里,都是为了牺牲自己,繁衍下更多的后代。

看着眼前的文杰,她其实更想问,不准备找个工作吗?

这时陆士衡对她的关心更上一层,陆整个家族,80%的人都在海外。于是他问缪琪,要不要去美国生小孩?

他可以帮她出全部的费用,还可以为她准备好一切。

缪琪直言,并不方便。

于是陆又提出:"那你该去最好的医院,没必要省,这笔钱,我来出吧。"

为了孩子,她没意见。

陆士衡慷慨得像个圣诞老人，仿佛闸门打开，一个劲地要把以前的亏欠弥补回来。

他逝去的母亲吴琴，认为贫穷的儿媳妇不该挪走属于他们家的任何财产，哪怕一分钱也不行。又不是你赚来的，你凭什么用？

但在陆士衡看来，他拥有了一切也拥有不了快乐，和前妻在一起，是他为数不多的快乐。

如果金钱能买快乐，让她快乐，为什么不行？

不由分说，他往前妻账户上又打了 30 万。

他开始担忧缪琪，什么都不懂，什么也不会，一个人带着孩子，怎么在社会上生存？

缪琪并不知道他有公司股权，也不知道他有美股账户。

他们整个公司都低调，从大老板到员工，很多人甚至只是坐班车上班，住在几百万的房子里，其貌不扬，户头却有几百万美金。

陆为了证明自己，给吴琴看过。他习惯了，用数字彰显自己的能力，希望能得到母亲的赞赏和表扬。

当然吴琴也只是淡淡的，说："你浙江的表哥，人家老婆娘家做生意的，嫁妆就是 2000 万，你这点算什么？不要告诉你老婆知道，不然他们全家都要打这笔钱的主意。"

他当时内心有一个想法，等账户涨到 500 万美元，他放弃上海的一切，带着缪琪去美国。

只是后来股价大跌，从人民币 2000 多万，跌了整整 50%。

陆心想，是不是报应，这本该是缪琪的一部分。离婚之后，股价恰好跌了一半，冥冥之中，似有天意。

至亲的死亡，更让他觉得世事无常，他只想抓住手里仅有的一些东西。

缪琪收到 30 万到账短信，心情没有上一次洒脱。这对陆来说不算什么,对她来说,无形之中,带来了一股道德上的压力。

她好像没办法像以前一样,把陆整个人隔绝在她的世界之外。

收下这笔钱后,她重新加回了陆的微信。

加上后第一条微信,就跟结婚时她收到的一模一样:"在忙,稍后回复。"

缪琪略微膨胀的心,又收了回来。

人,是不会改变的吧?

讲道理，孕期的丈夫有什么用？

文杰来姐姐家时，文敏正抱着马桶嗷嗷吐个不停。

他吓坏了，立刻跑上去轻拍文敏的背，问她怎么了，是不是食物中毒？要不要送医院？

文敏吐完，坐在马桶旁边，跟弟弟摆手，喉咙嘶哑说不用。

弟弟转头拿了张洗脸巾，热水里冲过，拧了一把递给姐姐："怎么回事啊，不会得了什么大病吧？"

"滚。"她依然有气无力，但已经恢复了骂人的元气，"我怀孕啦。"

文杰这才恍然大悟："不要紧吧，妈知道吗？"

"说了她不是马上就杀过来，你也替我保密一下吧，只有宋易知道我怀孕了。"

"那姐夫呢？"

"出差了。"

"你这样一个人待着能行吗？"

文敏这才发现，弟弟还是挺会照顾人的。

以前她不需要，现在被人准备好用热毛巾擦擦脸，拿过来一杯温水，她就很受用，觉得从里到外也没那么难过了。

小宋从来不做这些，在她反胃呕吐的时候，他就像是隔壁邻居一样不闻不问，好像老婆不过是在里面通下水道而已，那些声音都是正常的。

是，医学上是正常的，但伦理道德上你能不闻不问吗？

有次文敏实在无法忍受，质问他："我都吐成这样了，你都不关心一下吗？"

"可是我得干活呀，你又不让请钟点工，这么多活，我一个人总得做吧。"

她怀疑他在阴阳怪气，等小宋吊着胳膊去出差了，文敏反而觉得好受些，起码不用在家里添堵。

她一度考虑，是不是孕激素太高了，太敏感了，所以很容易生气？

但看到文杰后，她的怒火有了正当理由，连地主家的傻儿子都比你会关心人，这怎么解释？

文杰搀扶着姐姐坐到沙发上，问她吃了没？听到答案是否，转身进厨房，问她，想吃什么？

"什么都行，但绝对不能是速冻食品，我怀的可能是龙种，一吃就狂吐。"

"那你最近都吃点什么？"

"苏打饼干，白米饭拌一点辣酱。"

文杰打开冰箱，里面只有两个番茄和鸡蛋："番茄鸡蛋面你吃吗？"

"听起来还可以，不恶心。"

文敏想不明白，家里有阿姨，弟弟是在哪学会这些的？她站在厨房门口，看着文杰忙碌的身影，好像也不太像初次入伙的样子。

"你还会做饭？跟谁学的？"

"许阿姨啊，你去上大学了，家里就我跟她，我就求她教教我嘛。"

文敏吃了一小碗面，觉得不能再吃了，再吃可能又要吐个精光。

227

她弟说:"姐,你这也太不容易了,不过,你还是得帮帮我。"

她放下筷子,喝了两口苏打水,仿佛知道了弟弟的殷勤来自什么地方。

"缪琪说要跟我以朋友的方式相处,我该怎么办?"

"她可真善良,换了我,男朋友消失一个多月,你猜我会怎么做?"

"啊?"

"先千刀万剐再下锅油炸吧。"说到油这个字,她又想吐了,赶紧喝下一口苏打水。

"姐,我没问假如是你怎么办,我问我现在怎么办?"

"我觉得你没有胜算,算了吧。缪琪也没有大富大贵到能养你的份上,她要你干吗呢?你俩在一块,你爸妈反对,她爸妈也反对,你们非要突破封建家庭的枷锁实现恋爱自由吗?"

"你反对吗?"

"作为缪琪的朋友,我想反对,你说你……"文敏本来想说几句重话,想想还是算了,弟弟内心敏感。

她又想起来,自己能选小宋,却让缪琪不要选文杰,显然有点不太合适。

莫欺少年穷,弟弟会有朝一日变成独当一面的成年人吗?她心存怀疑。

说起来,文杰连蜘蛛都能养八年,如果不是被扔了,他还能地久天长地养下去。

唉,文敏此时也忍不住哀叹一声,全天下是不是只她独自人间清醒?

在这个春天,文敏觉得自己的事就是天大的事,在一个无比折腾的胚胎面前,她其实根本无所谓别人的男欢女爱进入何种走向。

分分合合听起来都像是人间儿戏,她甚至想不明白,既然大家都反对,你又何必这么坚持?

她也想不明白反对的人是为了什么,只是谈个恋爱,就让他谈到尽兴不行吗?

她明确表示,我不参与。

她现在的人生,只剩下吐、恶心,如何把难熬的一天熬过去。

痛苦让每一天每一分每一秒都变得漫长,一天之后她对这天却没有任何记忆,一整天的煎熬,化为一堆难看的泡沫,浮在她的记忆表面,没有任何用处。

文敏一个人去医院做产检。接受一大堆检查后,她迫不及待问医生,便秘严重怎么办?太痛苦了,已经成为她每天最烦恼的事。

医生很理解地笑笑,说便秘本来就是孕期最常见的症状,解决便秘,有三大因素,每天有没有喝足够多的水,吃足够多的粗纤维蔬菜,还有,足够多的运动。

她这才恍然大悟,哦,她都没有。吐得厉害,连水都不敢多喝,蔬菜根本没怎么吃过,运动?每天步数都不过几百步,下楼倒垃圾而已。

她再次感慨,怀孕怎么这么难?

那些电视上散发幸福光环的孕妇,根本都是骗人的,只是骗你去怀孕而已!

医生开了药,文敏想起小宋送的52只开塞露,便问了一句:用开塞露行吗?

"最好别用,会有依赖性。"

她又恨多了小宋一层。

一番拉家常般的问诊后,文敏仿佛把跳出来的一颗心又放回胸腔。

她走出诊室,正准备离开时,走廊上一个女孩的身影让她觉得非常眼熟。

"缪琪?"

那女孩转过头,果然是缪琪。

文敏大惑不解,这一层是妇产科,她是来看妇科,还是产科?

缪琪跟她摆摆手,示意她先进去做检查。文敏说,你先去。

目送着好友走进了B超室,她实在没忍住,跟在后面,探个头进去。

门口的护士说,麻烦您先在外面等。

文敏在这一刻如同打开《走进科学》,满脑子问号升腾起来。

碍于护士的眼神,她退回到了那排沙发座上,私立医院注重隐私,她时不时伸长脖子看看缪琪有没有出来。

她来了,两人互相见面,第一句都是:"你也来看产科?"

第二句还是一模一样:"你也怀了?"

缪琪满脸喜悦,说:"我今天有听到那个小火车一样的心跳声,好神奇。"

文敏想问又问不出口,问她孩子是谁的?她不知道该怎么讲。

缪琪看到她脸上的犹豫,说:"孩子是你弟弟的。"

文敏心情十分复杂,她猜测如此,可是又觉得缪琪有点过分了。

你们谈恋爱就谈恋爱,你给他生孩子,这不是把他和你自己往火坑里推吗?这种事难道是开玩笑?

是一个活生生的小孩啊。

"我弟弟知道吗?"

"还不知道。"

"这么大的事,你为什么不说?"

缪琪饥肠辘辘,在医院待了一上午,因为要抽血,她从昨晚到现在一直空腹,饿得前胸贴后背。"先去吃饭吧,再不吃点什么,我就要发火了，太饿了。"

她当然看到了文敏兴师问罪的脸色，在这种情况下，她们势必会以一种不愉快的方式进行谈话。

先吃再说吧，食物会让人宽容，也会让人慈悲。

附近有一家开在路边的西班牙餐厅，往常她们在一起，都是文敏点菜，这次缪琪胃口大开，点了海鲜饭、烤阿根廷大虾、蔬菜沙拉、南瓜汤。

点完菜后，就有侍者送上一篮热乎乎的小面包，放在白色浆挺桌布上。

文敏看着缪琪迫不及待拿起面包篮里一块法棍面包，蘸上小碟里的橄榄油，有滋有味吃起来，很是诧异，以前她可没有这么好的胃口，也不吃这么有饱腹感的食物。

"怀孕以后，胃口好得惊人。"缪琪拿着面包，浸在刚上来的汤里，边吃边说。

以前她脸上常常有那种小鹿般惊恐的眼神，这回文敏看着她，却觉得她脸上散发着母鹿的慈祥与坦然。

"主要是不知道该从哪里说起，还有一个原因就是，我想如果你家知道，好像又是一场大混乱。"

"那也不能逃避啊，你总要面对现实的。"

"我在面对呀，现实就是我怀孕了，不管你弟弟要不要，我都要生下来。"

文敏难以接受，她对他们两人的恋爱尚且持保留态度，但是小孩怎么办？

她一想到之后两家人该如何相处，就如同陷入了泥沼一般的处境。这时她说话却不能直白倾泻而出，因为其中必定有伤人的成分。

"哦，也不能说不管你弟弟要不要，我发现怀孕的时候，文杰已经被带回家了。如果我跟他一样大,我当然会觉得这是个错误。可我31岁了,我想要这个小孩,另外,确实没有想好,该拿文杰怎么办。"

文敏听出来了,不管文家怎么想,缪琪其实无所谓。她再看好友,发现她没有了以前那种犹犹豫豫的态度,相反非常坚定。

她已经做好了当一个单身妈妈的所有准备工作,好像也没有想象的那么难。于是在这个节点,她到底需不需要文杰,的确成了一个问号。

"你也不能剥夺我弟的知情权呐。"

缪琪坦白:"主要是受不了他爸妈吵,也受不了我爸妈吵。"

"你爸妈还不知道吗?你天天住在家里,你妈妈竟然不知道?"

"月份不大,当然看不出来。"

缪琪想了想,索性告诉文敏,她见到了陆士衡,对方知道她怀孕了,却打给她一百多万,并让她跟他一起去大洋洲生活。

文敏无法相信,世界上怎么可能有这样的男人?这听起来简直120分的离谱。

缪琪这时倒不是那种优柔寡断、犹犹豫豫的女孩,在美食的慰藉下,她觉得事情很顺理成章:

"他除了工作没有别的爱好,好不容易出去玩一次,也是惦记着回酒店加班。我想,他是想要那种家的感觉吧,像个正常男人一样,回家有老婆小孩,可以过上那种虽然疲惫,但是有落脚感觉的安宁生活吧。"

过了一会,又说:"其实陆已经可以实现财务自由了,可像他这样的人,如果没有工作没有家庭,他的归属感在哪呢,他活在这世界上到底为了什么?"

缪琪大学时爱看哲学书,其中有一本说人活在社会上,需要两种东西,一是工作,二是爱,这两种都是你被这个社会需要的证明。

文敏一句都听不进去，什么工作，什么爱，现在讨论的是小孩的归属权。

"他为什么不找别人一起共度余生？生一个属于自己的小孩？没有男人会心甘情愿养别人的小孩吧？"

到这一步，缪琪只能告诉她，那是不可能的事，陆有无精症，他不会有自己的小孩。

她恍然大悟，这个男人想带着缪琪，和她的小孩，去另一个国度，重建生活。

如果小孩的父亲不是文杰，文敏肯定会毫不犹豫地劝朋友，去吧，这有什么好犹豫的？

他上海的房子卖了够你们在大洋洲生活至少两百年。你当然要离开那个又穷又软弱的男孩，这位什么都给不了你。

可她说不出口，文敏习惯用强者的眼光看待一切，总觉得混得不如自己的人，肯定是不够努力，这个世界就该优胜劣汰，强者为王。

也就是说，她一边感知着大千世界里的势利眼，一边又迫不及待打造自己成为这样的势利眼。

这种事情落到自己的亲弟弟身上，她变得非常无力，这不行啊，再怎么都不行吧，她弟弟的小孩，怎么能让缪琪就这么装在肚子里带走……

可是留下来，谁养？对谁都不好，她脑子从来没这么混乱过。以前理智和情感是可以分开的，现在混成了一团糨糊。

"你为什么都告诉我？"

"因为我们是朋友。"

"还是告诉文杰吧。"

"会说的。"

之后，缪琪好像放下一个大包袱，拿着勺子刮起了海鲜饭底部的硬锅巴，那是她觉得最好吃的一层，浸透所有精华，每一口都散发着焦香，像极了某种隐喻。

曾经唾弃的，却是备受珍视的。

而文敏此刻却愤愤不平，抛开还不知情的弟弟，她十分无语：

陆士衡可以给怀孕的前妻100万，小宋给怀孕的妻子带来了什么？从头到尾，就买了52只开塞露？

这么一比，比出了世界的参差，同类的差距。

回家后她拨通小宋的电话，说："我有一个朋友，她老公不孕症，两人离婚了。现在她怀孕了，前夫送了她100万。你有什么话说？"

小宋感到莫名其妙，确实不太好点评，他在电话那头装出信号不好的样子："你说什么，我只听到我有一个朋友……"

他累得要命，早上6点起床去看工厂，晚上10点才回到房间睡觉，每天睡觉时间只有五小时，哪有时间关心她有一个朋友？

"你检查怎么样？"

"就那样呗，你想看宝宝的B超照片吗？"

文敏经常在网上，看到有人发帖说，老公陪着去产检，第一次听到小火车一样的胎心声，激动得哭了，还有看到B超里的胎儿泪流满面之类。

她希望小宋能对她的怀孕给点反应，你不是亲爹么？你为什么无动于衷？

她发了B超照片过去。

小宋没有回复，他累得已经睡着了。

此时她想起他陪她去产检，对于那个两厘米的胚胎，他没有任何兴奋感，还不如在医院门口看到一辆豪车的惊讶。

或许是文敏过往高度自理的能力，让他觉得无须担心。

也或许是他确实就是某一种男性,在胚胎还没化成活生生的婴儿之前,他没有生为人父的概念。

一切都只是浅浅的痕迹,让他怎么激动到流泪?

这样的小宋,和以前那个努力逗她开心的小宋判若两人。

那时他为了这份工作拼命表现,现在却让她想起了那些在编制岗位上尽情做老油条的员工,反正你又开除不了我,你能拿我怎么样?

不愧是编制之家走出来的男人,文敏黯然神伤。

有了小孩,便是从此绑定的人生吗?

我要怎么做，你才能答应跟我在一起？

  文杰很小的时候，经常被送去奶奶家。两个小孩，外婆家一个，奶奶家一个，为什么要这么分？在一块带不大么？但老人觉得，这事理所应当，就像责任田一样，你一块我一块，分别耕种，合理极了。

  他是孙子，但奶奶总避着他，谈不上多么喜欢。因为文杰长得有点像走了的叔叔，兴华。他还小，不懂事，一天绝大多数时间，都是一个人玩。

  乡下能玩什么呢？奶奶不准他出去玩，怕他有危险，他只能在家后面的菜地，捉一只软乎乎的菜青虫，两眼沉迷地看着它以惊人的速度，吃掉大半片菜叶。照例，奶奶要骂，哪里捉的虫子？！文杰大大的黑眼睛一看，老太的眼神又回避了过去。

  再看，她就想起兴华，眼泪潺潺流出，用手背抹了一把又是一把。

  关于童年的高光时刻，是邻居家的母狗落了七只小狗，黄澄澄一窝狗，都追着要吃奶。邻居极力上门兜售，劝奶奶养一只。奶奶推脱了几次：要来干啥，不要不要。

  但忍不住邻居再三劝说和文杰的哭闹哀求，他有了一只小狗，好像一下被点亮了一盏灯。从此不管奶奶怎么骂，都跟小黄狗同吃同睡。有了黄狗保驾护航，他也就能走得稍微远一点，去看看别的小花小草。

乡间的一切都很迷人，汪汪叫的狗，田埂上一丛丛的蓝色小花，水渠里游来游去的小鱼。文杰后来被接回自己家，顿时觉得世界失去颜色。

当缪琪告诉他怀孕这件事时，他的心情，激动得像要拥有小狗那一天。但随即又想到一大堆的问题，小孩毕竟不是小狗，该怎么养这个小孩？

他慌张得不知道该说什么好。

缪琪仿佛看到他的犹豫，开口说："我只是告知你这件事，不管你怎么想，我都会要这个小孩。说起来，感觉很对不起你，你才23岁，让你跟我一起带小孩，我也觉得不太现实。"

话说到这里，她猛然觉得其实跟着陆士衡去大洋洲，对大家都好。

文杰会有一个光明的未来，她会有一个稳定的家，陆则成为世俗意义上的丈夫和父亲。每个人的角色都合理多了，不会像现在，荒谬又错位。

只是缪琪执拗地认为，至少要告知一下。

"以后如果你想认他、看他，都可以，但是，小孩我肯定要了。"

"我们可以一起养啊，我愿意养小孩，我的小孩，我当然要。"

她其实很想像国产剧里的女人一样，尖刻地大吼一声："钱呢，你有钱吗？"

但不自觉地，缪琪开始跟他摆事实讲道理，不合适，我们在一起，两家人都要打起来，你说服不了你爸，我也说服不了我妈，为什么要那么辛苦？她不想做这种努力，反正现在女性独自生育也很正常，她想走那条路。

"不行，也是我的小孩，我想好好照顾他。"

文杰其实早就发现缪琪丰润许多，学绘画的人，从来不会错过细节。但他没有想到怀孕，毕竟一切都是初次经历。此时他想起父亲那句话："23岁给我生个儿子就行。"

哦，那是他十几岁的时候，人长高了，成绩一塌糊涂。带着成绩报告单回来，本来以为肯定会有一顿揍，没想到他爸仿佛想开了，顿悟了，带着嘲讽给他倒了杯啤酒说：算了，23岁给我生个儿子就行。

一语成谶，文杰也想不到命运就是如此。他满脑子想着两个问题：第一，文振华怎么答应？第二，缪琪怎么答应？

他问缪琪："我要怎么做，你才会答应跟我在一起？"

缪琪无法答应，在上一次婚姻里，她得到的最大的教训，就是千万不要找一个没有独立生活能力的男人。婚姻如果只有两个人，根本没那么复杂。但婚姻里一旦涌进来很多别的人，那就太拥挤了，甚至连主角都会没有立足之地。

文杰是仰赖父母生活的男人，因为这一点，缪琪坚决不同意，她的话不由自主也狠起来："上次你爸妈带你走，我就打定主意了。我觉得女人最受不了的就是抱着满怀的希望，希望越大，失望越大，我们在一起，你再被他们带走怎么办？"

在没有小孩之前，缪琪是混沌的模糊的。有了小孩，一切都清楚了，她要选的不仅是为了自己，也是为了孩子。

文杰跟她解释，上次不是故意回去那么久，家里有事要办。话说到这步，他告诉她，他爸想买的别墅，他还是去签了字。

"那就更不可能了，你属于你爸，你爸想要的是在老家生活，给你找个老家的女孩，你们一起其乐融融，我无论如何不可能过去的。"

她差点脱口而出，并没有爱你爱到远走他乡这一步。对大洋洲，她还有点想象力，那里没有人在意她离过婚，也不会有人在乎小孩到底是不是陆亲生的。外国人看中国人，连20岁和40岁都分不清楚，又有什么好介意的。对文杰的老家，虽然离上海不远，可听了文敏分享过那么多重男轻女的老家故事,她已经在心底画了个叉。

"没有叫你过去,只是跟你解释我为什么回去这么久。"

缪琪大摇其头,在养孩子这一步,文杰显示出他这个年龄独有的稚嫩,他真的什么也不知道。

她告诉他:"在你没有独立生活能力之前,我们真的没办法在一起。我宁愿一个人抚养小孩,也不想要一个男人加上一对爸妈,天天指点我应该怎么办。"

她的第二关,是品珍。

品珍最近忙着看房,虽然也觉得女儿略微发胖,又怕说了她不高兴。前两天中介带她去看一套房,还是在原来的拆迁小区。格局跟她原来的家一模一样,就是位置不太好,门口对着小区主要出入口,很是嘈杂。

中介说:"阿姨,这有什么不好,多有人气啊。"

"那为什么要卖?"

"他家跟你们家一样的,一个独生女儿,嫁了台湾人,现在全家要搬到台湾去了,就想着把这套房子卖了嘛,他们老两口也住不了那么多间房。"

这话一时触动了品珍,让她不确定起来,如果女儿真的去了大洋洲,她要那么大的房子干吗?她早就算过了,现在租房子的钱,还不如把几百万存定期。

她决定等一等,回家看老缪在家里找东西,说天暖了,要找一条薄西裤。品珍一边翻,一边跟丈夫吐槽,如果女儿走了,他们住那么大的房子干吗呢?以前就嫌房子空,不如还是买个小的一居室,方便两人住。

老缪不答应:"那以后女儿回家,难道叫她住外面?哪有这种道理?"

"那就买一个两室一厅。"

他们为这问题吵来吵去,品珍没找到薄西裤,在大堆衣物里,翻到一套还挂着吊牌的棉睡衣。以前女儿买了嫌大,送给她穿,她没舍得,心想总有一天还能派上用场。

等缪琪回来,品珍拿出睡衣说,这套你拿去穿吧,你送了我好几年,我实在不喜欢这种。

缪琪正嫌以前的睡衣有点小,她到房间拿出睡衣一试,松紧裤腰勒得不是很舒服。她母亲推门进来,映入眼帘是女儿凸出的小腹。

这绝不是多吃了几顿能解释的。

缪琪对她坦白,已经怀孕四个多月,预产期在十月。

事情发生得太过突然,等到品珍明白,孩子属于那个外地小赤佬,而陆士衡又有无精症,她的表情也全是纠结,怎么该有的没有,不该有的有了?

这叫人如何是好?

品珍无比失望:"你要跟那个外地人结婚了?"

女儿的回答让她大吃一惊。

缪琪说,她还没想好。

"孩子都有了,什么没想好?"

"陆士衡也知道我有小孩了,所以他才提出让我一起出国。"

品珍的三观受到了极大冲击,这冲击波好像让她的大脑里在发生一场海啸,最后只能瞠目结舌说:"你这不是脚踩两条船吗?这是要天打雷劈的呀。"

"我现在哪条船都不想要,我想一个人养小孩。"

品珍张大嘴巴,瞬间连话都说不出。她眼前高挑文静,一直都是乖乖女的女儿,养到31岁,不仅离了婚,怀上小赤佬的孩子,还要跟前夫不清不楚……这要是被她的姐妹知道,那将是多么炸裂的事情。

她死都不能说出去。

世俗的偏见在品珍脑袋中没留存多久,她很快被女儿拿出来的那些B超照片、产检报告冲昏头脑。对着两个月时拍的第一张B超照片,她竟然肆无忌惮地点评道:嗯,这个额头有点像你。

缪琪很是惊讶,她原以为说出这一切,品珍会尖叫着说,把孩子打了,你这样我们全家都会抬不起头。她想好了,如若如此,她就利索地搬出去住,不带一丝犹豫。

现在她妈脸上竟然洋溢着满是做外婆的喜悦,孩子,让这套格外拥挤不堪的出租房,瞬间温馨明亮起来。品珍和老缪筹划起来:那我们去看学区房吧,现在小孩有了学区房总是要买的,而且学区房总不会跌的,多保值啊。

老缪:"有了小孩,总归还是要结婚,不然别人怎么看?"

品珍:"管别人怎么看,就说小孩爸爸出国了,死了,随便编一个。"

…………

夜晚,缪琪躺在床上,怀孕后最大的遗憾,就是她再也不能像原来一样,惬意地趴在床上,晃着两只腿,看看手机,翻翻书。

她在这个时候,才想到最不可思议的一件事,那就是每个人都对孩子的到来表示了认可。

不是以前了,以前婚前怀孕的女人,动不动要被拉着去打胎。缪琪甚至还记得,在她刚上大学的时候,有个女同学云淡风轻去打了次胎,刚过几天,问她们要不要去欢乐谷玩过山车。那时候老龄化社会和生育率下滑,都是国外新闻。

那名女同学后来成了一名坚定的丁克族,朋友圈分享的照片里,都是轻飘飘到处旅行的快乐。她才不想被小孩拖累住,要永远年轻,永远轻盈,永远自由。

缪琪做完子宫肌瘤手术那两天,女同学忽然来上海,问她要不要一起去迪士尼。她说自己刚做完小手术,可能没办法。等知道缪琪做的是妇科手术,目的是怀孕,女同学大惑不解地问她:你为什么想要小孩呢?

缪琪不知道如何回答,想要小孩的女人,好像变成了某种还没进化好的女人。明知道小孩那么可怕,生育会带来那么多的身体伤害,还有一系列麻烦事,为什么还要?

同学越说越起劲,仿佛想要点悟她。

没有孩子的女人,才是真正的女人,不被世俗的偏见所裹挟,自由自在任由翱翔,这样光明的人生,难道不值得一过吗?

"你生了小孩,这辈子不就为小孩过吗?"

缪琪不置可否,不知道该如何回答,难道要说,啊,对,自己就是甘愿成为老妈子。

有时她也会想,之所以那么强烈想要生一个小孩,是不是本质上依然是个勤勉的本地人,无法享受轻飘飘的快乐,他们总是愿意一年四季四处奔波劳动,拼命要产出点什么东西,这才叫做活着的意义,如果什么都不做,那将是一种多么大的惶恐?

对已婚男人来说，秀恩爱是另一种KPI

小宋出差回来了，但他没时间关照家里怀孕的妻。他的左手需要去医院复健，每次都要耗费一下午时间。公司虽然体恤员工，愿意让他请假，但是自己的项目能眼睁睁看着别的同事接手吗？还不是自己加班加点赶回工作进度。

同事们背地里笑小宋是纯爱战神，为了老婆半夜赶去千岛湖，结果车被撞了。有个男同事说，为了出轨还比较合理，老婆不是每天都在家里等他吗？干吗还要过去？我看他老婆不也就普普通通，又不是国色天香，为了什么啦？另一个同事说：是不是为了造人？我有个朋友，老婆就是这样，排卵期到了打飞的过来。

既然到了造人这个环节，办公室黄笑话可以讲一筐出来，直到韩总进来，还有人意犹未尽。女同事则个个翻起白眼，暗地诅咒讲黄笑话的男同事一辈子不得好死。

其实对于已婚男人来说，秀恩爱只有一个功能，掩饰。只有做了大量亏心事的男人，才会当着办公室所有人的面，亲亲热热喊老婆一起吃饭，一起活动。他是为了给老婆树立一种信心，你看，我没有问题，所以我才带你一起在公共场合露面。

对已婚男人来说，秀恩爱是另一种KPI，无利可图，为什么要做？

小宋出轨了吗？那倒没有。

生活在上海，连出轨都成了一种"休闲活动"，没时间考虑这么多。他没这个心思，上次带着文敏去出差，确实是有一个掩饰的作用。

小宋刚升职的时候，这个部门还是刚刚建立的新兴部门。说起来好听，但当时没人觉得这个业务很重要，只是公司为了响应绿色环保号召，先成立一个这样的事业部。

当时的部门主管，还是一个因为跟大老板意见不合，被打发到这部门来的中层领导。来了之后各种气愤不满，不过就是犯一个小错，凭什么要被发配来这种没业务没福利的冷宫？

没半年工夫，主管跳槽，没人愿意来，这种情况下，才让小宋升职上位。

即便是外企，没业务的部分也显得非常清闲。他大学和研究生学的专业都是环境工程，属于生化环材"天坑"专业。小宋其实挺满足的，大企业进了，主管当了，颐养天年，也不是不行。

没想到入职两年半后，忽然因为环保政策的大力推广，小宋的部门变成了坐在火箭上起飞的行业，原本一个月给领导交一次报告，现在每周都要跟韩总汇报，每个月要跟大领导开一次例会。

这等殊荣，实属意料之外。一旦这个职位成了重中之重，所有人看小宋的眼神都复杂起来，你凭什么呢？大家都讲，小宋一个土硕，怎么能占着这个坑？公司里斯坦福回来的还没这个位置。

小宋有感觉吗？当然有。他甚至都想跟公司商量，现在该部门既然要升为核心部门，是不是该派个高层领导来空降。

只是有一天公司来了个欧洲老外，这老外并不算什么高层，只是一个简单的技术顾问。他看到小宋，谈笑风生，因为数年前他第一次来中国，公司让挂着闲职的小宋去接待，发了300块预算。

300 块够干什么？小宋想想，人家不远万里来一次中国容易吗？

于是小宋带着老外去外滩漫步，登上东方明珠，像所有老外一样，拍了张具有仪式感的照片。下来再带到一间上海馆子吃蟹粉小笼、油炸排骨，最后去一间可以俯瞰黄浦江风光的外滩酒吧，点上半打啤酒，清风徐徐，遍享万丈繁华。

小宋做这些，完全是义务之外的事，只是他觉得这是应该的，就算自己贴个一两千，理所应当。该顾问心满意足回到欧洲，每次中国区老板来，都问，认识宋吗？很不错的小伙子。

这回再来上海，刚跟大老板进电梯，碰到小宋，立刻热情起来。哦，宋，太想念你了，我的朋友！

大老板忍不住问小宋，艾瑞克说你带他去吃的馆子好吃极了，到底在哪啊？

如此一来，所有人都知道，小宋和大老板关系不俗。

为什么要动宋呢？他跟任何人都还没有利害关系。

每次出去出差，很多人都想跟他单独见面，连称呼也从宋工，变成了宋总。

这种炙热的场面，他确实想象不到。更想不到，除了直接关联的工厂，还有无数供应商想跟宋总建立一种紧密的联系。你的报告不是测算如何节能的吗？我这有一款全新的节能产品，看看呗。

小宋不是傻子，他知道里面有巨大的利润空间，他还想知道，空间到底有多大？

于是他把文敏叫上一块出差，每次同事约着一起吃饭，或者晚上去哪喝酒唱K，他有理由借口告辞："晚上我先回去一下，老婆还没吃饭，你们玩得开心。"

转身，他去见那些等得心急火燎的供应商。

在这个时代，靠工资是发不了财的。连他都知道这点，韩总当然也知道。

韩总的心思，比小宋要更深沉。那次来小宋家里，便委婉提出小宋带老婆去出差的事，其实韩总都知道，他去见供应商了，是吧。

小宋当时心里直喊，好险，还好他也没什么动作。他只是想了解一下每一家提供的利润空间有多少。韩总提点之后，小宋就明白了，这一部分的利润，是韩总拿走的。

但显然，老板觉得还不够。这只老狐狸，胃口极大。没能赶上房价赚一笔那趟车，他想另外赌一把，吩咐小宋，每一个工厂的报告，他都希望能得到两份，除了最优方案，还要有一份操作性最强的。

外企有时出报告，并不会考虑这个公司的具体需求。曾经有一个报告，算下来工厂为了改进优化各种产能设备，大概需要五千万的投入。工厂老板嘴角浮起一层冷笑：我们一年产能都没有五千万，怎么可能这么搞？

里面满满全是灰色地带，就看哪路神仙本领过人。

小宋写各种工作报告到半夜12点，冷不防文敏一张脸忽然闪现，她说："陪我去散散步好不好？"

他以求饶的姿态拒绝，都这么晚了，还出去干吗？

因为文敏饱受便秘之苦，自从上次看完医生，每天都要兢兢业业在楼下散步至少6000步。这天白天下了几场春雨，等到雨完全停，已经晚上10点多了。

文敏一直等着小宋工作结束，两人出去走一圈。她为什么不能一个人走？半夜一个女人在楼下晃来晃去，路过的保安总会说，一个人啊？

再说小孩不也是宋易的吗？陪着走两圈怎么了？从小区的东边绕到西边再绕回来，正好3000步，走两圈，就能完成任务。快的话，也就半个多小时。

小宋说："太累了，你自己去吧。"

"一起嘛，两个人还可以聊聊天。"文敏怀孕后，很是需要陪伴的力量，不像以前，有种一个人可以上景阳冈打老虎的气魄。大概也是孕激素的作用，反正她现在娇得不行。

"这么想我陪你去？不然我在阳台上站着，看着你在楼下走。"

文敏负气门一甩出去了，大半夜狂走一小时。自从怀孕之后，她整个人状态真是大不如前，以前看不上小宋，连老公都懒得喊一句，现在如果小宋愿意陪她散步，她是很愿意亲亲热热喊几句老公的。

她为了大肠正常蠕动，在小区里来来回回兢兢业业锻炼着身体。据说原因是胎儿越变越大，会逐渐挤压到大小肠以及膀胱。这才刚刚开始，以后只会更严重。文敏无法想象，还能怎么个严重法？

走了半天，腰酸背痛之余倒也神清气爽。回家时，她心想，小宋会不会做好消夜在等她？如果那样的话，不是不能原谅他。

她又想多了，小宋睡得很好，甚至连文敏上床都毫无察觉，他均匀深沉的呼吸声，表明他压根没有任何愧疚。

小宋合上电脑时，已经耗费了最后一丝元气。想到第二天还要早早起床去赶地铁，他躺倒不到一分钟，就进入了深睡眠模式。

文敏躺在旁边，听着丈夫的呼吸声，很想把他弄醒。

她有一肚子的话想跟他说，除了弟弟的事，这几天还发生了另一件事。

文敏有个朋友，几年前跟她一样，创业做教培。文敏做的是线下，这朋友主要做线上。刚开始风光无量，拿到天使轮投资后，来找文敏说，我们一起做吧，我去拉投资，你来执行，这样下去，融个几千万不是问题。

文敏当时没同意，她心想，赚到的钱还要分给大股东，这不还是打工模式吗？她要自己做。

那些高深莫测的投资理念、金融概念、IT课件，对她来说，一脚下去完全不知道深浅。文敏是个很实在的人，因为这么多年来，她爸从来没少吹嘘过。说了一大堆，还不就是买空卖空。

朋友那座云山雾罩的金山里，文敏大概听出了几分意思，先拿概念吸引投资，再把APP搞漂亮点吸引客户，然后用客户群继续融A轮B轮。

没想到两年时间，朋友真的拉到八千万投资。文敏后悔吗？当然后悔。

她后悔自己过于精明，过于实在，格局太小，赚了几百万就洋洋自得，还早早结了婚，没有放手一搏。那几年只要你愿意创业，就能打下一片大好江山。

文敏学校里还有个女生，做情感公众号，每天发一些青春疼痛文学，不知怎的，也踩在风口上，竟然有了百万粉丝。她专门关注了这个号，主要想看看怎么变现的，推广，团购，粉丝群，各种卖货，据说每个月光流水就有上千万。

为此文敏也做了一个号，她喜欢这种无本生意，可惜，因为缺乏明确的方向和专业团队，没能做起来。

之后事情急转直下，行业大地震，朋友一直没放弃，眼看几千万慢慢用个精光，公司几百名员工，遣散到只剩20个。听到这些消息，文敏唏嘘吗？

唏嘘。

但她挺佩服这朋友，年纪轻轻，已经走过别人几十年的人生。眼看它起高楼，眼看它宴宾客，眼看它楼塌了。文敏则像刘姥姥一样，拿着一笔从风口上捞的钱，在庄稼地里过平常日子。

眼下，这朋友打电话来，让文敏拉她一把，员工太久没开工资，撑不住了。只要撑过这一步，她有信心再站起来。

这副模样，很难不让人想到那些赌桌上输到倾家荡产不肯走的人。

她没费多少工夫就驳回了朋友借钱的诉求，原因简单而又理直气壮，怀孕了，家里要一大笔开销，她也在苦苦支撑……

养孩子确实是个好借口，朋友听完，就把电话挂了。

文敏散步的时候心想，以前都是做得多赚得多，创业这件事，这两年却是你越勤奋，栽得越厉害。她憋了一肚子话，想要回家对小宋聊聊，如果当年……

虽然完全能想象出来小宋的回答："哪有什么如果，我就从来不想如果的事。"

世事不能重来。她只是想聊聊别人的不幸，来凸显出自己过得还可以。跟这个欠了一屁股债的朋友相比，她至少过得还行吧？凡人不就利用这些差异来制造自己的幸福感吗？

但小宋一个字没听，她这份幸福豁然缩小，像一只泄了气的气球，无精打采。

她过得也不好，因为眼下这样的生活，根本就不是她想要的生活。

第二天，她在小宋窸窸窣窣的声音中惊醒，问他，你找什么？

小宋说找袜子，正在翻箱倒柜。

文敏很不开心，因为怀孕之后，她的入眠变得很困难，但凡你声音轻点，我还能多睡会。

她立刻抱怨起来："怀孕后好累啊。"

小宋因为被上班折磨，已经不想安慰老婆，只顾着抒发自己的怨气："那总比上班轻松，如果可以，我真想跟你一样，躺在家里什么也不干。"

文敏一下从床上坐起来，说啥屁话呢？这不是欺负黄脸婆的男

249

人标准台词吗?

小宋找到了袜子，一分钟之内就走了，他赶时间，来不及思考老婆的脸色。反正文敏怀孕后总是这不高兴那不高兴，压根不知道自己又踩到了那条红线上。这让他有点后悔，早知如此，其实孩子没必要这么早要。

他不是没有感觉到文敏的不开心，只是他觉得这忙他帮不上，都是你肚子里的问题，我能干吗呢？做饭你说恶心，倒杯水你说看着也想吐，我哪知道那么多啊？

既然如此，他只能先忙自己的事了。

文杰提着一盒大学城买的肠粉，敲开了姐姐家的门。

广东肠粉，加了蛋没加肉，文杰知道他姐姐最近闻到肉味恶心。

文敏拆开包装，闻了闻，倒还好，没想吐。拿了双筷子一点点吃起来，这时文杰已经倒了杯温水递过来。

"无事献殷勤，你想干吗？"

"我想跟缪琪结婚。"

"这不用我同意，缪琪同意就行。"

"姐，有没有什么办法，让爸妈他们不反对？"

"你说你女朋友怀了，我觉得文振华应该会同意，虎毒不食子。"

"缪琪说她不可能跟我回老家。"

"那他们就不会同意你结婚。"

"所以我来找你。"

文敏放下筷子，开始觉得她弟弟也并非地主家的傻儿子，一份双蛋肠粉12元，就想要姐姐帮他解决人生中的至关难题，如何让爸妈同意他跟未婚先孕又大八岁的女人结婚……

"就算他们同意，缪琪同意吗？她上次跟我说，打算独自生育，做单身妈妈。"

"总之，先搞定我爸那一步，还有，我要把房子卖了。"

"哪有那么容易？"

另一边，文振华回家，兴高采烈跟文太太说："房子买了不到一个月，就已经涨了200万。"

"谁说的？"

"我早跟你说了，这是我们市最热门的高档楼盘，那么多有钱人谁不想要啊。有人告诉我，只要我愿意卖，立刻打700万到我账上。别墅用地，以后恐怕跟上海一样，是不会再批了。这一笔，200万还是少的，你信不信我现在说800万，照样有人收。"

"那卖了呗。"

"那怎么行？这可是风水宝地，未来十年发大运，就靠这个了，等文杰回来，就让他到工厂上班，从小工干起。今天别人还问我他谈没谈女朋友，我说没有，人家还要介绍独生女给他呢。"

文振华并不知道，他马上要当爷爷了。儿子找了自己不喜欢的对象，可能是全中国父母的噩梦，这意味着背叛，意味着不孝，意味着权力的让度。

他辛苦打下来的江山，怎么能拱手让给一个不经自己审核的外姓人？

文敏在家里收到一个大件快递，快递员一看她是孕妇，热情帮她搬到家里。

她感激之余，拿了瓶矿泉水递过去，没想到小伙子一脸爽朗地说："没事，大姐，应该的。"

文敏一下眉头紧皱，眉间烧起一把火，叫谁大姐呢？她怎么就从美女变成大姐了？

送走快递员后她冲到镜子前一看，怀孕带来的变化属实惊人。

身体虽然没胖，整个人看起来憔悴至极。第三个月开始，她发现脸上的斑变得相当明显,惊恐之余,立刻咨询医生,正常吗?看着医生依旧笑意盈盈的脸,她就知道,答案一定是,正常的,孕激素的作用。

怀孕期间,不管身体有什么样的变化,变丑变胖变得面目可憎,那仿佛都是应该的,正常的。每次B超看的都是胎儿怎么样,胎儿好不好,胎儿好,那么一切都没问题,你且忍耐煎熬九个月,自然会有解放那天。

都当妈了,连这点牺牲都不能吗?

可是她看缪琪怀孕后几乎容光焕发,能吃能喝什么都不耽误。明明在怀孕前,她的体质要比缪琪好多了,大学时她还是班里体育委员,缪琪连800米跑下来都脸色煞白。不是说,体质好常锻炼的话,怀孕生小孩更容易吗?她跟缪琪吐槽,这不公平,明明我比你身体好。

缪琪纠正她:"你大学毕业后就没锻炼过吧?我每天早上跳操晚上瑜伽的好吗?"

"什么?!我虽然没锻炼过,但是你为什么那么勤奋?从来没听你说过。"

"单位体检有一年检查出来胆固醇高,就开始跳操了。你那时候连睡觉的时间都没有,我也不好说什么呀。"

文敏没搬动这个大物件,直到小宋回来,才看他一脸热忱地安装好。

小宋招呼她:"看,送你的,走步机,以后你想我陪你去散步,你在我面前走,我坐这看着就行。"

文敏实在想不明白,小宋是跟她有仇,还是跟下面的马路有仇?马路是免费的,干吗不走,非要专门买台走步机。

以前小宋想买跑步机,被文敏断然拒绝,理由是家里空间太小,你要跑下楼跑。

现在小宋有钱了，开始不再买什么东西都跟文敏汇报了。他正一个劲地跟老婆鼓吹这台机器的好处，没有扶手，可以折叠，不占空间。

"没有扶手？那不小心摔下来怎么办？"

小宋站了上去，嘚瑟地跟老婆展示："不会的，你看你把遥控器放手里，想快就快，想慢就慢。"

几步过后，他更嘚瑟了，开始在走步机上玩起各种花样，横着走，倒着走。

"你不用这样，你这手要是不小心再摔到怎么办？"

话音刚落，小宋一个没站稳，从走步机上摔了下来。

他们再一次赶去急诊，文敏开车，连夜做 X 光。这次给小宋做检查的医生，还是上次那个医生，他一脸看好戏的表情，对小宋说："你怎么了，你是想看看你接的手到底牢不牢？"

文敏憋了一脸的笑，当她看到小宋龇牙咧嘴的表情时，怀孕以来第一次身心舒畅了。

夫妻就是同甘共苦，凭什么我受苦受累，你毫发无伤？

有些孩子是来报恩的

五月,缪琪的肚子已经显怀了。

尽管从后面看不出来,但衣服一轻薄,她不再穿长风衣后,前面已经凸出了一个小小的肚子,坐着的时候没人注意,一旦站起来,人人都知道,缪老师怀孕了。

有几个不熟的家长还问她:"缪老师,原来你已经结婚了啊。"

她一概笑笑,总不能坦然回答,是非婚生子。

美术班的人又多起来了,因为王小川得了一个画画的奖,是金奖。那次画画的主题是,如果我们的语言是大自然。

所以小川得奖,一点都不奇怪。

他画的叶子好像活了起来,有一股肆意张扬的生命力。很多不同颜色不同形状的叶子缠绕在一起,聚合成了一颗仿佛在跳动的绿色爱心。

小川就是这样的小孩呀。

一得奖,原来觉得缪老师这里只是打发时间的家长,又有了新的期盼。

珊瑚说,缪老师啊,小川得奖后开心得不行,说明奖项对小孩也是有激励作用的,咱们可以适当参加一点,你不能怪现在的家长功利心强，中国人嘛，就是这样，播种就想看看开得怎么样，对吧，这是我们基因内部的冲动。

缪琪听了，点点头，好像瞬间回味过来，这里是小小美术班，并不是理想试验田。

楼下快餐厅举办儿童画画大赛，她都鼓励孩子们去参加一回。这事其实不难，只是以前她是个清高的人，拉不下面子。

现在她心想，你得养孩子了，你不能再像个艺术家一样飘浮了。

她把自己社交平台上的连载，改成了怀孕心得，别说，比起浪漫爱情故事，这要吸粉多了。

因为现代人对甜甜的爱情根本不感冒，但对功能性的分享很感兴趣，如果还能有趣，那是再好不过了。

有一天，小川又提前来了，最近这半年，接送小川的都成了珊瑚。珊瑚说，是因为她跟组的戏停了，空闲时间多。

缪琪跟珊瑚说过，她面临的两大抉择。珊瑚说，哦，那不是很好，大着肚子还有人争。

她说，如果是你，你会怎么选？

珊瑚也苦恼起来，如果是我啊，哎哟，还真的蛮难选的。

这回在工作室里，珊瑚忽然来了主意，她很认真地问小川："问你个问题，如果妈妈找了个很有钱的男朋友，什么都愿意给你买，你是喜欢他，还是喜欢你爸爸？"

小川一双天真的眼睛望着妈妈，丝毫没有犹豫，说："我当然喜欢我爸爸。"

珊瑚看看缪琪，缪琪赶紧低下头，假装找东西，因为她眼眶一热，眼泪差点滚下来。

小川出去上洗手间的时候，珊瑚跟缪琪说，小川爸爸大概要结婚了。

缪琪不置可否："看到前夫结婚，是什么心情？"

"心情很好啊，虽然我不适合婚姻，我一直觉得他挺适合结婚的。小川爸爸比市面上大部分男人还是强多了。"

"那？"

"为什么不为了孩子在一起？"

珊瑚笑嘻嘻说："也努力过，没成功。婚姻对女人的捆绑可比男人大多了。一个已婚男人出门忙工作，那是理所当然，我要是出门进组两个月不回家，感觉脊梁骨都被人指指戳戳骂得发烫。

"你在婚姻里，总是希望做一个好女人，但贤妻这个人设，又跟自己要追求的完全不一样。你也离过婚，应该很懂这种滋味吧？"

缪琪忽然明白过来，啊，对，离婚是因为自己好像快呼吸不了了，总觉得有人想要置她于死地，她必须赶快逃离。

可如果小川爸爸是个不错的父亲，为什么非逃不可呢？

珊瑚仿佛读懂她的疑虑，说："我除了当妈妈之外，也是我自己呀，不能全为了孩子活着。小川最需要我的是2岁以前，那时我一直没出门，只在家里干活。

"后来重新出来工作，别人都说，你家小孩好内向，是不是跟妈妈不在身边有关系？这种话，是不是专门拿来怪罪一个母亲的？你对他好是宠溺，对他严格是亲密关系没培养好，出门几天就是不管不顾……

"缪老师，你当妈可千万别什么罪都往自己身上揽。上海女人平均寿命有80多岁呢，小孩最多需要我们18年，剩下60多年难道就不活了吗？"

话说到这，小川回来了。

"哦，对了，缪老师，我和小川有一个计划，我打算带他去云南一所自然学校读书，先过去一年，下个月开始，我们就不来啦。"

"啊，要离开上海吗？"

缪琪很是遗憾，美术班最好的同学，竟然说走就走了。珊瑚还拜托她一件事，想问问有没有认识什么靠谱的家长想租房，她的房子要出租。

"我可以去看看吗？"

"那太好了，我以为你是本地人不缺房子住呢。"

自从品珍知道女儿怀孕后，虽然很高兴，但她也是一副在众人面前难以解释的样子。两人总在商量，要去买城区的房子，买得越远越好。缪琪觉得很奇怪，既然如此，她搬出来不就好了。

也确实，家里太逼仄了，她更无法忍受品珍各种指指点点，吃块红烧肉说，酱油要少吃，不然将来小孩不白。吃点水果，又说谁谁家的女儿怀孕得了妊娠糖尿病，都是吃水果太多引起的。

眼下，缪琪不缺钱。

等她真的到了珊瑚家，发现自己的钱又是小巫见大巫了。

珊瑚和王小川母子俩竟然住一套联排别墅，小川看到老师来非常高兴，楼上楼下飞奔，给缪老师看各种他的宝物，出去旅游带回来的大贝壳，一缸热带鱼，里面有海葵、小丑鱼、螃蟹、孔雀鱼、红绿灯鱼，非常漂亮。

门口院子里他种的花花草草，"缪老师你认识这个花吗？这个呢？这个你总该知道了吧，是你以前养过的鸟巢蕨，这种蕨类一定要经常喷水，你的忘了喷，所以死了，还有，要注意保暖，气温超过20度，才能搬出来养，但是也不能一直晒太阳……"

小川滔滔不绝地说着，跟教室里沉默寡言的小男孩判若两人。

缪琪看着眼前的院子，觉得这里真是梦想居所。大概200平方米的院子，把整个房子的三面包围起来，前面一块，做了一小部分硬化，放上一套户外桌椅，还有十几盆盆栽。

房子东边有一棵巨大的朴树,正好遮去下午的太阳。草坪极好,绿油油的,看起来有人经常打理。后边是一小块菜地,上面还有小川做的牌子,稚嫩的笔迹写着:樱桃萝卜、番茄、土豆……插在地里。再往里走,一棵枇杷树上硕果累累。枇杷黄了,好几只斑鸠站在树上,看到人来,扇动翅膀扑啦啦飞走。

"你家房子很好啊,住在这里肯定很开心,为什么要去云南呢?"缪琪大惑不解。

"是哦,这房子我花了很大心血,就是小川身体不好,每年秋天,他都是第一波生病的小孩,这种煎熬,等你小孩生了,就懂啦。

"前几年我一直工作很忙,不过这两年影视行业实在不怎么好,就打算带着他先去云南,他很喜欢那边,说植物多,山里什么都有,天气也好。上海的小孩,看到山,总觉得是神仙住的地方。如果云南不行,我就带他去海南,或者泰国,一路往南走。"

"上海的小孩,不都在上海上学吗?"

"唔,他是我的小孩嘛,在这里第一身体卷不过别人,第二脑袋也卷不过别人,我宁愿他去别的地方做一个快乐的小孩。"

缪琪还想说点什么,看了看这套别墅,欲言又止,还是不要替他们操心了。

她非常喜欢这套房子,虽然不新,但是干净整洁,透露出一股老房子特有的居家温馨。

房子有三层,一楼是厨房餐厅加上客厅,客厅里一整面书墙旁,有一把看起来很舒服的扶手椅。

二楼有两个朝南房间,一个珊瑚的,一个小川的,后面的小房间则是衣帽间。

三楼是珊瑚的工作室,整个空间都被打通了,除了一张对着南窗的书桌,剩下都是书架。

缪琪对这个家的木质复古设计非常满意，虽然看不出奢华，总感觉家具都异常有质感，令人安心，应该花了不少钱和心血才能装成这样吧。

说实话她还是不理解，为什么母子俩要离开这么舒适的家？

"这个家太舒服了。"

"是啊，生完小川后过了一年买的，装修花了两年，当时觉得要在这里住一辈子，没想到才住了几年就要离开了。"

珊瑚说到房子的事滔滔不绝："其实我生小川以前，还是租房住，存款是有那么一点，远远不够在上海买房。"

缪琪眼睛略略睁大，她一直以为珊瑚属于不差钱的中产阶层，怎么以前也租房子住吗？

"生小孩之前，觉得赚钱没什么用，我的同行在七八年前做自媒体，一年可以赚几百万。那时候我觉得好俗气。

"生了小孩，满脑子都是一个钱字，小孩就是销金窟、吞金兽，有多少钱就是多少钱的花法，你现在可能还没感觉，等你的小孩真的出生了，就能理解了，没钱的话，养孩子真是难啊。"

"短短几年就改变主意了？"

"为了小孩，也是为了我自己，我啊，出门碰到不熟悉的人和事，才会下笔千言。不然一直闷在一个地方，写出来的文字都看着无趣。你知道乔治·奥威尔？"

缪琪点点头："看过他的《动物农场》。"

"他成名之后，为了能继续写作，专门带着老婆跑到苏格兰海岸线外一座小岛上，过起艰苦卓绝的农村生活。我们这行，要还想继续写，就不能过得太舒服。"

缪琪完全想不到，珊瑚竟然还有那么大的野心，平常一直看到的都是小川的妈妈，鲜少能看到一个作为她自己的女人。

珊瑚解释说，她想过旅居生活很久了，反正不行就再回来，现在孩子还小，还来得及做各种尝试。而且他们母子一个写，一个画，如果可以，他俩想一起出本自然主义的书。只是这么漂亮的家，还是想找个合适的人托管下。

最好品位不错，最好善于打理，房子要有人住，才会一直保持活力。

这么一看，缪琪确实是最好的人选。

自从怀孕后，她总觉得她的人生幸运无比，可以说一切都好极了。

不，还有一件事，她需要问珊瑚。

"我老觉得愧对前男友怎么办？"她和珊瑚坐在餐桌旁，孩子是她故意要的，但是文杰太年轻了，他才23岁，生下一个孩子，对他是不是影响太大了？

珊瑚认真地看着缪琪："他没对你负责，你为什么想着要对他的一生负责？"

"不想给人家添麻烦。"

"生孩子虽说是两个人共有的权利，但最终还是你自己决定。"

缪琪品味着这句话，心想，事已至此，她已经没办法再考虑如果两个字了。

事情已经发生了，没有任何回头路可走。

孩子是一定要的，别的她可以慢慢来。

珊瑚说："哦，对了，我们小区的绿化师傅，每个月会过来两天打理草坪，这个不用担心，我会继续付费的。我家的钟点工阿姨你需要吗？"

"房租多少钱？"

"哈哈，缪老师，其实我不差这点钱。就是我希望你能继续把这个地方照顾得很好。"

"那不行，按照市场价给吧，不要让我欠这么多。"

"没事的，你先住着吧，其实吧，还是有点事情要你关照一下。"

这时小川手里拿着一个什么东西跑进来，放在缪琪面前，她吓了一跳，那是一只巨大的蜘蛛。

"缪老师，这是我的宠物小星，你能帮我养吗？"

珊瑚替缪老师叫了一声："啊呀，不是叫你不要拿着蜘蛛到处乱跑吗？这个就是很难带去云南，缪老师你怕不怕，不怕就帮我们养一养？"

过了一会，小川又拿一只蜥蜴过来："缪老师，这个你可不可以也帮我养，它现在每天吃五条面包虫。"

珊瑚："不好意思，早知道要去云南，我就不让他养那么多了……可是也是一条生命嘛……"

缪琪浮起一阵苦笑，果然天下没有白吃的午餐。

一楼还有一间房间，是小川的书房和饲养房，里面除了蜘蛛和蜥蜴，还有两只没孵化的甲虫幼虫，三只吃果蝇的螳螂……

"本来这些虫子想让小孩送给同学来寄养，结果大家都忙着赶功课，根本没人要。

"如果缪老师能帮我们照顾一阵，那就再好不过，等我们在云南稳定了，或许可以带过去。"

缪琪回家后，非常好奇珊瑚到底多能赚钱，跟文敏讨论了几句。

文敏听到小区名字，耳朵一亮，说，她去看过那里的房子，环境好，院子大，房间布局好，不可多得，就是价格棘手，联排两千万左右，独栋已经在四千万以上。

文敏在金钱方面远比缪琪敏感，她打开电脑，立刻查询到了作家珊瑚的产业江湖，原来珊瑚过去几年，除了做编剧，还入股了一家网红 MCN 公司。

她退出江湖是真的,但是做幕后大佬也是真的。比起自己在台前奔波忙碌,成为键盘侠的盘中餐,还不如退一步海阔天空。

　　文敏叹息道,珊瑚还是挺有商业头脑的,这家 MCN 公司里有好几个作家人设,靠着贩卖作家的生活方式,在互联网打出了一片天空。

　　缪琪没办法解释,为什么出现了一件这么巧的事?

　　生活就像查缺补漏,这里缺的一块,那里会出现一个人补,却不能是同一个男人。

爱也没有，钱也没有

文敏最近一直都在看房子，这可能是大自然中雌性哺乳动物的一种本能，怀上幼崽后情不自禁开始有了重新筑巢的冲动。

她现在的家，主卧连一张婴儿床都摆不下。

自从发现这个 bug 后，文敏心中燃起一把熊熊烈火，觉得一定要改变一下。

她先是在同小区看大户型，发现大户型的房子虽然每间房间略大了一点，但本质上换汤不换药，依然狭窄、拥挤，没多大意思。

对于夫妻两人来说，109 平方米的三室一厅委实够住了，但对于一个孩子来说，文敏立刻意识到了第二个问题，这个小区没有儿童游乐场，旁边也没有公园，将来她该去哪里遛娃呢？难道就像楼下的大妈一样，让小孩在车道上骑着滑板车追来追去？

小区没有人车分流，这是第三个弊端。

没怀孩子前，她觉得自己这套房子买得非常及时，怀上孩子，房子却逐渐看不顺眼起来。

实话实说，别说房子，她看小宋也是一样。

有了孩子，对环境和男人的要求更苛刻了。

文敏一个人去看房子，看完小区的大户型，不屑地翻了个白眼说:"也没比我的房子大多少。"

中介很热情,说:"姐,公寓房就是这样,公摊摆在那儿,不可能大到哪去,您如果预算够的话,要不去看看联排?"

她真去了,一是了解行情,二是看房过程中,或许是因为转移了注意力,她的妊娠反应略有减轻,不再闻到什么都想吐了,还能打起点精神,四处挑挑毛病。

离她小区不远,有一个新建成的联排小区。一千万一套房,地下两层,地上连阁楼四层。

中介带着文敏进去,刚看了一会,她就开始摇头。

"这房子不行。"

"姐,这小区很热销的,房子也没剩几套了。"

"开发商太奸诈了,纵深这么长,面宽这么短,这么点面积,楼上楼下分好几层,一层也不过80平方米,送我这么多面积,都是螺蛳壳里做道场,天天都忙着上上下下了。"

中介说:"姐,现在新房都这样,要想面宽大一点的,那就得是2010年前的房子,太旧了,也没法住啊。"

文敏去看了两个这样的小区,确实如中介所说,房子太旧是一方面,需要花大力气装修是另一方面。

有一套联排地基甚至出现了沉降,楼梯歪斜在一边,形似危房。想要过上自己理想中的生活,意味着要花上不少的金钱,还有心血。

一套联排,装修好要至少两年时间,解不了燃眉之急。

她一个人去看房,一个人运筹帷幄,回到家一看,文杰又来了。

文杰觉得,姐姐肯定有办法,到这一步,他只能靠她了。

他对婚姻、家庭、小孩,没有任何概念。话说回来,难道大部分已经结婚的男人,就有这种概念吗?目前他能理解和明白的,只有爱的感觉。

朝思暮想，回味过去他和缪琪在一起的岁月，从他握住她的手放进外套口袋开始……

文杰从回来到现在，除了去找缪琪吃饭，就忙着在那间一室一厅的出租房里画画。

缪琪没有再来过。

前两天他力邀她来了一次，付出自己最大的努力。

在缪琪打开门前，她心想，如果这个人找婚庆公司安排了一场求婚仪式，在房间里点满蜡烛洒满花瓣，一群人站在里面对着她拉礼炮，那这个人就可以永远拉黑了。

她并不是这种浪漫的俘虏。

两人走进去，缪琪在客厅里，看到一张很大的画布。明亮干净的黄色底色，一眼看得出来，是受卡茨启发。

缪琪跟文杰说过，她最喜欢卡茨的一幅画，是一个划船女人的背影，她觉得那幅画意境是女人终将自己面对一切。

文杰说，不是的，这幅画是爱的凝视，卡茨最喜欢画他夫人，画了一幅又一幅，显然，这一幅也是卡茨夫人，那个叫艾达的女人，一个人悠哉悠哉在湖面划船。

现在，文杰画了一幅他眼中的缪琪，在那个冬天，阳光灿烂但是天气很冷，缪琪朝着一轮落日散发的余晖，骑着自行车。

这是他第一次爱的凝视。

她内心当然震撼无比，因为这幅画有半人多高，不是一朝一夕可以完成的。

底色很漂亮，轮廓很像她，确确实实，是充满爱意才能画出的笔触。略显稚嫩，但是因为色彩搭配很好，她的大衣，黄色的小车，都成了记忆中跳动的色彩。

缪琪甚至不无悲哀地想，可能是因为文杰太年轻，才能画得这么干净。

画的旁边，是一本黑色的草稿纸，里面很多张，是缪琪各个角度的速写。

她从未被人如此凝视过，却深深叹着气，走了。

文杰想不明白，为什么？为什么缪琪不肯接受他？

文敏知道为什么，但是她不能告诉弟弟，你女朋友，你小孩的母亲，正被另一个人以成年人的方式，热烈追求着。

文敏觉得弟弟很可怜，只能说点无济于事的话语，给缪琪点时间，让她再想想。

"有情饮水饱"是没错，但是孩子需要钱来生活，光有爱，那是远远不够的。

送走弟弟，她洗了个澡，坐在客厅沙发上。

脑袋里盘旋的并不是弟弟的事，而是这一天去看的两套房子，韩太太的话在她脑海里响起来，说松江房子不行，可她是如何笃定他们有实力换房呢？

门开了，小宋一身酒气回来了，一进门满脸通红，笑眯眯，看起来醉得不轻。

这一晚小宋被韩总叫着一起吃饭，去了，才发现是鸿门宴。

宴会上除了几个见过的供应商，还有一个人，他觉得很脸熟，却说不出来在哪见过。

小宋接过这人的名片，看到公司名称，更加狐疑不定。

他趁上洗手间的时间，拿出手机迅速查了查，怎么会呢，这是一家成立才半年的公司，业务范围其中很大一块，都覆盖着小宋的部门，这是竞争对手啊，韩总叫他干吗？

他再次回到酒桌上，忽然眼明心亮，这人跟韩太太长得真像。

就像他老婆文敏和文杰，两人虽然身高发型完全不同，但脸上总有某个部分，就跟一个模子里刻出来一样。

小宋相当骇然，心想韩总不仅是要搞钱，还要拉着他下马，连半点商量都没有，就已经带他杀到了前线。

他只能急中生智，假装什么都没弄明白，在第一个见过面的供应商过来敬酒时，拿起手中的白酒杯，半点没有推脱，一盅52度白酒下肚，从喉咙口直烧心底。

没有选择，小宋唯一能选的就是，先喝多吧。

他想到在外滩酒吧里，一杯啤酒下肚，老外顾问跟他说："宋，你们中国人，就是太聪明了，聪明得不给别人留余地。"

可不是吗，韩总就没打算给小宋留余地，要么跟着他干，要么没得干。

小宋这天大概喝了一瓶白酒，喝到不省人事。

等到宴席结束，他才朦胧站起来。韩总说："小宋，要不旁边给你开间房睡吧。"

"不，不用……我老婆怀孕了，我得回家。"

"那我让司机送你吧。"

"不，韩总，真对不起……"说着，小宋拿起不知道谁挂在他手上的打包袋，呕——哗啦啦吐了一袋。"不好意思，我先坐会，你们先走……"

这种情况，韩总还是让人把小宋架上了车，他微微睁眼，发现司机并不是公司司机。

小宋全程装睡，中间猛烈吐了一次，高速上开不了窗，韩总眉头紧皱，跟司机吐槽说："这小宋真是太实在了，哪有这么喝的。"

下车后，小宋又哗啦啦吐起来，这回酒终于醒了一点，跟韩总再见后，转身回家。

回到家，他一颗心终于放了下来，前面烂醉如泥，虽然有演的成分,可吐成这样,也确实是多了。

人可以表演情绪,却无法表演生理反应。

看到文敏皱着眉头开门,他自然而然挂上了笑脸:"老婆,我回来了。"

文敏厌恶至极,满身酒味喝得醉醺醺的丈夫,让她立刻想到了文振华。

上学的时候很多个夜晚,文振华都是这么回家的,在卫生间里噢噢吐上一番,直接躺倒在地砖上,她妈让她一起帮忙抬到床上去。

床边还会放一只不锈钢脸盆,供她爸吐一晚上。她妈整晚都不能合眼,要时不时拿毛巾擦一把脸,把半脸盆的呕吐物倒了,给文振华拍拍背。

第二天早上,她爸还会说一句:我还不是为了这个家。

那时文敏发誓,将来就算结婚,绝不找这样的男人。

她无法接受男人赚点钱,就要在外面喝得五迷三道。

赚最多那年带着小宋回老家,文振华问女婿:"要不要来点酒?"

文敏当场拒绝:"不喝,有什么好喝的?我一年赚几百万,没有一块钱是喝来的。"

这句话扔出去,一桌子的男人都没了声音。

如今小宋一脸绯红,烂醉如泥,简直就是打了文敏一个响亮的耳光,原来男人都一样。

他凑近她,叫着老婆,她闻到酒味、臭味,一下有了反应,立刻去卫生间,把晚上吃的一点馄饨吐了精光。

门外,听到文敏呕吐的声音,他在外面还略有节制,但在家,他放下戒备,抱着垃圾桶吐起来。

文敏一出门,闻到充斥整个客厅的臭味,又回头开始吐。两边一起吐得翻山倒海,她气得几乎流泪,已经没指望你作贡献,怎么还能搞破坏?

小宋这天不该回家的，他只是觉得自己需要回家，免得神经紧张的老婆又猜东猜西。

他现在整个人脑子是一团糨糊，只看到文敏绕过他，啪一下关上了大门。

她走了？她去哪？

小宋躺倒在地板上，来不及做更多思考，一下昏睡过去。

文敏绝对不会做第二个文太太，她照顾他，谁照顾她？现在难道不是她需要照顾的时候吗？

一个男人但凡有点责任感，怎么可能放任自己喝成这样？怀孕就喝成这样，以后有孩子了怎么办？她带着小孩跑出去吗？

她觉得眼前的小宋，跟刚结婚时的小宋，简直判若两人。文敏找小宋，最重要的一个原因，是他跟文振华没有任何相同之处。

小宋读了研究生，是高学历人才，会做饭，喜欢哄老婆开心，对她的话言听计从，夫妻之间只要有争执，小宋从不冷暴力，在一天结束之前，一定会跟她道歉。

她一直觉得，自己找到了完美的丈夫。

眼前的小宋让文敏难以接受，这就好像是一个信号，信号弹咻的一下上升到空中，红色的火花照亮一片灰暗的天空，那是文太太的人生，一生充满隐忍，每次文振华发脾气，老妈只是习惯性地皱眉，不言不语，最多说一声：好了，别说了。

文敏心情异常难受，思绪混杂，想不明白，为什么走了一大圈的路，最后还是回到传统已婚女人这个起点，难道就要这么凑合着过吗？

对别人来说，这可能是一次简单的醉酒。对文敏来说，她不明白，如果是这样的伴侣，一起过的理由是什么？

她妈是没办法，她难道一个人养不活孩子吗？

她打电话给文杰，说："你有空没？陪你姐出来走走？"

文杰半夜坐在画布前十分茫然,等问明白文敏竟然是离家出走,他跟姐姐说:"那你来我这,我去你家看一眼姐夫吧,喝多了,万一出事呢。"

看在五年夫妻感情的分上,文敏答应了。

她极少来文杰的住处,鸟笼一样大的地方,有什么好来的?上一次来了,打量几眼,心里已经为缪琪不值:这么小,怎么住?住一个人可以,住三个人?开玩笑吧。

这次来,她跟缪琪一样,开门看到那幅巨大的画作,怔住好几秒。

女孩只有背影,尽管身着冬天的厚外套,依然能从轮廓和飞扬的发丝中,感受到她的美丽与活力。

确实是缪琪,文敏一眼就看出来。

她以前只在家看过文杰几张水彩画,好不好坏不坏她不是很有把握,艺术很难界定,她又是个俗人。但看到这幅画,文敏无法相信,这竟然是她一母同胞的弟弟画的。

不可能吧,她弟弟怎么可能是艺术家?

但这画作带给她的震撼,让她觉得弟弟成长的维度,跟她完全不一样,是生活在另一个空间的男人,甚至令人毛骨悚然。

"我以为你只是画漫画,原来你还会画油画。"

"学校里学的这个,我怕回家画我爸一不高兴会扔掉,所以只在外面画。"

文敏对弟弟刮目相看,说实话她也搞不清楚,这种天分是从哪里来的?一个人怎么会有兴趣画一张这样大的画?动机呢?就为了爱?

文杰正在打另一幅画的草图,画画的目的是什么?就是留住那美好的一刻吧。

那时他和缪琪去看卡茨,一面墙上写着卡茨的话:"我想画积极正面的东西，因为生活本已如此艰难，为什么不去画一些让人舒服、赏心悦目的作品呢？我们不能预测未来会发生什么，但我知道，专注于眼前的工作，这就是最贴近永恒的方式。"

是的，跟卡茨一样，他不能预测未来会发生什么，能做的就是在记忆消失之前，留住那个冬天。

在缪琪的画里，她会勾勒很多美好的细节，让画面显得更加丰满。但文杰的画是天地之间，只剩下一个缪琪，别的他通通都看不见。

文敏看完这幅画，觉得她该出手了。让艺术家活在空中，她有责任为他打通人间的通道。

文杰跑去照顾姐夫，驾轻就熟，因为后来文敏去上大学，他帮妈妈打扫战场，有多年照顾醉鬼的经验。

也无非就是拧一把热毛巾，帮姐夫擦掉脸上残留的呕吐物，家里打扫干净，备好一杯水，窗户开窗通风，背着姐夫躺到床上。

枕头垫高一些，防止呕吐物窒息。

小宋睁开眼睛扫了一眼，觉得老婆今天真是太温柔了，情不自禁抱住文杰喃喃道："老婆，你真好。"

"姐夫，是我啊。"

小宋没有睁眼，睡得相当沉，最近太忙了，他其实很想跟文敏聊聊天，但是现在，喉咙口好像塞着一团棉花，什么都说不出口。

等明天吧，明天是周末，他得跟她好好聊聊职场上的风云变幻……

文敏第二天回了老家，坐早上的高铁去的，她一路想着两件事，一件是等下怎么跟人说，一件是如果小宋打电话来，她该怎么教训他。

但一个多小时的高铁，小宋一直都没打过电话，发过消息，让文敏的期盼又落空了。

文敏下高铁后走上网约车，却没有回家，去了另一个方向。

赚钱的女人，有什么抬不起头的？

缪琪大着肚子，接到了第一篇软广。一个孕期维生素品牌，看她五万多的粉丝，和平均每条至少上千点赞，给出了一万块一条的价格。

这让她非常惊喜，以前辛辛苦苦花一天时间画一张插画，只能赚六百，现在一篇广告文，竟然能有一万块的收入。

这个合作让她心潮澎湃，只是一个无心的起点，却让她第一次看到了自己的商业价值。

31岁，她猛然意识到，自己并非无能，并非一辈子平平无奇，只能靠别人。

虽然有点累，白天画画，傍晚上课，挺着大肚子，跟往常一样，在教室里走来走去。家长都说，缪老师，辛苦了呀，肚子这么大你尽量坐着吧，千万不要累到。

她解释说，没事，孕妇还是尽量多走动，她打算到生的时候再跟大家请假。

不知为何，有几个女家长在外面聊天，声音清晰入耳，有妈妈说："我肚子这么大的时候，我老公说什么都不让我上班了，就说你好好待在家里，家里也不缺你那点工资。"

"我老公也是,三个月就不让我上班了,说他还养得起我,其实在家闲着也是闲着,上上班挺好的。他就是不让我出去,说怕磕着碰着小孩……"

"对啊,好夸张,我想出去旅游,才四个月,死活不让我去,说以后怎么都行,但现在必须待在家里。当时真的,燕窝海参吃到吐。"

…………

缪琪听着这些话,照旧在教室里忙忙碌碌,整理画纸和材料。她明白,作为单身妈妈的考验刚刚开始,她会经常被大家可怜,当成一个话题,一个引子。

你的不幸只是别人幸福生活的注脚。

当她作为一个孕妇出现在大家面前时,去产检或者去买东西,总有人问:"爸爸没来?""爸爸没有陪着吗?"她已经习惯了点点头。

隔天她去市区,跟往常一样,上了地铁。往常这班地铁都有空位,这一天不知为何,全都坐满了。

缪琪并不在意,心想站一站并不碍事,她穿着平底球鞋,一条浅蓝色宽松裙子,虽然腹部隆起,但也脚步轻盈,清新有活力。

过了一站,有大妈忽然向她招手,跟她说:"来,大肚皮,你过来坐。"

缪琪满脸笑意,朝着那个位置走过去,冷不防一个年轻女孩抢先一步坐下来。

缪琪怔住了,那大妈也怔住了,她先叫起来:"我给这个大肚皮让的,你怎么坐了啦?"

那女孩带着蓝牙耳机,假装没听到。

缪琪跟大妈摆摆手:"不要紧不要紧,我可以站的。"

背后传来女孩的说话声:"怀孕了还坐地铁,穷就不要生啊。"

缪琪脸色一青,隔壁大妈瞬间点燃战火:

"地铁给你一个人坐的?你妈养你这么大你还这么穷,你干吗不去死?你这种人一辈子活不到有钱那天,一辈子穷到死穷到烂。"

年轻女孩不甘示弱:"老东西,活不了几天了,干吗让我们年轻人站着?天天坐地铁,你有事情做吗?将来还不是靠我们养你们……"

两人你来我往,眼看快要打起来,缪琪拽着大妈,在地铁到站时,赶紧拖下车。

大妈还在跳脚:"让我去呀,妹妹,我肯定骂得过她。"

"可能她心情不好吧。"

大妈看了眼缪琪,说:"妹妹,你这么大肚子,怎么一个人出来呢?旁边总是要有个人啊,要是刚才碰到点什么不测,怎么办啦?"

缪琪笑了:"没事,还是好人多。"

月份越大,她越来越意识到,做个单身母亲,并没有想象的那么简单。她跟大妈告别,摸着肚子心想,宝宝你运气真好,每次妈妈被欺负,都有人为你站出来。

还是那间茶室,缪琪走进去,等在里面的陆士衡站起来,他没想到,缪琪的肚子已经这么明显了。

他问她:"你怎么来的?"

"坐地铁呀。"

陆看她的表情,充满焦虑:"其实,为了小孩,也该买个车吧。"

"不用,现在这样挺方便的。"

缪琪有驾照,但她家一直没买车,这点在本地人家里,几乎也是说不过去的事,一户人家,怎么能连辆车都没有?

"以前我就一直想,你肯定会是个好妈妈,你身上有所有好妈妈的特质。"

"哦,是吗?"她没想到陆会这么说话,当一个严肃的男人忽然闪现出温情的时候,让她相当不适应。

她刚结婚的时候，有那么几次，提起过如果有了小孩，她会怎么样。当时吴琴放话说，有了小孩，就她来带，她要送小孩去宋庆龄幼儿园，上最好的国际学校。

吴琴一边讲一边说："你们家就不要插手了哦。"过了一会又讲："如果像士衡，那是没什么问题的，要是像妈，小孩就好好有得苦了。"

这些话没有任何意义，只是为了让缪琪难过。那时陆为什么不站出来说，我觉得你会是个好妈妈？

然而往事早已成烟，随风飘散。他要来松江找她，她说那还是我来市区吧。

收了两笔钱，她的良心驱使她来见个面。

两人相对无言，随口聊了些有的没的。

他们结婚的时候，缪琪喜欢聊生活琐事，聊买了只日本砂锅，想用来做寿喜烧，你喜欢吃什么，我明天去买，陆说，喜欢吃蟹柳棒，小时候他妈不让他吃，每次想吃都说这种东西不好，都是色素。缪琪就说，好呀，明天去买。

现在他们之间没有生活，干涩得无从谈起。他们能谈的只有假设，陆已经谈过了，为了孩子，她应该跟他一起生活，他们就像以前那么生活，还多了个你想要的小孩，什么都会好的。

除此之外，谈什么呢？他只能翻来覆去讲讲，你现在这样一个人带小孩，肯定不行。

一个人，该多苦啊。陆士衡很坚定，打算帮一帮前妻，如果我不帮她，谁帮她？

他了解过了，缪琪所谓的男朋友只有23岁，还是一个小孩，连份工作都没有。

缪琪提议说，不然去逛逛吧？

275

以前他们很少逛街,因为陆很忙,现在他陪着她走进商场,给她拉门,走在她旁边。两人就像出现在商场里最普通的一对幸福夫妻。

上到三楼婴幼儿区,缪琪在一片软糯轻柔的世界里流连不已。她对每一样东西都很有兴趣,婴儿床,推车,新生儿小小一件连体衣……

导购跟在旁边,逐一跟缪琪介绍着,婴儿床的防窒息功能,推车可以调整成几个角度,连体衣不用买太多,小孩长很快的。

缪琪一边听一边点头,不知道什么时候,陆士衡走出了这家母婴店,他坐在门口的商场座椅上,正对着手机打字。

她看了一眼他,旁边导购说:"哈哈,爸爸都这样的,陪一会可以,陪久了他们也看不懂,只要能买单就行了。"

缪琪的心略略下沉,并不是他的小孩,能做到在门口等,也算不错了吧。

她好像看到了以后的生活,她是那个家里的女人,他是那个依然忙碌,不声不响的男人。

导购依然在安抚她:"男人是这样的,现在他还没感觉,等小孩出来,他才会意识到,自己当爸爸了。"

"宝妈如果考虑买这些的话,我们现在正好有活动,充三万送三万五,活动力度非常大,很划算的……"

缪琪没有心动,她的天平上,前夫的砝码又减低了,抬头跟导购说:"小孩爸爸不是他。"

然后转身走人,留下一脸疑惑的导购。

"走吧。"

陆士衡站起来,说:"不好意思,我刚才要回个邮件。"

缪琪想起来,其实一直都是这样的。他有一个令人疲惫的身影,永远都被一大堆数字和文件压着。

即便吴琴不在了,人的习惯和生活亦很难改变。多年前她进入他的生活里，是否改变过一点点？她不确定。

他的疲惫，他的辛劳，好像已经跟他本人融为一体，不可能再分割出来了。

离开前，陆士衡说："其实你要不要现在搬过来跟我一起住？我可以好好照顾你。我现在租的房子比较小，我们可以租套大的。"

他父亲已经去大洋洲了，但是缪琪绝不会住那套处处都是吴琴痕迹的大平层，这套房子已经挂在二手房市场上，亟待出售。

"我在松江还有工作。"缪琪的美术班还有几十名学员，她想不出立刻叫停的理由。

"钱的话，你不用担心。"

"工作，也不仅仅是为了钱啊。"缪琪朝陆士衡笑了一下，陆也笑了。

以前她不太理解陆说这句话的意义，工作不是为了钱还为了什么？

现在她明白了，工作给人一种需要感，不仅是陆士衡需要她，还有那些小同学们需要她。

尽管工作并不一直带给她愉悦感。当她第一支推广在网上刚刚发布时，虽然有很多好评称赞她，角度画得好极了，以前看到广告都是一划而过，但是这篇看到底了，画得超棒，好生动……但也陆续出现了几条差评，有人在私信里骂她，关注你好久，没想到你也是为了恰饭，真恶心。

还有人说，本来以为是插画家才关注的，没想到这么快怀孕了，这么看是要当母婴博主收割流量了。

过了两天，这些私信更加汹涌起来。

"听说现在当母婴博主最赚钱，你不会是为了赚钱才生的小孩吧？"

"好精明，怀孕也能拿来赚钱，呵呵，无语了。"

"取消关注了,什么破玩意。"

…………

她又想到上一次网暴,那种被骂得大脑空白、身体颤抖的经历。如果换了以前,缪琪可能会害怕得删掉这个广告,她不想跟任何一个人为敌,即便是网络上的恶,她也不想沾染。

她可以活得很纯粹,钱对她也没什么用,为什么要冒险这么做?但这一次,只是迅速在后台把这些人通通拉黑。

或许这个人刚刚失业,或许人生遭受了什么重大打击,或许生活百般无聊只能在网上刷点存在感……为什么要为这些人的恶意买单?

赚钱怎么了,自己赚钱的女人,就那么抬不起头吗?

缪琪需要钱,也需要自己赚钱的能力。这是两种不同的东西,手心朝上拿来的,总是害怕以另一种方式偿还。

过了几天,缪琪打开手机,偶然发现一个消息,陆家那套给陆士衡当婚房的优秀历史建筑,双开间新里洋房,开始出售了。看来他准备走,沽清资产是第一步。

她拿着手机,翻过一张张图片,老房子真美,旧壁炉,铜把手,圆窗上漂亮的磨花玻璃。因为一直在租,缪琪从没有进去过。划到底部,她看到挂盘售价是 5500 万。

心中一凛,再想到陆那个微笑,全然不是滋味。当她沾沾自喜自己赚了一万块时,在他面前,不过是浮尘罢了。

她不无悲哀地想到,陆是一个多么富有的男人,现在他只是洒了一点碎屑给她,她已经感激涕零,甚至对他有了一种追忆往昔的情愫。

当初真傻,竟然认为爱情可以使他们平等,实际上永远不可能。

这段日子,缪琪家里很是热闹了一阵。文家来人了,文总开着他的宝马X5，一路几百公里，威风凛凛停在缪琪家小区门口。

文总叹一口气，问车里的儿子："你想好了？结婚是人生大事……"

文太太："行了，孩子都有了，你不要做对不起祖宗八代的事。"

一家三口陷入沉默，等在小区门口。

文振华因为儿子没有根据他的幻想生活，感到万分不快。然而儿子竟然要生儿子了，今年生的小孩，据大师说，对他是六合呢。

"这是吉兆，"大师说，"你看看你这房子，前面有水，后面有山，山管人丁水管财，先有良屋，再添子嗣，从此人丁兴旺，家庭和美，好事不断。文总，你这房子买得实在是好啊。"

"婚还没结，就有小孩了，能好吗？"

"说起来，一代圣贤孔子的父母，也没有结婚呐。你看，上次你买石狮子镇宅，我送你一樽小麒麟，让放在新房子里头，这不是麒麟送子？孔子释氏亲抱送，并是天上麒麟儿。"

文振华没听懂后面两句，只知道这孩子非要不可。他掐指一算，下一次再等到六合的孙子，那是整整12年之后。

文振华给大师让一根烟，大师摆摆手，不抽不抽。

他独自点了烟，听着大师两手一背，在门前看着花草说："其实有时候你不求，他来了，那是最好的。"

文总看着大师，大师满目含笑，说："做房地产的李总，你知道不？儿子20多谈了个女朋友，家里死活不同意。现在30多了，说一辈子不结婚不生小孩，把李总给愁的，还能怎么办？李总说实在不行，他自己生去。"

"开什么玩笑，老李60多了还要生？"

"万事强求不来，一切还是要随缘。"

文振华想通了，他得要。

品珍先出来，穿着一条白色圆点真丝连衣裙，一双带跟鞋，脖子上挂一串长珍珠项链，有邻居看到她说："啊哟，吃喜酒去？"品珍颔首一笑，回头催老缪，快点呀。

老缪手上提着两瓶茅台，茅台总归还是管用的。

上车后，两家人都没说话。到了附近一家酒楼，开好包间，文振华端详出来了，这家是女人话事。

他先举杯，开门见山："孩子不懂事，我们来晚了。"

文杰就像被家长带着去校长办公室的小学生，默默坐在门口，垂着头，知道今天是接受大家的批斗。

品珍一如既往快言快语："说不懂事，那是我女儿不懂事。现在是大家都看开了，我们那个时候，弄出这种事情，我是抬不起头的。"

品珍本来心想，这家人要是胆敢乱讲一句话，这孩子跟他们没一分钱关系，我们家自己养。她是典型的遇强则强，遇弱则弱。

对方但凡肯说几句好话，品珍又恨不得要把心抛过去给他。

以前她说女儿，把头拿下来给人当夜壶，她又何尝不是？

文振华的谈判策略，向来是先软后硬："听我女儿说，已经怀孕六个多月了是吧？不容易，大夏天，很辛苦吧？现在反正事情已经这样，我是这么想，婚礼就往后延一延，大肚子现在弄，肯定也吃不消……"

品珍和老缪都没说话，听着文总高谈阔论。

"彩礼，我们家这边，就给18.8万吧，怎么样？"

听到这个，品珍抬起头，发言了："上海没有彩礼，现在哪还有什么彩礼，我们就这一个女儿，将来我们的房子也都是她的。"

文振华略略吃惊，他出价了，对方竟然没有讨价还价，改成一口回绝。

品珍生气了，18.8万，开什么玩笑："我们要这18.8万干吗？18.8万说难听点，上海买不了一个厕所。"

"彩礼就是意思一下，我们那边也是走个过场。"

"意思一下是表示对我们女方的尊重呀，18.8万你是在尊重我还是看不起我？"

文太太和老缪分别出来打圆场，一个说："不知道上海这边是这么看"，另一个拉品珍袖子："好了，慢慢讲，不要急呀。"

"上海是不讲彩礼的，我们也不嫁女儿，你们有诚心，就在上海买套房，我们买辆车……"

文振华皱起眉头，谈判压根不往他的方向走，他出18.8万，是个底价，你一轮轮往上加嘛，你怎么能开口就要一套房？上海人真厉害，所以他早就说了，找个自己家乡的女孩多好。

品珍忽然底气大增，摆出了无所谓的架势："你们要是不诚心呢，孩子我们自己养，对伐？也不是养不起。"

这边文振华继续出价，还是探讨彩礼："那我们肯定是带着诚意来的，三四百公里路呢。这样吧，彩礼我一口价，58万。"

老缪拿起白酒杯，敬了一盅，说："上海人不讲究彩礼，不过58万确实也不少了。我们家给琪琪准备买一套房，前面那套房子刚卖了，卖了580万，这些钱，我们两个老的是一分钱都不会动，都是给琪琪买学区房用的。"

话说到这里，一桌人都沉默了，老缪心想我是实话实说，文振华心想，你是打我脸，我说58万，你说你家出580万。

要不是他惦记着他的六合，原本打算拂袖而去。

谈判一度陷入僵局，文太太充当和事佬角色，说了几句闲话，两个孩子都是学画画的，缪琪跟他姐姐还是好朋友，都是缘分。

岁数嘛，是差了一点，不过八岁也没什么……只要他们好，我们肯定是支持的……

"小杰前两个月刚在老家买了套别墅，眼下要再拿现金出来，肯定是比较麻烦……"

文太太动之以情晓之以理,她丈夫谈生意怎么谈她管不着,但家事不能让他谈黄了。

品珍心想,你家有钱又怎么样,陆家不知道比你们家有钱多少,还不是离了?

她已经不迷信有钱了,也就一次次看着文振华出价,心中盘算起他们一家人养小孩的主意。

到最后,文振华终于来了一句:"以后肯定要在上海买房子。"

如此一锤定音,这顿饭也就算没白吃。

品珍带着谈判成果,喜滋滋跟缪琪说:"你那个男朋友爸妈来了,我们谈好了,他家要给88万彩礼,还要给你们上海买房子。那你们什么时候去登记?总归要先登记的吧?"

缪琪听到这些话无动于衷,她跟她妈说:"不想结婚。"

"那有小孩了,总归要结的。"

"我想不明白。"

"想不明白什么?"

"想不明白为什么女人生小孩是过鬼门关,男人就可以轻轻松松拿着爸妈的钱,成为一个父亲。我不想让他爸妈养小孩,他能不能当爸爸,我还想考验考验再说。"

品珍看着女儿,仿佛看着外星来客,这还是她女儿吗?

已婚已育，就是女人不幸的开始？

小宋在门口拆快递，拆到一对石狮子，又大又沉。第一反应是不是送错了，这石头做的狮子，可以说跟他家风格风马牛不相及。

仔细核对快递单上的收件人和电话，写着文小姐，也确实是文敏的手机尾号。

他习惯性喊一声，老婆，才想起来文敏并不在家。

小宋不太理解，为什么他喝醉酒，她要跑回老家去？这也不是很大一件事吧？

宿醉第二天醒来一看，房间门口一个高大的黑影，他愣了好一会儿，才看出来是文杰。

文杰头探过来说："姐夫，我要走了，厨房给你做了粥，在电饭煲里。"

小宋莫名其妙："啊，你什么时候来的？"

文杰无可奈何，看来姐夫什么都不记得。以前他爸喝醉了骂骂咧咧一个晚上，第二天早上起来，就像一个重生的好人，对谁都笑眯眯的。还跟他妈说，酒是不能多喝，喝多了是真难受。

果然，姐夫跟他爸一样，站起来喝口水说："酒真不能多喝……"

"你姐呢？"

"她回老家了。"

"回老家干吗?"

小宋对文敏为什么不在家感到不解,不是平常经常说累吗,那干吗要坐高铁回去?他去厨房盛了一碗文杰煮的鸡丝粥,旁边小碗里还有切碎的小葱。

文敏从来没有这么煮过粥,小宋心想,这对姐弟,真是生错了身体。

他给文敏打电话,对方没接。他发消息,说你怎么回老家也不说一声。她没回。

在忙吗?

小宋要过两天才知道,文敏在跟他冷战。

这边文敏恨得咬牙切齿,那边小宋云淡风轻,倒不是说他真的不上心,只是现在工作焦头烂额,家庭不过是出现了一点点他不能理解的小矛盾。当务之急,还是先救那团比较大的火。

小宋又跟老外顾问出去了,那顾问对几年前吃的餐厅赞不绝口,说这回还要再去一次。自然,他从松江一路赶到黄浦,没坐地铁,打了快车。

小宋坐在车上,又吐一回,昨晚的酒,后劲实在太大。他拿着一个塑料袋,头往里一埋,早上吃的粥原封不动吐出来。

网约车司机看着他说:"哥们,悠着点啊,吐车上300。"

小宋头往车窗外定定吹了一会风,才道歉说:"师傅,不好意思啊。"

"没事,吐车上的多了,就是白天吐的比较少见。"

他想到自己开网约车的时候,有时候接到那种喝得烂醉的客人,也是一脸不快,看不懂干吗要喝这么多。

司机大哥又来一句:"现在各行各业都不容易,是不是哥们?我以前干销售的,喝得受不了,老婆说再喝就离婚,辞职了现在出来开开车……"

小宋听着很感慨:"是,女的都不理解,其实我们也不想喝。"

"咳,职场如战场,上了战场就是身不由己。"

这让小宋觉得,如果男人搭伙过日子,其实更容易互相理解。

他脸色惨白,在外滩附近下了车,强撑着带老外顾问去那家上海餐馆。顾问笑容满面,吃着甜中带咸鲜味的烤麸,说,wow,这个真神奇,上次吃了后就觉得不一般。

吃到一半,小宋基本没动筷子,他其实还想吐。

老外问:"怎么了,宋,你是不是身体不舒服?"

小宋坦言说,昨天被韩总带着去喝酒了,现在还在宿醉阶段,整个人天旋地转。

老外脸上浮起了一层会意的微笑。他这次来,还有一天半的时间,于是问宋,这个季节去杭州怎么样?

小宋想了想,他这个周末没什么事,他说,我陪你去吧。毕竟远道而来,毕竟同事一场,陪一陪,有什么呢。

等真的到了西湖,他的酒劲已经过去了,又给文敏打了电话,她在电话里破口大骂:"宋易你好意思吗?你老婆怀孕了,你吐成这样?"

小宋在西湖旁边,感觉像走在一锅煮沸的热水旁,汗如雨下,也不知道该说什么,只能认错:"对不起,我错了。你什么时候回来?"

"不回,除非你来接我。"

"那不行,我现在在杭州呢,陪公司里那个老外艾瑞克来的。"

文敏直接挂了电话,小宋继续站在西湖边,思索着该如何把"欲把西湖比西子,淡妆浓抹总相宜"翻译成英文。

他打算带艾瑞克去灵隐寺旁的永福禅寺逛逛,在那里吃顿素面,再爬爬后山……小宋现在是宕机模式,他既不想哄文敏开心,也不想做任何努力,在处理不了问题时,他选择放一放。

文敏在老家办完事,并没有停留。她想了想,跟文振华已经断

285

绝关系了，家并没有什么好回，婆家当然也是万万不能去的。

只能回家，她自己买下的家。

原本这只是一次规模极小的夫妻吵架，就算文敏大光其火，只要小宋愿意道歉，也就像暴风雨后的城市一样，逐渐恢复宁静。过去五年的婚姻生活，不是没吵过。

文敏问公婆要钱的时候，推他出去开网约车的时候，她回家让老爸给500万的时候……吵架，是婚姻进步的台阶。吵的时候说要分开要离婚，又不是没你不能过，吵完了还是手牵手一起过日子。

小宋也觉得，等他杭州回来，这事差不多就过了吧。

只是缪琪搬完家，邀请文敏来玩。

文敏挺着肚子，站在别墅门口，心里起了很大一片波澜。

缪琪穿着白色宽松纱裙，站在门口朝她挥手，俨然就像这个家真正的女主人。她是值得这么好的生活的，整个人就像一幅中产阶级的美好画面。

但文敏随着缪琪，里里外外上上下下看过一遍后，她忽然替自己不值起来。

这房子比她的三室一厅好太多了。

即便是租客，她也觉得缪琪运气太好了。

走到庭院里时，缪琪让她等一等。在书柜上拿下一只木质盒子，从里面拿出一盘蚊香，一只打火机，静静点上，拿着走了出去，放在庭院一角。

"这里别的挺好，就是蚊子有点多，蚊香要点上。"

虽然已经是六月，刚下过雨，温度不高，一阵凉爽的风吹过来，吹过庭院前开得错落有致的蓝绣球，也吹过缪琪的裙子。

很美。

文敏想了半天，终于想起来："以前你让我看张爱玲，看来看去，我最喜欢《倾城之恋》，只有这个女人日子过得不错，找了个有钱男人。刚才你点蚊香的时候，我就想起来这篇小说，里面白流苏点蚊香，像宣战一样，说她还没有完，是不是？"

缪琪笑起来，说："我也喜欢这篇，就是结局不好，白流苏和范柳原一起炸弹都躲得过，最后还是躲不过平常生活。"

她明白好朋友的意思，她和白流苏一样，同样离过婚，同样身陷泥沼，但是挣扎一番，竟也站起来了。

文敏："再过几天，我爸妈大概就要上门来找你们了。"

缪琪："他们知道了？是你说的？"

"谁说的也不重要，总要知道的，你呢？想好了吗？选谁？陆有再找你吗？"

文敏其实有点着急，站在一个30岁女人的立场，她弟弟什么都不是。在文杰这个年纪，最不缺的就是爱和荷尔蒙，他什么都愿意做，却什么都没有。

如今缪琪的生活展现在她眼前，她觉得没有什么好担心了，选谁？一定要选吗？

"我弟弟知道你搬来这里吗？"

"知道啊，他有每天过来。"

"啊？"

文敏又有点错乱，她本以为缪琪既然拒绝了文杰，就是百分百的拒绝，怎么他又天天过来？

其实她还想说，如果缪琪拿了陆士衡的钱，那为什么还要跟她弟弟在一起？

但缪琪偏偏看起来一点障碍没有，她说文杰每天过来跟她一起吃饭，帮她照料小动物，做做家务。有时候也在这里住。

"啊？他还在这里住？"

"现在我确实需要别人照顾嘛，让他照顾，也没什么不合理啊。"

"那你是选他了？"

"没有啊，再看看吧，也说不定忽然去大洋洲了。"

文敏整个人呆滞，这都什么跟什么？大姐，这是能开玩笑的事吗？

缪琪喝着茶，说："我现在不是要选哪个做父亲，我只是在考虑，是要父亲，还是不要父亲。一个人带不是不行，父亲如果没有不可取代的作用，可能还是不会要吧？"

文敏明白了，她腹中的胎儿正好踢了她一脚。

她心想，我一个已婚女人，就因为被小宋吃定了，什么都是一个人做一个人扛，一个人吐，一个人产检。

是，他是忙，他还觉得这么忙不就是为了这个家。可我图什么呢？我生小孩，就是为了体验寂寞和孤独的滋味吗？

缪琪一个单身妈妈，因为两个男人都想当爹，两边都在争取好好表现，一个出力，一个出钱。就看谁能力更足。

我呢？想要点关心，还要考虑考虑自己是不是太矫情了，生个气吵个架，还要想想是不是自己脾气太大……

我到底为了什么？

缪琪洗好一盘水果端上餐桌，忽然看到文敏坐在餐桌前流泪。

她不敢相信，从来没见过文敏哭："怎么了？你怎么了？"

文敏拿张纸巾，擦擦眼泪说："没什么，我觉得我过得好惨啊。"

她过了 30 年争强好胜的生活，什么都要比，什么都要抢，自以为自己过上了独立女性的理想生活。怎么怀孕后就变成这样了？

她甚至没办法跟缪琪吐槽这些烦心事，以前她说自己不好过，还像一种自谦。

现在真的变得不好过，反而无法开口，现在的文敏没有事业，只剩下老公了，如果连老公都不行，她这个人不是彻底失败了吗？

她叹了口气说:"小宋工作太忙了,都没人给我做饭。"

"那……要不你搬过来跟我一起住?"

文敏还是回家了。

文太太看到女儿的大肚子,说:"你这样一个人待在上海,我怎么放心?小宋呢?"

"出差。"

"要不你还是跟我们回去?"

"断绝关系了呀,我不回。"

文太太叹口气:"你跟你爸断绝关系,又没跟我断绝关系。"

"那你留下来给我做饭。"

"那不行,家里总要有人看着,还有你弟弟的事,现在女方家,就是你朋友她爸妈,开口了,要文杰在上海买套房。"

"怎么了,我爸难道想让我把这套房送给弟弟?不至于这么离谱吧?"

文太太忍不住打一下文敏:"乱说什么?现在怎么办?我们总归想,先登记,你朋友说,她不要登记。"

"我是她我也不登记,看到文振华还要跑得越远越好。"

"好了,人家再怎么样是你爹。"

"我爸这个人,就是太爱管这管那,一管不到,就开始发疯。"

文敏更加愤怒,她怀了孩子,她爸一声不吭,连门都不上。缪琪怀了她弟弟的孩子,她爸准备好重金砸人,没准还要砸套房。

凭什么?

就因为她是女的?

小宋这边同样令人生气,小宋从西湖回来,匆匆收拾行李去东北出差。在杭州待了24小时,技术顾问告诉他:"宋,韩下个礼拜会去欧洲总部开会,他应该不会留下。"

289

小宋恍然大悟，这是赶着要最后收割一把，怪不得这么凶猛。小宋现在像三夹板一样，被夹在中间，动弹不得。他只能金蝉脱壳，走为上策。

文太太一看小宋不在，就说小宋怎么回事，媳妇怀孕了也不多多照顾，话题一转，又说，你看吧，当初催小宋出去工作的也是你，男人一忙事业，还不都是一个样。

文敏听了这话非常不是滋味，就好像在听她妈说，知道你看不起我，你还不是一样，女人呐，就是这种命。

高中时文敏经常劝老妈离婚，为什么非要跟着爸呢，你一个人也能过啊？

文太太说的那句话，是全体已婚女人的固定借口，离了你和你弟弟怎么办？

她给文敏婆婆打电话："亲家母，小敏怀孕都六个多月了，你们知道吧？"

对方在打麻将，一边说碰，一边说："啊，宋易跟我们说了，上海那个房子太小了，我们想最后一个月过去，你想我现在就过去啊？"

文敏夺过电话："妈，不用来了，住不下。"

她放下电话跟文太太说："干吗呀妈，为什么叫我婆婆来？"

"她的孙子她不看谁看？你朋友如果现在叫我去看，我也得去看啊。"

"你走吧。"

文太太一走，文敏在房间里一边散步一边告诉自己，不生气，不生气，生气对孩子不好，要开心，要快乐，要愉悦舒缓的心情……

她说着说着，又哭起来。

原本以为人人都会伸出援手，帮她一把，小宋会，亲妈也会，毕竟她怀孕了。

没想到现实是，你越希望别人搭把手，那个人越觉得，你自己肯定能行，这么多年，你不是一直都这样吗？

反而缪琪怀孕后，因为人人都知道她软弱，人人忍不住伸出一只手，前夫打钱，弟弟出力，朋友给房子住。

可是文敏又做错了什么呢？

她这天要产检，文太太问她："那要不让你爸开车载你去？"

"不用。"

文敏自己开车上了高速，路上情不自禁越想越生气，一脚油门下去，车开得飞快。

有辆车想插队，文敏没让它插上，平常她会让，但这天她心情不好，坚决不让。

车开到下高速的地方，那辆车绕上来，直接插在文敏前面，她一个急停，避让不及，撞了上去。

那一刻大脑一片空白，她惊恐地低头看自己的肚子。

还好没撞到方向盘，还好气囊没打开，对面车上下来一个男人，指着她叽里呱啦骂起来："十三点，叫你让你不让，你下车。"

文敏没有下车，她在车里打110、120，她满脑子什么想法都没有，只有一条：我要小孩没事。

等她下车，对方看到她硕大的肚子，一下没有了任何嚣张气焰，改成另一种口吻："大姐，对不起，大姐，我忙着送货……"

她第一次坐救护车，在车上一直两手死死托着肚子，非常愧疚自己为什么要那么做？如果小孩没了怎么办？她会一辈子愧疚吧？

还好，这不过是一起碰擦小事故，文敏在医院B超室里，再次听到胎儿如小火车般呼啸的声音，感动得眼泪直流，不停问医生："他没事吧？会不会吓到他？"

"现在有一圈脐带绕颈哦，不过是正常的，宝宝很好，双顶径和股骨长都超过孕周两周，发育不错，你不放心的话，要么就住院两天？"

文敏一颗心跳回胸腔，出来后给小宋打电话，他没接，正在开会。

她发了一条消息："我去产检路上追尾了。"

"啊，什么情况，有受伤吗？"

"医生说宝宝没事。"

"那就好，我在开会，晚点再打给你。"

文敏想到上一次，小宋追尾，她一个人开着车去，又连夜开车送他回上海，在车上感动得像个傻瓜，心想要为了这个男人生一个小孩。

现在她追尾了，怀着六个多月的肚子，他只有一句话，那就好，我在开会，晚点再打给你。

她到底要这样一个男人干吗呢？

肇事司机等在门口："大姐，你说你这怀着这么大的肚子，怎么还一个人开车啊？"

"我老公死了。"

也不是整个人生，都只为了孩子

七月，酷暑。

文杰走进一间大厦的家政培训公司，引起办公室里一群大姐阿姨侧目，这是一个鲜少有年轻男孩出现的场所。

前台问他："您好，先生是找家政？"

"我想来报名月嫂培训班，可以吗？"

"月嫂培训？您是说您自己报？还是给谁报？"

"我自己报，再过三个月孩子就要出生了，想来学习一下怎么照顾小孩。"

旁边一个大姐凑上来："小伙子，你一个大男人学什么照顾小孩，到时候叫个月嫂就好了。"

文杰很认真地回答："不仅照顾宝宝，还要照顾小孩妈妈。"

另一个大姐凑上来："我们也照顾产妇的，肯定比你强，这种活你干不来的，你培训了也没用，都靠晚上不睡觉赚的辛苦钱。"

"我要一直照顾他们的，不是只有一个月。"

文杰每天去帮缪琪喂蜘蛛，喂蜥蜴，把所有花花草草照顾一遍。

有一天他忽然想，他该怎么照顾缪琪和小孩呢？

他有照顾小狗的经验，照顾这些小动物小植物的经验，唯独没有照顾小孩,特别是小婴儿的经验。

他问缪琪:"等你生完小孩,我能不能来照顾你和宝宝?"

缪琪有点莫名:"那还是找个月嫂比较好吧,你会照顾吗?"

"我可以学。"

文杰在前台那里交了 6000 块,成了该家政培训公司月嫂班第一个男学员。第一节课有 20 个人,他坐在台下,最后一排,摊开笔记本。

老师在讲月嫂的岗位认知:"同学们,做我们这个高级母婴护理师,也就是我们通常所说的月嫂,"讲到这,所有人眼睛都看向文杰,一个大姐说:"以后还要有月哥、月叔……"另一个人说:"一个大男人学什么月嫂培训,会赚钱不就好咯。"老师让大家安静,"说明现代社会日新月异,我相信像这位男同学一样的丈夫会越来越多的,好,我们继续看,月嫂的工作职能主要分为两大内容,也就是新生儿和产妇。

"关于新生儿,我们分为,新生儿生活护理、新生儿专业护理、新生儿早期教育。产妇部分,分为产妇生活护理、产妇专业护理、产妇形体恢复指导。

"那么什么样的人,适合做月嫂?首先第一个肯定是身体健康,没有传染病,这个我不用多说了。

"第二个我们这个母婴护理师跟别的护理师不一样,是在客户人生重要的阶段,对于客户提出的要求,需要有一个非常耐心的反馈。简单点讲,你要是有公主病,你就不适合这份工作,是吧?……"

文杰在笔记本上写下没有公主病,又画掉了。

看来第一堂课是岗前培训,不属于如何照料一大一小的内容。

他最近有点忙,自从文敏搬来和缪琪一起住,就开始为闲着的弟弟出谋划策。

"你也学画画的，你为什么不去多开个班？这工作室不是现成的吗？现在又是暑假，你先试试不行吗？"

缪琪其实早有这个想法，但文杰不像她，30多了，可以或多或少放下自尊心。23岁，他一会自负得要命，一会又自卑得要命。

文杰擅长大色块，简单直接的笔触，让他去看别人的画，他总觉得无从下手，恨不得自己重新画一张。

缪琪跟文敏说，其实也不是谁能画就能教的。

文敏不服，几番思索之下，想出来让文杰在班里做微景观生态制作。

这是文杰从小在画画之外的一种爱好，在一个很小的玻璃盒里，一层层铺上隔水沙石、繁殖土、苔藓，再逐一种上植物，选取道具、装饰沙，垒成一个小型植物世界。

这好像是一件非常顺理成章的事，当文杰坐在教室里，带领六七个小孩，开始用沙子、土、苔藓做微观世界时，旁边家长议论纷纷："这个男老师好像经常来，是缪老师的弟弟吗？"

"好像不是，有一天我在大学城看到他们手牵手逛马路唉。""那是老公？那缪老师不是离婚了吗？""离婚能找这么年轻的？我也想离婚算了……"

文杰跟缪琪不一样，当他专注手里的活时，他根本听不见任何议论。

他会一下子回到那个童年的夏天，在水渠边摘下小草、小花，回奶奶家，找一只牛奶盒子，从中间剪开，没完没了地摆弄着。

文敏端详过几次文杰在家里做微景观模型，她闲着也是闲着，跟弟弟说，我帮你做个视频账号吧。

她是典型的商人思维，看到弟弟空有一身才华无法变现，难受得要命。

她在别墅的餐厅，架了一台照相机，拍下弟弟制作微景观生态的全程，作为慢生活分享内容。

你可以在视频里看到干净宽敞的原木风，背后是明亮的窗户，隐约可以看到窗外的庭院景观，一个不露脸的男人，以不紧不慢的手法，像沉浸在自己的世界中一般，制作着手中一片绿意盎然的微景观生态瓶。

文敏说：ّ"如果你愿意，我觉得你画画的视频，也可以录一下。你不要觉得这是在炫耀或是什么，才华没什么害怕被曝光的，现在大家都看短视频，我觉得专注做一件事的长视频，肯定也有市场。"

当文敏从家里搬到缪琪住的别墅，她好像整个人一下子从混沌状态中清醒过来。

真傻，为什么要等一个不想回家的男人？

她在这里住几天，就觉得缪琪美术班这个思路不行："你现在赚的都是一节课一节课的辛苦钱，这太难了，不上课就挣不到钱，后面生了小孩，只会更难。你都有自己的社交网络账号，上面还有几万粉丝，要懂得自己创造价值。"

"什么意思？"

"把每节课的内容录下来，12节打包成一次美术课程，做付费内容卖，这样你教课还能有别的收益，不好吗？"

缪琪瞪大双眼，觉得文敏果然有生意人的天赋，她不是没想过盈利，但还是没想出来，该用哪种方式来盈利。

"一开始肯定不会赚很多，不过它好歹是一个长期的收益。"

缪琪录课的时候，文敏叫文杰来打下手，文杰录视频的时候，两个大肚子在镜头前反复观摩，缪琪负责整个空间的物件摆放，以求画面唯美舒适，文敏负责画质稳定。窗外的鸟叫声，大风吹过的声音，都与主题相得益彰。

当缪琪再次接到广告邀约时,她毫不犹豫让文敏做起了自己的经纪人。

她实在不喜欢价格谈判,有些甲方会问她,推广费用多少?能不能有折扣?我们是新公司,可不可以便宜点?

她虽然想赚钱,可是没有那种锱铢必较的精神,也缺乏跟甲方反复商讨要点的技巧。

巧了,文敏有。她大手一挥说:"你们的账号都我来运营吧,你的我收三成,文杰我要收五成。"

弟弟略有不满:"为什么我就是五五分成?"

"因为你就是工具人。没有我,你有什么账号?"

就这样,文杰开始了连轴转的生活,月嫂培训,微景观生态瓶制作班,回家拍视频,照料工作室和别墅里所有花花草草、蜘蛛蜥蜴,给女朋友和姐姐制作可口的食物。

好消息是,他跟缪琪又在一起了,两人手牵手出双入对,宛若热恋时期。

虽然缪琪还是不同意结婚,她说,孩子生出来过一年再说吧。

文敏有时看着弟弟和好朋友亲密无间的身影,略有伤感。

以前她和小宋也是这样,后来呢?就没有后来了。

不过按照文敏的计划,她觉得缪琪和文杰不会散,她让文杰去缪琪的工作室,是想让他们至少有一块绑定的事业,不至于像她和小宋,两个人走在两条路上,久了,就走散了。

唯一的问题是,文杰还小,将来还有无限的变数。

有一天文杰不在家,她们起床后一起吃饭,夏日炎炎,锅里是缪琪昨晚指定要吃的绿豆汤。文敏心里当然有那么一点点的酸涩。

跟他们住一起很好,一起做视频做账号也很好,但怎么说呢?

她实在无法接受,自己因为怀孕,被推到了那个弱者的位置上。

原本缪琪才是单身妈妈,现在位置换了。对弟弟来说,当然缪琪的要求排在首位。

姐姐则是大家都需要仰赖的人物,你什么都会,什么都行,指引着我们所有人前进。

可好像就没人想过,文敏现在大着肚子,也需要有人无微不至的关心,现在就是她这辈子最脆弱的时刻。

关键是她不肯说,争强好胜惯了,怎么会轻易流露出,其实我也需要照顾的想法?

她的独立,就像自己给自己关到一个铁笼子里,在里面来回踱着步,焦躁不安,却又无可奈何。

文敏盛了一碗绿豆汤,委实没什么胃口。

她看着悠然自得、心满意足的缪琪,问她一个问题:"如果有一天,我弟事业成功,也成了忙得脚不沾地的小宋,你会怎么办?"

缪琪:"我觉得小宋会那么做,是因为他没失去过。"

没有失去过的男人,怎么会知道珍惜呢?

缪琪想起她和陆士衡的最后一次见面。

他来松江了,约她到方塔公园见一面。

那是许久之前,他们第一次在北京的北海公园划船,缪琪告诉他,松江有个方塔公园,也可以划船。

陆说好,下次去松江找你划船。后来他太忙了,划船这件事,从未兑现过。一个那么忙的男人,怎么可能从市区赶来松江划船?

约会总是被安排在市区,婚后也是如此,缪琪作为贤惠的妻,理所当然要无条件配合丈夫的各种安排。

成了陌路人后,陆才想起当年他说过这句:下次去松江找你划船。

人总是这样,快要握不住了,才想到奋起直追。

缪琪从车上下来,罕见地看到陆士衡穿着一件浅绿色polo衫,卡其色长裤，站在公园门口。

她几乎从未见过穿浅色衣服的前夫，顿时诧异起来，第一反应是，他今天不用工作吗？

这天有台风风球正朝大陆驶进，天气异常凉爽，并不燥热。两人往公园里走，陆告诉她，他要走了。

一个星期前，他向公司提出辞呈。没想到公司为了挽留他，提供了一个新加坡分部的职位。

薪资待遇上升一个级别不说，重要的是，他在新加坡会有一个真正属于自己的团队，可以放手一搏。

陆士衡很心动，比起澳大利亚，新加坡更适合他的职业规划。

他跟缪琪说："我下周就准备去新加坡报到，这几天在家里收拾东西，以前你留下来的那些餐具茶具，我都没扔，你要吗？"

缪琪摇头："不用了。"

"那我打包一起运去新加坡吧，上个月出差去了一次，觉得那里氛围还不错，来回上海也很方便，在那边的同事，带家属过去的，都请了菲佣，比上海便宜多了。"

陆说到这里，停下来，朝缪琪笑了一下："你不会跟我去，是不是？"

缪琪也笑了一下："现在肯定不行，我会在上海生小孩。"

"能跟我一起去划船吗？"

缪琪这才想起来，多年前他们的第一次约会，当夕阳照过波光粼粼的湖面时，她在船上兴奋地说，松江的方塔公园，也可以划船。

陆士衡坐在对面，跟她说，他小时候春游去爬过佘山，可从来没去过方塔公园："下次去松江找你划船好吗？"

"好呀。"

那时他们还年轻，还有无限的可能和未来，一切都如湖面一般闪闪发光,从未想到他们之间会走过这么多纠葛与挫折。

上船后,两人各看一边湖面,像是离婚当天的夫妻。

过了很久,陆才说了一句:"如果早几年就带你出国,也不会像现在这样。"

"现在这样挺好的。"

她又跟陆说:"你肯定也会很好的。"

"我?我大概是要孤独终老了。"

陆向缪琪发出了最后的邀约,只是缪琪深感,她对他,其实已经没有任何感情。

为了孩子,她应该跟他。可是她的人生,也不仅仅是为了孩子。

缪琪像个老朋友一样,看着陆士衡说:"你不会的,等你到了新加坡,肯定会认识很棒的女孩,到时候你就约她出去吃饭,一起去散步,听她讲讲她的生活,让她逐渐感到离不开你。"

风吹起缪琪的长发,她说得坦然而诚恳,就像一个真正的朋友。

你要走出去,你要找你自己的幸福。

游船推开湖面,缪琪抱着隆起的肚子,又想起卡茨那幅画。

以前她习惯了随波逐流,以后她要用力握好自己的方向。

你到底是为谁生的小孩呢?

小宋在东北吃着锅包肉,得到消息说,韩总被撤职了。

他有种侥幸脱离虎口的感觉,差那么一点点,他宋易就会被吃得渣都不剩。

小时候玩抓人游戏,那种差一步就被人抓的感觉,真是冷汗直冒。

这天又是跟工厂主聚餐,东北人说话直,告诉小宋,韩总每次过来,都会私下给他介绍那家公司。

报价是公司价格的六折。

说起来,小宋的工作其实并没有太过艰深的技术内容,他们做各种测算,经过一系列排列组合,得出一个最佳改善方案。

你可以只购买这个方案,也可以直接派个项目组,让方案落地。

这样的方案,你给十个公司做,都能做出来。只是背靠大树好乘凉,小宋公司是业内最久负盛名的企业,有着诸多资源。

打个比方,如果你的小孩明年要高考,你是希望东一枪西一枪给他补一补,刷点不知所谓的题,还是直接送他进每年所有学生都能上一本的名牌高中?

显然,韩总跟他们保证,一样的资源,一样的管理团队,所以要踹小宋一脚下去。

工厂主提了一杯:"宋总,来,我先敬你一杯,年轻有为,前途不可限量,我先干了,随意,随意啊。"

小宋在这样的酒局上,毫无例外,又喝多了,一开始他怕文敏来找他,故意把手机开到飞行模式。

酒局结束,坐在酒店卫生间地上吐的时候,他想起文敏,平常老是动不动找他,现在怎么没声了?

他打电话过去,是忙音。微信发起语音电话,发现自己被拉黑了。

小宋心想,又发什么脾气?我又不是在外面玩,再说上海不是有文杰照顾你吗?

过了两天,回到上海后,发现家里压根没有文敏的痕迹。小宋匆忙间给文杰打了个电话:"你姐呢?"

文杰早就被文敏叮嘱过,泄露行踪唯你是问,只好支支吾吾说:"我也不知道。"

"她拉黑我干吗?"

"上次她去产检,车追尾了,我姐住了两天院。"

"住院了?!严重吗?有事吗?"

"没事,就是担心孩子有事,住两天观察一下。"

"那她去哪儿啦?"

"姐夫,我真不知道,总之我姐很生气,说你禽兽不如。"

"不至于吧,我在出差啊,她不是没啥事吗?总不见得我不上班了,回来伺候她吧?"

小宋真的累坏了,好几天每天睡不到五小时,从工作环境抽离时,他整个人都是木的。

说实话文敏不在家,他还略略松了口气,因为不用再听那些质问,为什么不关心我?我都怀孕了你也不问问我?小孩是我一个人的吗?凭什么我一个人受苦受难?

他也很累,他也很烦,他不是都自己消化了吗?赚钱路上,他也没到处嚷嚷,凭什么就我一个人受苦受难啊?

只要小宋乐意找,这事其实不难。他只要盯着文杰,哪有找不到的道理?

可因为韩总的事,他们几个部门忙得一塌糊涂,顶头上司忽然调走,就像公司内部结构大地震。

小宋眼看几个同事忽然人间消失,也就醍醐灌顶,那是已经跟韩总上了同一条船,要翻大家一起翻。

剩下的同事,则每个人去大老板办公室被单独谈话问询,以防有漏网之鱼。

明明是夏天,这波清网行动却搞得公司杀气阵阵,人人疲惫不堪,元气大伤。

一天小宋在茶水间里,遇到隔壁部门一位男同事。那人挂着两个黑眼圈,正在茶水间里倒咖啡。

小宋走上去打趣同事:"你是一夜没睡?"

同事叫苦:"别提了,写报告写到两点,我老婆醒了,非说要吃小馄饨,大半夜我上哪里弄小馄饨?我老婆怀孕了,她说她吃不到这碗馄饨,今晚就不睡了。

没办法呀,我开车一个多小时,才帮她买回来一碗馄饨。4点多才睡觉,7点多从家打车过来上班,你说我作孽伐?"

"你老婆怀孕几个月?"

"六个多月。"

"那跟我老婆差不多。"

"那宋总你还出差那么频繁?你老婆不说话?我老婆作得要死!"

小宋不说话了,他并不想告诉同事,老婆已经离家出走。

同事还在发牢骚:"我老婆动不动就威胁我,对她不好,她就去父留子。你说可怕伐?"

小宋掂量着"去父留子"四个字,心想,不至于吧。

他爸妈过来了,说要看望文敏,老家有个风俗,怀孕六七月,可以看看是男是女,喜欢吃辣还是喜欢吃酸。

小宋爸妈一进来,却扑了个空,房子里空空如也,一直等小宋下班,他们说:"你老婆人呢?"

"哦,跟朋友出去玩了。"

"挺着大肚子出去玩?那像什么话?怀的可是我们宋家的骨肉,怎么这么不小心啊?你打电话叫她回来。"

"妈,我忙得很……"

"你不打我打。"

婆婆电话打过去,也是忙音:"怎么打不通?你们是不是闹矛盾啊?"

"没有,我现在就出去接她。"

小宋从家里出来,无奈之下,只能拨打文杰电话:"你姐到底去哪儿啦?"

"姐夫,我真不知道。"

"你能不知道吗?你不说,我就一直打你电话。"

文敏接过电话:"找我干吗?"

"我爸妈来上海了,想看看你。"

文敏啪一下挂了电话,拿着文杰的手机,把小宋的电话拉黑了。

文杰站在旁边说:"姐,这样不太好吧?"

第二天,小宋无奈,只能来到大学城缪琪的工作室。他跟缪琪打了个招呼,问她:"文敏在哪,你知道吗?"

缪琪跟小宋不熟,她当然站好朋友这边,说她不知道。你且奔波吧,跟她没有一毛钱关系。

小宋想了想，赌一把，说，那我就在这等她吧。

缪琪给文敏打电话，文敏说："我在外面开会，大概要过两三个小时才有空。你让他别在你那等了，去我公司等吧。"

小宋很意外，他不知道文敏的公司又开了，正逢暑假，里面没什么大学生，倒是有一群上幼儿园的小朋友，正在小班教室上西语课。另一个教室是德语，他没想到，文敏的培训班，换了个方向，又开起来了。

前台还是原来那个，跟小宋很熟，跟他打招呼说："来啦？文总出去开会了。你进去等吧。"

他去里面文敏的办公室，等了足足五个多小时。七点多钟，前台下班，公司里一个人也没有，他还在等，因为没有办法。

文敏来的时候，手上拿着一杯咖啡，慢悠悠走进来，看了小宋一眼。她化了妆，剪了短发，穿一件精神利落的白色半袖西装，里面是一条黑色孕妇裙。

"都这个时候了，怎么还喝咖啡？"小宋其实是关心，他想起来文敏前几个月喝水都会吐，咖啡苦得根本吞不下。

但文敏听起来很刺耳，孕妇就不能喝咖啡了？她好不容易熬到这个月，妊娠反应逐渐减弱。

这个人到底自大到了什么地步，这么久不见，竟然第一反应就是指责她？

"你去哪了？你不会是故意让我等这么久吧？"小宋很焦躁，他为了来找文敏，四处奔波不说，还请了半天假，之后又会有一大堆工作，现在又是关键时刻。

文敏一时心更冷一层，她坐到自己的位置上，摸着肚子说："所以你还是觉得我在无理取闹？宋易，你被车撞那天我开了足足八个钟头的车，我被车撞那天，你就回了一句话，那就好，我在开会，

305

晚点再打给你。"

"我在东北啊，怎么可能说来就来？"

"对，你现在永远觉得你才是更难的那个人。而我不过是跟所有女人一样，怀了个孕，要生小孩，纯属你帮不上忙的自然现象，是吧？

"我在医院的时候，想到一件事。如果我生小孩那天，你也是有一个重要的会，重要到关乎你是不是能升职，你是继续开会，还是过来陪我生小孩？"

小宋拒绝回答："如果的事，我不想回答，不会那么巧的。"

"连如果，你都不愿意说'我当然来陪你生小孩'？我想你不会来，其实你说老婆要生了，就算你是美国总统，也会放下这个会。

"你犹豫，是因为你在想，来不来孩子不都是我的吗？我干吗要丢下工作？你是不是还想说，很多男人还没你做得好，他们不照样做爸爸吗？"

小宋在这个时刻，不想服软，他觉得文敏太敏感了，你也知道这是我事业上的关键时刻，为什么还要逼我做选择？

我这些天也忙得要命，累得每天睡不够五小时，还要让我花这么长时间等你，到底干吗要这样？

他开始口不择言："不是谁都能跟你一样运气好，刚毕业就年薪百万。我都30出头了，再不做出一番事业，到时候还是你说我没用。"

文敏难以置信："你说什么？我年薪百万只是因为我运气好？"

她大叹一口气："算了，我们不要吵架了，吵架对我的孩子不好。我想过了，我不想做家庭主妇，躺在医院你都不来看我，我要你的钱干吗呢？

"宋易，我不缺你这点钱，从你忙得没空看我，也没空理我，你对我就没有价值了。"

她从包里拿出一份文件："你对小孩也没什么感情，我们没有必要再在一起互相为难,这是我找律师拟的离婚协议,房子卖了钱一人一半,小孩归我,抚养费你不用出了。"

小宋完全没想到,等了五个多小时,等来一份离婚协议。

情绪一上头,他站起来摔了个马克杯,这时文杰和缪琪手拉手从外面走进来,被这仗势吓了一跳。

文敏站起来,满脸冷漠,对弟弟说:"你拉住他吧,我先走了。"

小宋想去拦文敏,被弟弟拦住。

文敏跟缪琪一块走了,小宋问文杰:"你姐是认真的?"

文杰看了眼姐夫,他其实不太理解,姐夫为什么会变成这样?"你们以前感情挺好的,怎么现在变成这样了?"

小宋觉得莫名其妙:"你说我做错什么了?我在外面是在玩吗?我忙得要命,累得要死,她有问过吗?我们公司最近出了大事,所有部门同事都在加班,她让我说了吗?"

"我姐说她追尾的时候,你真的一点都不担心吗?"

"她自己说没事啊,如果她让我来,我不就来了。"

"姐夫,我姐很好强,你应该知道,她在家吐得一塌糊涂,也没提过让我去帮忙。她说这种事情跟我没关系,要帮忙也应该是你帮。

"我姐说,与其一直期待着你来帮,然后失望,还不如没有期待。她失望了很多次,也不是就这一次。"

"不是,现在也没到要实质帮忙的时候吧?我总不能辞了工作守着她吧?"

"那你说,什么是实质的帮忙?她可以请月嫂,请育儿嫂,你对她来说,就是一个不知道什么时候会回家的丈夫,她说,那你也太容易了吧。"

"普通人不就这样吗?所以我说你姐根本不理解普通人的艰辛,我不回家是因为我这份工很可能会没有,我也没有有钱的老爸,可以一开口就要五百万。我怎么办？我是不是只能靠自己？"

文杰找出一把扫帚，把地上的马克杯碎片扫拢，细心地拿报纸包好，再扔到垃圾桶里。

"那她最近都住在哪？"

"我姐不让说。姐夫，我走了，你再想想吧。"

缪琪本以为文敏会大哭一场，结果并没有。

文敏出奇冷静，出来后跟缪琪说："没意思，男人真没意思。"

这天下午她的确在开会，她带着笔记本电脑，去见了那个创业失败的朋友。朋友离破产还差最后一口气，完全没想到文敏会约她见面。

朋友做线上教育，这几年一直在做绘本教育，因为赛道挤满了人，她这个领域又没有做出特色，一直都在血亏状态。文敏就想试一试，怎么样，要不要往素质教育方向转一转？

她给朋友看缪老师的讲课视频，告诉朋友，这个老师有学生得过金奖，自己本身还是个小网红，社交网络上有五万多粉丝。

朋友说，她老公就是做IT课件支持的，如果改改原来的框架，她觉得能用。现在问题是，大股东们已经都撤了，哪来的钱继续运营？

文敏说，她有人啊，这事不难，你老公做IT，我手下还有二十几号人可以听候差遣。

她也不仅仅想做美术课程，她自己的幼儿西语、德语课程，都想放上去。

"你就说能不能做吧？"

朋友两眼放光，说："只要我们能先做五期，我就拿着成品出去找投资。"

创业的确不易，可是文敏对此很感兴趣，她不想投钱，她要投的是资源。简妮女士那套，她得活学活用。

只要你能把所有的资源拼到一起，就像凑齐灭霸手套上的六颗宝石，总能有一些动静出来。

文敏手里还有一笔钱，她跟缪琪不一样，缪琪可以坦然住在不属于自己的家，她不行。

搬进来后，她每次在小区闲逛，不管是一个人，还是和缪琪两个人，或是三个人一起，她都在想，我要在这里拥有一套自己的房子。

不用担心房东什么时候会收回来，也不用担心是不是要配合小宋的需要，就这吧，挺好的。

小宋回家后，他妈先发作："人呢，怀着小孩跑去哪了，你说啊。"

婆婆给文敏妈妈打电话："亲家，这怎么好意思，我家宋易好像跟小敏闹了点矛盾……"

文太太说："怎么办呢，现在她也不接我电话，上次听文杰说，她去产检，追尾了，小宋在外面出差，赶不回来。好像就因为这事……"

"撞怎么样了，有事吗？"

"小杰说没什么事，就是人受了点惊吓。"

文敏这一撞，身体没事，心灵大受创伤。

如果你们存在的意义只是为了让我退一退，让一让，忍一忍，受那些女人就该受的罪，那对不起，我谁也不想见。

她跟缪琪说："我以前一直不明白，为什么怀孕前你什么主意都没有，怀孕后竟然变得坚强有主见了，倒是我，怀孕后整个人变了一个样。"

缪琪："怎么讲？"

"其实最大的区别就是，你一直都想要个孩子，你自己想要一个小孩，不是为了谁，为了什么人。我真傻，我脑袋像被放进水里煮过一样，想为小宋生一个孩子。

"结果他做的每一步我都失望透顶。一开始我还没感觉，现在肚子这么大了，我才想起来，他是我的小孩，不是宋家的，也不是小宋的，是我的小孩，我愿意为他付出一切。"

文敏承认，自己无法做到那么善良、隐忍，去做小宋背后的那个女人，去支持他、包容他、理解他。

她想要一个关心她、爱她、理解她的丈夫，这就是她的期望，你可以买不起房子，可以赚不到钱，可以忙得要命。

但你不能不爱我啊。再忙你能忙到一个电话不打吗？再累你能累到老婆出车祸还不闻不问吗？

爱这东西，真是讨厌，曾经情深一片，以为永远都用不完，最终也不过是两手空空。

冷静两天后，小宋还是来找了文敏。

这回他知道她是认真的，所以垂着脑袋接受所有批判。

文敏坐在办公桌前，看到小宋，冷静而克制："想好了？"

小宋拿了张椅子，坐在文敏旁边，握住她的手说："对不起，我可能是不知道该怎么做一个父亲。确实我也不知道该怎么办，出差了没办法在你身边，工作忙没办法关心你……"

"这些都是我爸耳熟能详的借口，男人只要工作忙，就可以对家里不闻不问。我对你说过，我最讨厌我爸这样的男人，赚几个钱有什么了不起？我不稀罕，对你我也不是没忍过，结论就是，我忍不了。"

"只是这段时间是特殊时期，韩总被撤职了，我所有同事都在加班……"

"只是这段时间吗？从我怀孕开始，你就一副置身事外的态度。"

"不是，你想要什么你就说啊，你不说我怎么照顾你？"

文敏冷笑一声："你意思我应该作一点，应该撒娇应该发狂应该求你闹你？只能说，我们确实不合适，我想要的不是强求。"

"我跟公司谈过了，你生的时候，我会推掉一切出差，然后请完所有年假。"

"然后呢?"

"继续上班啊,大家不都那么过吗?总不能我不上班吧?以前那份工作不过几千块,我可以不上心,现在真的是在我事业关键时刻。"

文敏把手拿回来,她觉得自己一副乞求男人关爱的模样,可真是讨人嫌讨人憎。

想到不久以前,她和小宋还是并肩作战的亲密战友,那时的小宋真好,是她理想的伴侣,负责逗她开心,抚平她身上一切不如意。

现在他变了,他竟然跟她说,大家不都这样过吗?大家不都过着狼狈不堪的生活吗?

怀孕七个月的文敏要离婚,这事让两家人都措手不及。

不管是她爸妈,还是她公婆,都觉得文敏在胡闹,你肚子都大成这样了,闹什么离婚?

小宋一没出轨,二没犯法,不赌不嫖不玩游戏,这样的好男人去哪里找?小孩一出生就没爸爸,这像什么话?

她从小学一年级开始,就对世界失望透顶。30岁时,再一次失望透顶。

老娘奋斗那么久,活得那么累,可不是为了一个忍字、为了可以凑合过。

她捧着肚子从座位上站起来,在20楼的窗户前,看着眼前清澈湛蓝的夏日天空,呼出一口气,谁说女人结婚生小孩,就是一个完字,只要有得选,我就没有完。

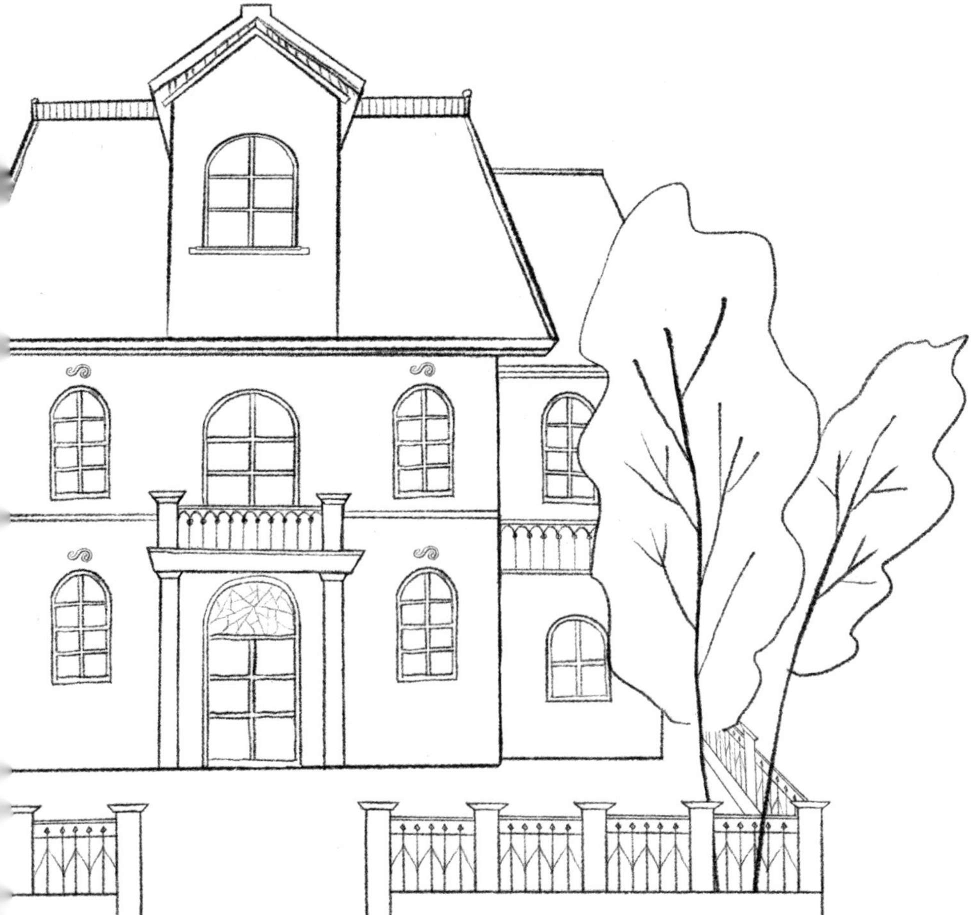

番外

没结婚还能做催生仪式吗?

品珍骑着一辆助动车,心急火燎来看女儿。她不放心,缪琪这么大的肚子,也不知道吃得好不好,睡得好不好。按照松江规矩,产妇最后一两个月,要住回娘家才好,娘家人贴心,什么都依着女儿。只是现在老规矩不管用了,人往高处走,品珍懂这个道理。

想想眼下都什么乱七八糟的,名不正言不顺,一会前夫来了,一会男友来了,半夜心里堆着这些事,品珍愁得一晚上睡不着。小孩是有了,小孩爸爸还是个问号,天下哪有这种事情?

车开到一条僻静小道上,两边大树遮着,突如其来的阴凉幽静,让品珍的心静了一静。她住的地方,出了小区像菜市场,闹哄哄乱糟糟。哪像这里,倒像个森林公园。

小区保安问品珍去哪号,小伙子很年轻,很负责,并不随随便便开门,一定要先跟主人通话。"您好,这里是小区东门保安处,您家是有访客上门对吗?是叫的保洁吗?"

品珍不开心了:"我不是保洁,我是她妈妈!"

房子是漂亮的,品珍一来,透着客厅的窗,看外面那片草坪,越看越心动,这么大的地方,不种点丝瓜秧、黄瓜苗,真是可惜了。女儿搬家的时候,她来过,那次很匆忙,没怎么细看,只知道房子大，干净。现在仔细打量，确实是好房子，住着很舒心。

缪琪肚子见大，一个人待在家里，说等下去画室。

品珍拿出一只帆布袋，里面是她带来的几个小菜，女儿爱吃的炖银耳，切好弄干净的甜瓜，虾仁炖蛋，番茄牛腩，连白米饭都带了一碗，生怕大人小孩吃得没营养。她劝女儿："钱是赚不完的，你现在肚子这么大，还是身体要紧，外面这么热，不去也没关系的。"

"医生说的，孕晚期要多走动，生起来好生，不动不行的。"

"上班跟多走动能是一回事吗？上班劳心劳力的呀。"

到怀孕生产这种时候，品珍心想，女人一辈子能生几次孩子？这种时候如果夫家给力，女人到底要少吃很多苦。如果缪琪嫁了个本地人，她就可以和亲家婆婆商量，小孩怎么带法，是一起带还是轮班带。她邻居有人轮到工作日，有人是一周轮一次。

还有人讲，聪明女儿，是不会带小孩回家的。老人带小孩，累得半死通常还不讨好，不如不带。品珍常常听着这些话，预想着到时候怎么处理。她没想到，自己面临的是新局面。

一个姐妹跟品珍说，自己小孩结婚七年了，不肯生小孩，说要做丁克。

所有人说，那还结什么婚？欺骗我们老年人感情吗？这种小孩就是害人精。

品珍跟别人说，琪琪其实还没结婚，所有人又说，那为什么不结婚？小孩都有了，还能不结？

她不知道如何回复，这是常理以外的事情，她都已经松口了，女儿竟然不答应。她坐下来，还有一件事情跟缪琪商量。松江人历来有催生的习俗，称作望产妇。怀孕六七个月时，来往的亲戚朋友都要来看一遭，拿着桂圆、红糖和各种水果点心，少不了还有一个大红包。缪琪怀了，大家都知道，但她没结婚，大家也知道。

这怎么弄？还催不催？

后来品珍说，再婚不会请了，最多吃顿饭。于是有亲戚提议，那就生下来一起请顿大的。他们一个接一个打电话来问品珍，去哪里看琪琪？东西要带的，红包也要给，都是规矩。

品珍喝着女儿递过来的柠檬水，想讨个主意。

没想到缪琪很痛快地表示："好啊，让他们来这里看我好了。"

过了一会又对亲妈说："你以前送了那么多红包，我肯定要他们来。"

品珍很诧异，她觉得她女儿有时候不食人间烟火，搞不懂在想什么，有时候又好像白娘子嫁进许家，比许仙更懂人情世故。

缪琪是怀孕之后，逐渐开始觉得一件事，现金为王，别的都是虚的，她想到小孩的出生，小孩的将来，一切的一切，发现世界变得迥然不同，如同一条分界线。分界线这边，是依然懵懂、迷茫，时而不以为然，时而心事重重。分界线那边，清晰多了，为了孩子和自己，奋斗出一个更好的人生。

母女俩坐在餐桌前，各怀心事。过了一会，品珍探口风："房子还是要买的吧？"

"买，不过现在不知道买哪里的房子。"

"是呀，要买就要看起来，看多了心里就有底了。母鸡下蛋，都要找个窝的，你现在住在别人的窝里，总归不是办法。"

缪琪可能是因为要当母亲了，觉得亲妈这些话，也并不难听。是要好好为将来打算一下，那种浮萍一般漂渺不定的生活，怎么对得起孩子？

她们说话的当口，文杰从外面回来。他看到品珍，叫了一声阿姨。

品珍看到他，想到他爹的苏北话，想到当时在包厢里谈价钱，那真是一团乱麻。唉，怎么就找了这么个人家。都说有钱人好，缪琪找了两回有钱人家，可没有一家，是像她和老缪一样，一心只为女儿的。

有钱人好什么好？都是算计！

文杰回来接缪琪去画室，品珍问，这么热，怎么去？

她知道他们都没有车，住在这种别墅区，没车寸步难行。

缪琪说：有的，文杰租了一辆，电动车。

品珍正好要走，跟着他们出去，看到一辆白色小车，又看着女儿捧着肚子坐进去，那车看起来大概就几万块。她阴沉着脸一脚跨上助动车，心想：他们不出买车这个钱，我出了。一辆车二三十万，难道都买不起？

想不通，真的想不通，女儿到底怎么考虑的。房子是租的，车也是租的，这怎么定定心心生活？再过两个月小孩生了，也坐这种租来的车？坏在路上怎么办？

就品珍观察，姓文的这一家，比陆家还不如。陆家只有一个吴琴，而且说死就死了。文家，一会问爸爸要500万，一会要离婚了，世界上哪有这种规矩？家里还有个兄弟，凭什么一天到晚打定主意要你爸的钱？跟这种女孩天天待在一起，怪不得琪琪也变了。

缪琪在车上跟文杰说："我妈想让我尽快买房，你觉得呢？"

文杰不置可否，他没有钱，他该如何交代？他好像把一切都想得有点简单，过自己想过的生活，本来不应该这么开场。不是你勤勤恳恳努力不懈，做饭画画拍视频提前学习育儿知识，就能给女孩想要的生活。

他从家里逃出来，还得回去手心朝上问他爸要钱？

还有一件事，让文杰不太舒服。他的视频一开始很有热度，后面两期明明他做的微景观更精美，难度更高，但播放量就是起不来。

他尝试给自己买推广，花 1000 块钱试试水。效果微乎其微，他跟女朋友和姐姐说了一声，两人一起说他，这钱算是白花了，一场空，打水漂。

你想吸引流量，除了视频质量，有时候还有一个重要的时机问题。就像明星，火不火跟长相关系不大，跟命运关系很大。火了，才红气养人。

文敏说，该怎么在不同的社交平台，展现不同的呈现方式，用标签来吸引流量，等等这种。缪琪在旁边说："这是你姐的工作，你负责内容就可以了。"

文杰又跟往常一样，沉默不语。

晚上，两个孕妇一块出门散步，文敏直言不讳："我弟是不是很幼稚，竟然会花这种钱。唉，真的想想就要发愁，现在生意难做，跟几年前我第一次创业比，要难多了。完全看不出来，什么时候会有起色。"

缪琪："啊，你会担心吗？我以为你很有把握。"

"当然担心，当老板都是每天睁眼就开始担心，有时想想还是打工好，至少不用逼自己太狠，做一天和尚撞一天钟。"

缪琪想了想："也不能逼自己太过，万事随缘吧。"

"我弟跑哪儿去了？"

"他说买了批新的苔藓、摆件，要留下来收拾，先把我送回来的。"

二人不疑有他，并不知道文杰有新的想法。

这时他正跟人坐在大学城一家幽静的酒吧，对方看起来比他年长，一副知性打扮，穿一件修身真丝连衣裙，戴半框眼镜，自称姓姚。

坐下第一句话："关注你很久了，我认为你的能力远比你现在展现的要大。"

文杰受宠若惊，他的账号新做的，也就一个月，粉丝大概几千人，远没有到火的地步。

姚姐滔滔不绝："每一期都看了呀，觉得跟你很熟了，你不要见怪哦。真的，你太有才华了，我本来只想当个透明小粉丝，在视频上发几句加油的弹幕就好了。可越看越想尽快跟你联系，不忍心这么好的天赋、这么好的才华被埋没掉。

"毕竟我是做这行的，看了太多徒有其名的人，只是因为各种宣传策略、引流手法，做得风生水起，赚得盆满钵满。真的，在新媒体这个行业，如果想要长久地做下去，没有真正的才华，绝对是无法支撑的。"

文杰听得很受用，这是他走出老家来到上海后，第一次听到有人如此真诚地夸赞他。

"你跟他们太不一样了，但现在做个人号真的很难。你才华这么出众，有没有想过到大一点的平台？现在这个号，是你自己在运营吗？"

文杰摇摇头："是我姐在帮我运营。"

"她是做这一行的？"

"她也是刚刚开始，之前她做教育培训。"

"那思路差很远，这两个底层逻辑完全不一样，怪不得，我不知道你有没有感觉，你的视频，跟你自己本人的年轻朝气并不相符，整体剪辑不够干净利落，整个链路是有问题的。

"我做这行 11 年了，以前带过几个，你可能知道，他们刚开始都远远不如你。那个谁，就是现在经常挂热榜的那个，你知道吗？"

姚姐说了个名字。

文杰点头，他当然听说过，如雷贯耳。

"他人品非常糟糕，别看现在几百万粉，当时在我们公司，我不知道替他道歉了多少回。经常网上说错话啦，活动违约，临时改计划，真的，这个人麻烦得要死。但是我们有非常专业的数据维护，又可以给到大量的资源，他跟我们公司解约的时候，各种数据已经非常好了。以你的实力，我可以保证今年内涨到百万粉。"

姚姐抛出了热情的橄榄枝，让文杰既期待又忐忑。

他犹豫要不要跟文敏商量下，签约姚姐这家 MCN 公司，毕竟他现在急需用钱，摆脱他爸，还有，养他的孩子。

他想试一试，不是说年轻最大的成本就是试错吗？

婚姻幸福靠四个字，苟且人生

一夜之间，宋易转性了。

他每天都出现在文敏公司，前台小姑娘见了尴尬一笑，说：文总不在。

宋易长驱直入，这么大肚子能去哪，肯定在。

见了面，文敏必定大骂几句，宋易也不像往常，拼命为自己解释。他专挑软话，承认自己确实是错了，大错特错，错得无边无际。

文敏置之不理，第二天他又来了，带着专门给文敏做的饭。

她推到一边，他又推过来。

"你不吃，小孩要吃的。"

"怎么了，这时候想起你有孩子了？为了小孩，是吧？就算恶心我，我也要吃？"

"不是，我怕他把你身体里的营养吃光光，那你不是亏了吗？"

文敏白了他一眼，不明白宋易怎么了。

宋易把保温盒一个个打开，往文敏的办公桌上放："吃吧，我还能害你？外卖能跟我做的比吗？"

盒里是宋易以前爱做的家常菜和点心，有烧卖、卤牛肉、山药排骨汤。

文敏瞥一眼,说:"我现在不爱吃这些,腻。"

小宋拿了个烧卖往嘴里放:"不腻啊,怎么腻了,我做的虾仁烧卖。那你想吃什么?"

文敏:"鸡汤面。"

过两个小时,小宋拎着一碗鸡汤面回来了。

文敏说:"不吃,吃过了。"

小宋也没说什么,转身收拾桌子,文敏看到他大半个后背都湿了,汗吧嗒吧嗒流下来。上海正值酷暑天气,外面大约40度,抬头看一眼天空燥热无比。在这种暑天奔波,确实很辛苦。

文敏有了一点点恻隐之心,她问:"你跑来跑去,不上班了?"

小宋:"不上了,上班也是为你们挣的,你都要离婚了,我还上什么?我打什么工?"

"不是吧,前两个月口口声声说忙说没空的人,是谁啊?"

小宋咕咚咕咚喝下大半瓶矿泉水,有感而发:"我前几天去医院复健,有个大肚子孕妇要进电梯,我给她拦了下门,她就走进来了。电梯上有个阿姨问她,肚子这么大,怎么一个人来医院?家里人不担心啊?这孕妇什么也没说,到二楼就走了。"

"怎么了呢?"文敏不理解。

"我就想你肚子这么大了,我还没帮你挡过一次电梯门。"

文敏脸别了过去,今天天气确实很热,她眼睛里都出了点汗。

"你真的不上班了?"

"请假了。"

"为什么?"

"回家照顾老婆。"

文敏觉得挺奇怪,小宋怎么这就360度大转弯,又绕回初心了?

"不可能。"

"没有不可能,你离婚协议都拟好了,我还能不当真?"

或许真的跟缪琪说的一样,宋易以前不珍惜,是因为他没失去过。文敏打算跟缪琪一样,对宋易留观。

留院观察,能治就治,不能治趁早来个了断。

宋易又像从前那样,殷勤起来,帮文敏开门,端茶倒水,接送上下班。他出现的频率太高,以至于文敏觉得有点碍眼,问他为什么还不去上班?

小宋:"那你回家吗?你回家我就去上班。"

文敏其实并不喜欢寄人篱下的感觉,虽然是跟好朋友和弟弟一起住,虽然他俩都仰赖着她的指挥。可有句话说得好,客不带客。房子的女主人喜欢缪老师,那是她俩的缘分。缪琪作为租客,让好朋友也去住,尽管得到了主人的同意,也有点牵强附会。再说还不是普通地住着,是要在里面生小孩的。

小宋这么三哄两哄,她找到台阶,顺坡下驴,搬出了那所漂亮的大房子。

小宋去接,里外参观一圈,也说房子好,阳光充足,视野开阔,跟他家自己109平方米的三室一厅一比,一个是生活,一个是活着。

没有人生来喜欢住鸽子笼,可是住这里意味着一系列隐性成本。来回通勤,小孩上学,对尚未发达的普通人来说,通通都是问题。文敏坐在副驾驶表示:"也不是不能买,将来小孩上这附近的私立学校。其实以前我就有过这种想法。"

小宋没着急托出自己的想法,他只是一路附和着老婆,无论如何,先回家要紧。

文敏觉得很奇怪,平常碰到这种话题,小宋恨不得高谈阔论,现在怎么跟哑了一样?

"喂,你怎么了?"

"激动,由内而外的。"

家里收拾过了,小宋态度良好,带着文敏去书房,里面本来放的书桌电脑椅,他想尽办法挪去客厅,布置成了婴儿房,一张白色婴儿床,一张单人小床,尿布台,卡通地毯,儿童衣柜,连窗帘都换过了。

"你自己弄的?"文敏有点不敢相信。

"那当然,你哪里不满意,我马上改。"

"这单人床给谁?"

"月嫂啊。"

小宋一直挨到文敏换了睡衣,躺到床上的时候,才跟她汇报最近的情况。

他帮文敏按摩小腿,边按边说:"我们公司好像想把亚洲总部搬到新加坡去。"

文敏本来半躺着,这时坐起来:"什么意思?"

小宋依然抓着腿:"小道消息,艾米丽告诉我的,说大概年底前会公布方案,中层管理人员可以选择拿 N+1 赔偿,或者平移过去。"

"你去吗?"

"我当然不去,公司可以关,老婆孩子都是自己的,我一个人去了你们怎么办?"

小宋摸起了眼前的大肚子,为了防止文敏暴跳如雷,他还是把文敏的腿攥在手里。

文敏回过味来:"要被裁员了,你才想起的我啊?"

"不是。是我就知道没有你的帮助,我走不远。"

"那你打算怎么办?"

"你说怎么办,我就怎么办。你想让我辞职,我现在就辞,你想让我平移,我现在就去打报告,你想让我开出租,我就去开出租。"

文敏深感小宋套路之深，他要一开始就臊眉耷眼说公司有大变动，文敏肯定置之不理。凭什么，没人要了知道找我了？

但小宋一开始先打感情牌，把原本水火不容的两方，又并到了一方。现在自家人一起商量，怎么办？文敏又纠结起来，怎么办？她虽然不喜欢小宋以前繁忙的工作，可是当时不是说，将来是有机会发大财的吗？劳斯莱斯？

"你到底干吗休假的？"

"你忘了，我骨折的左手钢板还没拆，最近不忙，我……"

文敏没等听完，拿起旁边床头柜上一本书，对准小宋噼里啪啦打起来。

"不是，打伤我没关系，你别动了胎气。"

"不打才是动了胎气。"

文敏在第二天回过味来，夫妻是共同利益体，一损俱损，一荣俱荣。她还回味过来一件事，婚姻不是爱情，纯度没有那么高，能在婚姻中获得幸福的，其实不过靠四个字，苟且人生。

得过且过，马虎凑合，不然如果每一件事都细细计较，她看谁都是不堪，看谁都是不忠不义，这日子怎么过下去？小宋没有原则性的错误，他不是一个将家庭拖入万丈深渊的人。他们两人合力拉一条小船，总比一个人力气要大。

小宋其实很着急，他完全没想到，这么大的公司，核心业务会说转就转。顶头上司走了，没想到迎来的不是平步青云，是树倒猢狲散。早知道，那时候是不是该跟着韩总一起走？

他之所以这么做，又是不是早有了消息？

公司里一片慌张，四处都传递着谣言。小宋能明显感觉到，他的工作量大不如前，原本跟进的几个项目，像被人按了停止键。说是公司请了第三方评估团队，正在重新评估这些项目。

小宋一身清白，没参与过韩总的任何计划，身正不怕影子歪。但公司里有几个相熟的同事，不约而同递出了辞职书，甚至都没等到年底。

在这种时候，人真的会怀疑自己的人生选择。是不是走了正确的路？下一步是听令公司发落，还是自己积极找条后路？

他不知道，他很惶恐，成年男人的可怕是，你不知道该向谁展现这种惶恐。小宋的感觉是，自己长风破浪直挂云帆，没想到会碰到一片深海，深不可测，远处巨浪滔天，雷声隆隆，像要把他活吞了似的。

他妈那句话又响起来："现在硕士毕业去送外卖的多了，找工作不如找个铁饭碗。"

送外卖不至于，但他多少理解了文敏的失落，以前总觉得老婆怎么事那么多，一天到晚想这想那，一会气势如云，一会委曲求全。跟同事吃顿饭的事，她要担忧他们看她的眼神。

因为由奢入俭难，只有成功者才能散发风度。

小宋一直是往上走，心态自然好极了，光脚不怕穿鞋的。现在如梦初醒，心里自然不是滋味。

他做手术，文敏让文杰作陪，一起开车去医院。需要有人陪床，有人跑上跑下，手术后还需要有人把昏迷不醒的宋易，从手术床抬到病床上。这种事，大肚子的文敏肯定做不了。文杰在这种节骨眼上，显得非常有用，也就占用一两天的时间。

车堵在高架上，文杰开口了："姐，我想单干。"

文敏当下没反应过来单干的意思，问："什么意思？"

文杰不是小宋，他不会绕着圈说话，在车上直来直去说，他想单干，不想跟他姐一起做视频了，问文敏能不能把账号给他，他要去跟一家MCN机构合作，资源多，更适合发展。

"你是说，你不想跟我一起干了？"

"是的，我想自己做。"

文敏又好气又好笑，气的是这是她的亲弟弟，她一心想着要怎么帮弟弟做出一番事业，从来没想过亲姐弟之间能有什么矛盾。她连弟弟和闺蜜的婚事都赞成，全心全意地付出，就这么好心当成驴肝肺？好笑的是，叛变说来就来，这才刚刚起步，就准备分家了？好歹也等做大做强，再来一番酣畅淋漓的分家，不好吗？

小荷才露尖尖角，这就忍不住要收割？

"MCN公司整体运作方式更成熟一点，更能实现我的想法。"

文敏被这句话刺痛到了，她一直以为自己在文杰心中是万能的，没想到几天工夫，姐姐好像成了落后生产力的代表，姐姐是家庭作坊，姐姐没办法实现他的想法。

他要出走，真是岂有此理。

一时之间，文敏不知道该说什么话。

一车人堵在高架上，每个人的心都跟堵住了一般。小宋握着方向盘，沉吟一番，打算缓和下气氛，问问细节，哪家公司，资质如何，上网查过吗？对方开了什么条件？

文杰回答得很详细，公司叫野田文化传媒股份有限公司，成立三年，注册资本一百万。如果入驻的话，公司拿四，他拿六。只要入驻，会在每个平台得到新博主的扶持计划，还有各种活动和话题参与。

"那挺好的。"小宋这么一说，车里的气氛又下降两度。

文敏不是滋味，她把方方面面都想到了，就是没想到弟弟会背叛的预案。不久前，她跟那个借钱创业的朋友吃饭聊天，朋友对新计划非常乐观，说已经找了好几个投资人问，其中有两个很感兴趣。

她同时涌现了许多新想法，买新设备提高画面像素，把剪辑交给外包团队做,还有她想给文杰做一次二十四节气微景观选题,想到这些,她似乎又回到创业初那种朝气蓬勃的状态。

唯一的区别是不像上一次,这次文敏还没有实打实收钱进来,一切只是美好的展望。需要落实之后,才能看收益如何。

结果还没开始,人跑了。

文敏这下理解了那些无脑爱情片里,结婚当日,新郎消失,新娘从头到脚溢出来的失望。你说不结,可以早说啊,我都已经准备到这份上了,你跟我说不结?

小宋抛出了一个问题:"文杰,有个问题我问了你不要介意啊,听起来这家公司名头不是很大,如果你去了,发现他们承诺的一样都没做到,到时候你准备怎么办?"

文杰一点都不介意:"我还年轻,错了也没什么,还可以再来。"

这句话文杰说起来轻飘飘,但对小宋和文敏来说,仿佛看着一把尖刀,刺入冰面。

文杰有种清澈的愚蠢,可是又说得一点没错。他还年轻,他俩不能要求一个 23 岁的年轻人,凡事高尚正确,有情有义,忠孝两全。

"缪琪知道吗?"

"我想先跟你说,再跟她说。"

车流通了,小宋踩了脚油门,文杰坐在副驾驶座,直视前方。

文敏坐在后座,望着她弟弟的侧影,已经没办法代入弟弟小时候。

她下车的时候说:"随便你吧,到时候你别回来找我哭。"

想把世界上最好的都给你

肚子越大，孕妇越是忙忙碌碌。

明明一天下来仿佛没做什么事，又其实并没有全身心放松地闲下来过。

文杰说，他想成功，不想总是听文敏和她一直说他不行。缪琪听了后，很意外，哦，是吗？她一直在反对他吗？可能有吧，因为她是姐姐，她忍不住想要灌输给他一点自己走过来的路。

文杰说，想试试。她同意，不然怎么办？抓住他不放吗？她做不出来。

缪琪没有那种强大的自信，她这种乡下小镇平凡家庭长大的女孩，长大后每去一个大地方，都觉得自己变得模糊而虚无。自我像一张泅到水里的纸巾，慢慢化得到处都是。她不是那种富足家境里成长起来，具有强烈自信的女孩。

文杰一直跟着她一起做，会不会成功？她不敢保证，她没想过太多，不像文敏有着强烈的上进心。只觉得现在不错了，一个月有两三万进账，逢寒暑收入翻倍。在松江，算是一份中等人家的营生。人家都说大上海大上海，好像凡是上海人，都在万丈高楼之中过着灯红酒绿迷人眼的生活。其实大部分人，不过是拿着几千块万把块工资，以家和公司为半径，过着普普通通寻常岁月。缪琪对当下很满足，这样的日子却拴不住一个初出茅庐年轻人的野心。

想去就去吧，也不是什么大不了的事。

文杰试探着问缪琪："要不要等你生完再去？"

他想马上开始，又怕走不开，但凡这么问，缪琪已经明白，她说不用，她忙得过来。忙不过来，可以停一阵，她的人生没有强求。

因为这是她要的小孩，不是他要的小孩。这点区别，是要分清的。

说失望，是有一些，说伤心，好像也不至于。缪琪摸着自己的肚子，最近她经常能感觉到胎动，一开始她会激动得落泪，后来胎动越来越明显，好像在提醒她：注意啦，你要当妈妈咯。

再说她手头很宽裕，账上有前夫打来的100多万，足够她不那么急迫，可以轻松一点，缓和一点。

缪琪的淡然，让文敏有点捉摸不透。按照文敏的性格，当然先把她爸愿意出的88万彩礼先拿着，拿了再说。按照文振华的个性，下次未必肯给。文敏现在满脑子都在想搞钱这件事，特别是去住过几天宽敞漂亮的联排别墅，她对未来生活的清晰度提升了。

她应该也买一套这样的房子，未来的小孩走体制外路线，从小精英化培养，出国留学。文敏本来做的就是教育培训，她见过无数焦虑的家长，还有那些一脸懵懂，面对未来毫无想象的大学生。她现在做的小语种培训，里面有很多都不过是小学生。

学西班牙语的、日语的、法语的，什么都有。很难想象很多大学生连一口流利的英文都说不出口，这些小孩已经开始了二外之旅。

家长的眼界，决定小孩的认知。

她跟很多家长聊过，知道他们都想着，能够尽快做个小留学生。这跟传统中国教育完全不同，有个家长给她打了个比方，以前都是扎根在一个地方，做大做强，现在想做未来的强者，要学会做全球移动式公民，像游牧民族一般，把帐篷扎在世界的各个角落。

文敏不想出国，但这不妨碍她培养一个具有全球眼光的孩子。她摸着肚皮，畅想着孩子的未来，想来想去，只有金钱才是万能之物。

可眼下小宋碰到瓶颈，她自己的自媒体创业，弟弟又中途退出，两件倒霉事凑一起，屋漏偏逢连夜雨。文敏不是小家子气的人，文杰要走，痛快把账号送了他。思来想去，她在朋友的技术开发上，投了20万。

朋友说，只差临门一脚，已经找到了多个渠道商。她原本不打算要这笔钱，但是她老公可以免费打工，手下的团队如果再不发钱，谁也没办法再靠爱来发电。

有两个刚买了房，都有房贷，这种情况，怎么好意思让人家打免费工？

文敏签了入股协议，多半也是为这番话打动。朋友姓张，做过很多年的张总。张总再次创业失败后，跟文敏说，现在别人不叫我总，只叫我张姐，是不是很讽刺？

文敏也苦笑，因为小宋同样跟她吐槽，以前那些工厂老板，都叫他宋总。现在不知道是不是听到那股风，或者缺了韩总加持，称谓又变回宋工。

宋工的拆钢板手术没有第一次顺利，上次韩总打招呼，分分钟立刻安排手术。这次手术是安排了，操刀的医生，小宋怀疑不过是个实习医生，他总觉得伤口疼，比上一次疼多了。去医院问，说，都是正常的，跟患者自身恢复状况有关。

小宋做完手术，再陪文敏去体检，就觉得私立医院果然好，病人少，医生护士多，无一不周全。两人躺在床上，都想着：以后如果全家人都上私立医院就诊，该多好。

所有的一切，都需要钱。只有钱，才能实现更好的生活，只有钱，才能活得更有底气。

文敏算过了，买入一套联排别墅，并非不可能。她把所有能出钱的人都算了一遍，首付大约一千万。这就是一个融资项目，她的房子加存款，占了一大部分，剩下的，就看文振华和小宋爸妈给不给力了。

小宋很迟疑，他不明白文敏为什么要把所有的钱都投在房产上？有必要吗？小孩子只要快乐成长就行了，他看别人也没几个买联排的。

"当然有必要，别人不买，是别人没能力。我有我干吗不买？"

文敏有时开着车去接缪琪，顺便会跟保安打探打探，有房主要卖房子吗？

然后两人结伴去看房子，不仅看过两千万的联排，还看过四五千万的独栋。看房子是这样的，一开始只看自己预算范围内的房子，后来不知怎么的，越看越贵，越看越觉得，这才是真正的心仪之选。

有套五千万的独栋，两人一进去，瞬间感受到有钱人的快乐。

那房子最特别的地方，是宽阔的花园里，竟然造了一个树屋。文敏在房子里，遥看着那个树屋，想着她即将出生的孩子，是怎样快乐得在里面上上下下，简直恨不得一夜暴富。

松江人喜欢新房子，品珍为了让缪琪好好安胎，经常跟老缪两个人出发去看房。一个夏天下来，两个人晒得墨墨黑。他们主要看几个新楼盘，看小区，看位置。联排别墅，那是有钱人的生活，他们想都不敢想。

问缪琪什么想法？缪琪说，挺好的，就买个学区对口的新楼盘，关键是学区要好。

这是两种思路，文敏想跨越阶层，缪琪不想，她觉得，过中等日子够了，上等日子，她有幸领略过一番，其中的曲折心酸，她不想再来一遍。

看来看去，他们看中一套新小区的尾盘，上海话叫，狭气好。

一好，好在他们看中的一楼，对着一个院子，是自家的，不大，不超过50平方米，可以种点自己吃的蔬菜，够了。二好，房子是下叠，跟品珍原来的家差不多，两层房子，下面附送一个大地下室。三代同堂的梦，又可以实现了。三好，房子对口学区，是区里现在最好的学校。

房子前面是一处即将开发的公园，阳台望出去风景不要太灵，完美解决了上套房子一箭穿心的问题。

品珍好像捡了个皮夹子，左看右看都是好。等缪琪来看，女儿很满意，说这里有公园，将来方便你们带小孩过来玩。

一家人斗志昂扬，都觉得不可错过。品珍在小区里使劲打探消息，抓住那些本地人，问这片房子原来是做什么的。她看过有的小区，不管不顾造在坟场上，作孽呀，买到这种房子，怎么睡得下去。

有个本地阿姨说：这里好，以前都是宅基地，放心买，我也是打听过了才买的。

品珍跟这阿姨一见如故，两人在小区兜来兜去，肆意点评着每户人家的朝向、风水、地理位置的优劣。一圈兜下来，阿姨问，你买哪家？品珍带着去，说，看，就这套。

阿姨说："这套不是之前说卖了吗，我也蛮喜欢这套的。"

"是呀，说是定金都付了，后来又退了。"

"那就是跟你的缘分，这套好，真的好。"

品珍这一个月兜得脸庞黑红，风里来雨里去吃了不少苦，却心满意足。她决定了，就这套。

钱凑得很艰难，因为品珍心想，女儿的钱不能动。越是这么想，缪琪越是觉得不行，把自己手上那100万，拿了50万出来。

品珍说："房子跌了怎么办？"

缪琪安慰她："没事的，这是我们自己住的房子，以后涨还是跌，都跟我们没关系。现在装修都可以贷款了，更加不用担心。"

文敏听到缪琪买了房，开门见山地说："你跟我弟不领证，不会就是为了防止这个变成婚内财产吧？"

缪琪摇头，说，那是她爸妈的房子，本来就想买，这跟文家没有关系。

快生了，可是文杰变得越来越忙了。

甚至缪琪要在网上，才知道文杰最近的动向。

他在账号下跟评论频繁地互动，让缪琪觉得很陌生，不像文杰的风格。

他有时会回来，但是几乎一直盯着手机，不错过网上的任何消息。他在忙什么，她不知道。不像以前，他们可以一起商量，一起布置。文杰很少跟她商量工作中的事，因为什么，她也不懂。他的月嫂培训班，只去了一半的课程。

剩下一半，是品珍听说了，去上的。上完回来说："我看月嫂没什么必要请，那些人未必有我知道得多。而且你都不知道人家什么底细，我看有些人吃完饭，手都不洗，就随便擦一下，这种人请回家，你看得过去？"

品珍让缪琪买了一辆车，这是他们买完房后，她挂在心愿榜单上的第二件事。

"有了孩子，总要有辆车，你要生小孩了，你叫出租车带你去？叫不到出租车呢？怎么办？车总是要的，不要多好，但就是要个四个轮子，能挡风遮雨的。"

缪琪买了辆电车，存款再次下降一截。

她觉得各方面都很圆满，万事俱备，只欠东风，那个心心念念她想要的孩子，再过一个月，就要出生了。

每天既满怀希望，又隐含着种种担忧。

她在这个节点上，明白了单身母亲的意义，别人两个人搀扶走的路，她只有一个人。幸运的是，她的父母很给力，在背后鼎力相助。

文杰本可以做得更多，却让缪琪有了新的思考。

如果母子平安，愿意散尽家财

人类的恐惧全都来自未知。距离预产期一个多月，文敏每天都要在家问小宋：你说如果小孩生下来有先天心脏病怎么办，听说这个查不出来。你说我如果生的时候碰到大出血，当场挂了怎么办？我会不会得那个羊水栓塞，听说概率是十万分之一？

小宋一律回复，不会的。

文敏不信：哼，又不是你生，你当然说不会。

小宋无可奈何："你干吗老是焦虑没发生的问题？等这事真的发生了再做打算嘛。"

文敏觉得既对又不对，这些事情是没发生，只是一旦发生，就是生死一线的问题，她能不担心吗？直到她去产检，一口气说出所有的潜在危险，医生才说：你担心得没道理，你各种指征都蛮好的，一般这些病都是危重产妇，或者有基因缺陷之类。都是有预兆的。

文敏把心放下了，又担心另一个问题："医生，那如果小孩生下来脸上有一块大胎记怎么办？如果他一只手有六个手指头怎么办？"

"胎记可以激光，多个手指头就开刀呗，这都是很小的问题，你担心什么？现代医学早就解决这些问题了。"

小宋有天下班回来，说想趁还没生，先出差一趟。

这趟跑完了，他可以在预产期那周请假。吸取前面的教训，小宋问文敏："能去吗？你让我现在辞职也没事，看你。"

"那要是我这周生了怎么办？"

"立刻杀回来，买不到机票火车票我开车回来。"

"去吧。"

小宋走的第二天，文敏在一片焦躁中起床了，天还没亮，客厅的钟显示 4 点 35 分。

这几天她非常乏力，孕后期趾骨疼痛，整个后背酸痛不已。她已经不去公司了，尽量在家休息。这天她有产检，但起得未免早了一些。

她总觉得有些事不大对头。昨晚问张姐，项目现在的进展问题。前几期教学视频，到底录得怎么样了，能不能给看看阶段性成果？另外融资呢？

张没有回。

这有点不太正常，一个创业者，怎么会在晚上 10 点不回消息？

等到早上，打开手机，依然没有回音。

文敏先做自己最喜欢的事，打开中介 APP，在上面看了几套梦中情房。她还喜欢看家居有关的一切，不知道是不是受激素影响，她整个人脑中充满着对理想房屋的渴望。

以至于再次想起她爹那个碉堡一样的豪宅，已经多了几番理解。不管是男人也好，女人也好，都想要一个属于自己的一方天地。

她的天地里，有属于小孩的，属于家庭的，还有属于自己的，分区管理。因为她什么都想要，不是有了孩子，就不管别的，也不是因为要实现自我，就一生孤寡。

怎么了，我就是贪心，有什么不对？

文敏从小心高气傲，还有一个原因，她是被普通人嘲笑着长大的。那些说她是长姐，说她是女儿真可怜的人，早已成了她脑海中必须打败的对象。她不想做普通人，因此看到自己的房子，湮灭在一群普通人之中，看到那些普通人互相打听着菜价油价。

她都想，我要摆脱这里。

早上6点多，她家楼下有两个收纸板箱的老阿姨，不知道为了什么，互相破口大骂，撕破了夏天宁静的清晨。文敏冷眼看着这一切，心想，不搬不行，不利于胎教。

8点多，她又给张姐发了消息。

之后，消息未回，语音电话拒接，电话也没有接。她一个人开车去产检，医生按照惯例，按按肚子，一切正常。产检结束后她坐在车里，开始疯狂打电话，发消息，打听张姐的行踪。

一个她以前的合伙人告诉她："你不知道吗？他们一家出国了，借了好多人的钱，听说是不打算还了，你也借了？"

文敏挂完电话，立刻开车导航去张姐的公司。

公司空空如也，保安说半个月前搬走的。文敏觉得恍如做梦，半个月前她还坐在这间公司的会议室里，跟张姐签了入股协议。

20万不多，但20万被骗，是对她整个人的侮辱。

二话不说，她又开车去张姐的家，出于人情往来，张姐送了她几样婴儿礼物，她回了箱时鲜水果。她有地址，在青浦某个别墅小区。

到小区门口，刚跟保安透露，保安立即说："最近来找这家的很多，很多人报警了，里面租户早就走了，现在业主不让我们放人进去，姐，要不你也报警吧。"

文敏这一天，开了100公里。她记得中间有诸多吵闹，在警察局耽搁了一会工夫，报案，警方建议这种合同纠纷可以直接走诉讼流程。办事效率很高，测到目前张姐的IP在东南亚，是蓄谋已久，早就安排好了。

只是在出走前，能多骗一个是一个，反正他们也没打算回来。

文敏奔波了一天，坐在书桌前，茫然盯着电脑。

她任由满身疲惫散发出来，也不想变换一下姿势。下午问过律师了，对于这样的案件，绝大多数情况，只能自认倒霉。对方早已沽清所有财产，暗地里变卖所有，是不惜一切代价，连礼义廉耻都卖了个精光。

可以起诉，但希望不大。

文敏作为一个野心很大的人，甚至不知道该跟谁诉苦，有人能懂得她的挫败吗？

晚上9点，她母亲来电。

她接起来，文太太急促的声音传进来："小敏，能不能拿笔钱救你爸爸？"

电话里她妈说得颠三倒四："工程款没到，你爸这两年合作那个大企业，破产了。他的钱全没收回来，你知道你爸每年就靠回款过日子。现在他拖着工人的工钱没发，实在没有钱了……"

"等等，他干吗不把房子抵押了？"

"早抵押了，现在银行发现他用经营贷来买房，让他30天内必须还款。他哪来的钱，他把钱全都垫进去了呀！今天工人讨薪闹事，都上厂房楼顶了，还挑好日子，是区里工商局来检查的日子，大家都报了警……小敏，你要救救你爸，他到现在都没回家！"

"他到底欠了多少钱？"

"不知道，现在怎么办，小敏？"

文敏多少懂点法律："不可能，欠薪只要能还上，没理由被带走。"

"今天有人跳了呀！"

文敏瞬间感到无力："人呢，还活着吗？"

"活着活着，抢救去了。"

她从椅子上站起来，忽然感觉两腿之间有股暖流，缓缓流下来。

339

低头一看，是一股没有味道的水。

文敏脑袋轰的一声，糟糕，羊水破了。

"妈，我好像要生了，不跟你说了。"

文太太还在电话里叫着："不是没到日子吗？"

在这个瞬间，文敏忽然觉得一切都不重要了，她要生了，唯一要做的就是保住小孩。怎么办，小宋远在西安，文杰去了杭州，缪琪也是大肚子，她能不能自己开车去医院？

叫车呢？会生在车上吗？就像新闻里报道的一样，会不会？

文敏不愿意给人添麻烦，羊水正时不时流出来，她慌急了，先打医院电话。护士告诉她，初产妇就算羊水破了，离生还有很长一段时间，不用着急，不慌。但不要自己开车，找辆车先到医院。

她稍稍稳定了情绪，打电话给缪琪。

虽然可以一个人去，但她需要有个人陪伴。

缪琪来的时候带着品珍，品珍说："你们俩都是大肚子，总要有个干活的。"

文敏往车后座铺上一张一次性隔尿垫，绑好安全带躺在后座上，一言不发。是她不对，她不该这么做，白天不应该开这么久的车，不该这么逞强，不该这么急迫。

她很担心孩子，甚至在车内许愿，只要胎儿身体健康，她愿意散尽千金。

只要她和小孩好，别的什么都是虚的。

小宋接到电话后，说，他马上来，最早一班飞机是早上8点的，他11点就能到。他现在就从工厂坐车去西安，今晚睡在机场附近。小宋说，我让我爸妈现在开车来行吗？你需要吗？

文敏说：不要，只要你来。

谁也没想到，文敏的担心会一语成谶，所有人都慌慌张张，她的肚子并不疼,但这更令人担忧,因为没有宫缩。孩子只有36周,文敏蜷缩着侧躺在后排座椅上,浑身上下都是无尽的悔恨。

担心和害怕塞满整个脑子,到医院时,整个人都在发抖。

护士让她躺在手术床上,品珍下车,跟着一起进去,还招呼自己女儿:"你慢慢去停车,不要着急,不要着急哦。"

文敏对品珍阿姨笑了笑,谢谢她。

晚上只有值班医生,给文敏做过全部检查后,说:"现在羊水破了,你必须生了,但是没有开指也没有宫缩,我们先看看能不能自己努力,好吧?"

文敏很绝望:"医生,是不是我今天太累了,所以会早产?"

"也有可能,但是每个胎儿其实是自己选择时间的,他想现在出来,或许是子宫内的环境已经不适合他待了。放心吧,没问题的。"

文敏让缪琪和她妈妈赶紧回家,因为很晚了,可以肯定,她今天不会生的。

她一个人在待产房里,紧张得难以入睡,等待着肚中胎儿的发动。这一夜过后,她将成为母亲,可是她还没想好,要做怎样的母亲。

这跟她想象中的生产时刻,实在差得太远。女强人应该自己开车去产房,即便生产在即,也能面不改色看完手上的一份合同,生孩子不过是所有普通女人都经历过的一环罢了,她有什么好怕的?她肯定是其中的优等生,冷静,坚毅,不会像别的产妇,没完没了哭嚎不止。

实际上她怕得要死,好像一个人躺在命运的审判台上,柔弱无助,不知道如何是好。心中还怀揣着无限的悔恨,假如可以重新来过,她绝不会度过如此繁忙的一天。这种时候,钱不重要,情也不重要,她唯一想要的只有两个字,平安。

请一定好好的,平安地来到这个世界上,文敏对着腹中胎儿,衷心祈祷着。

早上6点,折腾一夜后,文敏的肚子丝毫没有动静,她挂上了催产素。

刚开始她有点期待,催产素说明离生产不远了。挂上大约四小时后,宫缩开始了,她疼得死去活来,忍不住也像电视剧里的产妇一般,发出哀嚎。

但是她没有开指,上不了无痛。

医生,护士,每隔半个小时来看,毫无动静。

中午12点,小宋来了,奇怪,他倒是满面红光,走进来的时候脚步轻盈,好像准备开什么大奖。文敏受不了:"我疼死了,你倒是挺开心?"

小宋听言,立刻换上忧伤的表情:"对不起,我不知道你疼,我以为你跟我一样期待呢。"

文敏这时候没力气辩驳,她的宫缩开始愈加频繁,伴随着剧痛,让她像一条垂死挣扎的鱼,翻滚来去。

在疼痛的间隙,她告诉小宋,文家出事了。

小宋说:"我知道,你妈打过电话了,说了一大堆。他们现在正在赶过来的路上。"

文敏:"我不想见,有事钟无艳,无事夏迎春。"

"嗯,那我就不让他们上来。"

"文振华到底怎么回事?"

"其实还好,工人是讨薪了,本来住在你家呢,后来有人出馊主意,就站房顶上去了。再后来被下面的人一激,有人跳下来,跳在消防气垫上,但是腿骨折了。你妈就慌了,她没去,她以为那人命都没了。但是确实资金周转出了问题，垫资太多，又买了房，工人知道他买新房，就去闹了。一年工资没发，结果他买那么大别墅……"

文敏的肚子又开始痛起来，疼痛让她的身体弓成一只大虾，问题是，谁也不知道这种疼痛会持续多久。

"你爸现在需要填补的工资有80多万，对方找了劳动局仲裁，现在这笔钱可能要立刻还上，还有工友的医药费。"

"我妈说她拿经营贷买的房子，又把房子转手抵押了？现在银行让他限期还钱？"

"还好，我问了，经营贷贷了500万，房子只抵押了200万，现在把房子卖了还能缓过来。"

文敏气死了，就说当时她爸怎么买的房子，中年男人竟然也会被虚荣害成这样。

"那他为什么不卖？"

"现在事情闹得有点大，你爸没讨到钱，但你爸的乙方都来催债了，别人出价压价很低。他让我问问，能不能暂时借他100万，让他缓一缓？"

文敏不信："我爸那么多狐朋狗友，需要问我借100万？他那些称兄道弟的朋友呢？他不是还有好几百万外债放在外面吗？"

小宋叹口气："出事了，谁还搭理你爸，就像项羽被逼到乌江边……"

像文振华这样的小老板，上个月可能还在跟大企业家们一起称兄道弟，下个月俨然出现在了限制高消费名单上。

文敏咬着牙说："我只借这一次，我不想小孩出生，就是老赖的外孙。"

小孩是在晚上10点生的，文敏一直没能用上无痛。她在等待开指的漫长过程中,疼得受不了,跟医生说,想改剖腹产。这种漫天的疼痛完全打破了她所有幻想,横下一条心,只想去剖腹。紧接着又是等待,中途改主意,剖腹手术至少要空腹八小时。文敏以为这回只要等就完了,但六小时后,她迎来阵阵剧痛,医生说:你已经开到快十指,孩子要来了。

一个瘦巴巴的婴儿被举到她眼前。

医生称重后表示,2520克,好险,按照医学规定,不满五斤的新生儿要送往保温箱。还好多了20克,婴儿躺在母亲的胸脯上,感受着来自母体的温暖和抚慰。

虽然个子很小,离预产期还有一个月,但是个非常健康的宝宝。

文敏如同经历过一场浩劫,看着小宋喜不自禁手足无措在产房里走来走去,把他叫过来,说:"你知道我想干吗吗?我希望你也受这么一场罪,不然无论如何都不公平。"

小宋俯身说:"以后随便你打我,我一定不报警。"

他们给初生婴儿取了个小名,普通,无华,只怀揣着父母最简单的心愿,安安。

多一个亲人,就像跟世界多一份联结

九月里的一天,缪琪在家煮绿豆莲子羹,距离预产期还有半个月。

31岁这年的初秋,她终于要做一个母亲了。虽然背后一切都有点乱糟糟,自从文敏生产,听说她家生意不好了,文杰说,他要去杭州,他想做电商,赶紧挣到钱。

缪琪不置可否,只说,好的,那你想去就去吧。

有空的时候,她也会进他的直播间,点亮小星星,加点人气。她只觉得文杰越来越陌生了,那个埋头画画的男孩,去哪了呢?

总说要挣钱,可是她并没有那么在乎钱,这或许就是价值观的差异。

缪琪想去看望文敏,文敏说,要不等等吧,她家现在乱成一锅粥,她去了,只会更乱。

好,那等你闲下来再说。

是的,她也知道,里面有许许多多的不方便。她还知道,文杰父亲非常迷信,一开始说房子是大吉,孙子也是大吉,现在出了这种事,大概把她当成霉运来着。

晚上六七点钟,每天这个时候,品珍和老缪都会骑个小电驴来,一起陪缪琪在小区里逛圈马路。高档小区这点最好，清静，树荫一片接着一片。好多人家门口会种一棵桂花树，寓意贵人辈出，平步青云。

缪琪家门口，也有一棵。品珍天天都要望一望，打着算盘说："你生的时候，大概桂花就开了，多好的兆头。这小孩就是我们家的吉星，自从你有了这孩子，我们一家都好上加好。"

她懂，她妈这话，是为了冲淡文杰家的事。

品珍好几次负气发话："这种人家，还是不要结婚的好，真结婚了搞不好你还要背债。"

一家人在小区里走着，也有小区保安和邻居打听过：孩子爸爸呢？那个很高的小伙子去哪里啦？

出差了，是最好的答案。但是缪琪不怕，她觉得即便是和父母一起过，也算是一份不错的中等人生。

这天品珍和老缪迟迟没来，往常他们总是在天光还没完全暗下来时，准时停在缪琪家门口。缪琪想想，自己穿了双轻便鞋子，从家门走出来，或许半路会遇到呢。

她抬头看一眼天空，太阳刚落下去，天蓝得很纯净。有次文杰跟她散步，说，这是蓝调时刻，是太阳高度角在地平线下4°和6°之间，一般是日出前或日落后的20分钟。

文杰说，这个时候拍人像是最美的。

当时拍的照片，被存在个人收藏相册里，时不时拿出来看看。

恍然回望，也已经是好几个月前的事了。

缪琪慢慢散着步，穿着一身淡蓝亚麻孕妇裙，手里摇着团扇，小区里有蚊子，她慢慢走着，直到手机震动。

接起电话，她听到品珍说："你爸今天喝完酒，不知道怎么搞的，摔了一跤，我陪他去人民医院看看，我们就不来了。你自己小心。"

"摔得怎么样？"

"应该没啥，他刚才还能讲话。"

"你们怎么去的？"

"喊的出租车。"

品珍学会叫出租车了，她不想麻烦女儿，尤其女儿还有个那么大的肚子。

挂了电话，缪琪又往前走两步，才忽然转身，她当然要去，不管什么情况，都要去看看。

她到的时候，老缪躺在急诊室床上，到处都乱糟糟。品珍一脸着急忙慌，看到女儿，还说你来干什么，你身子要当心。

老缪情况比想象的严重得多，一直昏迷不醒。品珍一直催缪琪，你先回去，这里病毒多，传染了怎么办？

急诊室病房只有一个凳子，品珍让女儿坐，她去卫生间。缪琪坐着，静静看着老缪，上了溶栓治疗，他的嘴巴半开着，脸上沟壑很深，有半边脸已经长出了斑斑点点的老年斑。鼻毛没有及时清理，露了几根花白的出来。

如果画一幅素描，会很震撼人心，因为全是衰老的气息。那种不受控制，自己只能瘫在床上的模样。缪琪拿了张纸巾，小心翼翼擦掉父亲嘴角流下来的一点残渍。

品珍说，老缪"嘭"一下摔下去，一开始还有意识，还在吐，后来没了，怎么叫都没反应。

品珍像祥林嫂一样，反反复复把这段话向不同的人说着，好像每说一遍，她的恐慌会得以缓解。缪琪听了好几遍，问了个问题："妈，要在急诊室待多久？什么时候才能有床位？"

她妈茫然摇着头，不知道，现在什么都不知道。

347

缪琪去找医生，找到一个值班医生，问她爸这样该怎么办？值班医生说：今天肯定没办法，只能住急诊室，后面要看他具体拍出来片子怎么样，才能进一步诊断。

医生看了下她的肚子，来了句："今晚你先回去吧，你也不容易，要当心自己。"

缪琪谢过医生，眼泪刚想滑落，又屏住了："医生，我爸不该送进 ICU 抢救吗？"

那医生眉头一紧，坦言："这个挺难的，你可能需要找找人。"

老缪的病很复杂，几天后确诊是脑梗继发蛛网膜下腔出血，依然昏迷不醒。缪琪想办法把老缪送进了市区的专科医院，但依然还是躺在急诊室床上。

有人指点她，去塞钱。有人说，现在不行了，医生不是谁的钱都收的。她去产检的那家私立医院，恰好拥有血管外科和神经科的顶级医生。

缪琪拿着老缪的片子，专程挂号请教。其中一个医生说，治是能治，但是要一笔非常昂贵的费用。他说去年医院就接收了一个蛛网膜下腔出血的病人，最后账单大约是 180 万。

那个病人有保险，幸好报了。

他问缪琪：您父亲有这种高端重疾险吗？

她摇头，他建议她还是走公立三甲途径，找了全上海知名的几个医生，让缪琪赶紧去看。不管用什么方法，黄牛挂号也好，找人托关系也好，先去看。

缪琪接着追问，为什么她爸不能收到 ICU 里？

老医生摇摇头：一般他们还是先抢救能抢救的。

她的心迅速下沉几格，再去找品珍，她妈说："是不是老衣要买起来了？"

缪琪说不要，不然就先把她爸转到私立医院去，她可以把剩下的钱都拿出来，先顶着。品珍不同意："琪琪，你还有小孩要养，不行的，你这么做，你爸爸知道了也不会开心的。"

缪琪坐在急诊室那只依旧窄小的椅子上，看着她爸爸。她后悔买了房，也后悔买了车，更后悔定下私立医院生产套餐。这些消费，远远不如救人命重要。短短几天，缪琪才知道，钱真的很重要。没有人能帮她想办法，品珍的眼神越来越黯淡，她说，一个亲戚提议，要不找个仙人看看，把缪启明叫回来。

缪琪拿着手机，走到医院急诊楼外，拨打了陆士衡的语音电话，她想，这是她唯一想到可以帮忙的人。是的，她想问他借钱，也想让他想办法，她知道这看起来很无耻，但是只要能让她爸活下去，一切都没有所谓。

对不起，她真的没有别的办法。以前的云淡风轻与世无争，现在都像命运打来的耳光，打得她到处求饶。

一开始电话没有拨通，或许他在开会吧。他的朋友圈没有任何显示，其实她也不知道，他到底有没有去新加坡。自从那次划船后，她把他推出了社交圈。那时候已经选好了，就文杰吧，无论如何，血缘和相爱是最重要的。

现在看来，何以见得？

几分钟，陆拨通了缪琪的电话。他听着缪琪以一种克制的语气，描述了前岳父的病情。情况很不好，人还在昏迷状态，可能需要做开颅手术，但根本找不到人，找不到门路，连ICU都送不进去。

说到后面，缪琪还是忍不住哭了，陆在那边，默默无言。

等她情绪稳定，他才说："我来想想办法，你放心，我母亲我没有机会救，你父亲，我会想办法的。"

"你和孩子还好吗？你生了吗？我以为你开始了新生活，没有关心过你。"

"还没，大概还有一周，最多两周。想到我爸可能看不到我生小孩……"缪琪彻底哽咽，她说不出话来，前面没怎么哭过，但是手握着手机，眼泪如同决堤一般流下。

"别哭了，对你，对小孩都不好，我来想办法。"

挂了电话，她才想起来，她没问过陆现在在哪里，是什么状况，是否会对他造成打扰。她走投无路山穷水尽，只求能够发生奇迹。

手机上有很多人发来的慰问，其中包括文敏和文杰，文敏直截了当：缺钱你告诉我，我想办法给你凑。文杰问，需要他来吗？

如果他问，那就是，不需要吧。

缪琪回急诊室，抓住她爸的手，在心里默念：爸爸，加油，我一定会救你的。老缪的嘴巴半落着，很不好看，依然没有意识。

跟所有危重病人的家属一样，缪琪和品珍，住在医院附近的经济型酒店。品珍不同意缪琪住着，太辛苦了，你要生了，这样子怎么办？如果出点什么事，她一辈子都过意不去。

她比缪琪更快想开，有时会劝女儿："生死有命，你爸开心了很多年，骄傲了很多年，值了。"

"我爸为我骄傲吗？"缪琪不知道。

"那当然，小时候每次学校开家长会，他都要抢着去。你结婚的时候没拍婚纱照，你爸总归把你跟那谁的照片，到处给别人看，前段时间他还说，等小孩生下来，我们四个人去拍全家福。他一直想拍张全家福，他说，其实我们三个人拍，也蛮好的。"

品珍说到这，看着缪琪流眼泪，忙打断："不说了不说了，琪琪，等你有了自己的孩子就懂了。为什么以前老想叫你生，不是真的养儿防老，我和你爸走了，你就把骨灰往大海里一撒，不搭界的。你过你的日子，但是你有了孩子，就多了一个亲人，在世界上，就多一份依靠，多了一个人，跟你是有联结的，不是孤零零一个。你说，如果你一个人，以后我们能放心走吗？"

缪琪只默默流泪，最后和品珍抱在一起，母女大哭。

品珍回来简单冲个凉洗个澡，又回到医院。缪琪在酒店床上躺着，身体越发疲惫厚重，朦胧中做了一个梦：梦到她父亲抱着一个婴儿，满脸喜不自禁看了又看，又轻轻放下。

她说爸你不要走。父亲在梦里长得很年轻，说：当然不走，我要陪琪琪长大呀。

次日醒来枕头湿了一片，她洗过脸对自己说：哭是最没用的。

缪琪买好简单的早点，准备去换回她妈妈。径直走到急诊室，发现她爸的床位上躺了别人，她心情骤然紧张，人呢？人呢？就这样走了吗？

打品珍电话才知道，他们在楼上，重症监护室，终于转进去了。

缪琪等电梯上去，在ICU门口，见到品珍正跟陆士衡坐在一起。陆看到她，立刻过来扶她。

"我以为你在新加坡。"

"我去了，又回来了，回来一段时间了。"

"我爸呢？"

"刚送进去，情况确实不好，但是不是没有好转的可能，这事你交给我好了，我让阿姨好好回去休息一下。"

品珍真的累了，在急诊室里只能租张折叠椅躺着，一边想着老缪怎么办，一边想着琪琪怎么办，几天下来，人苍老了起码10岁。

缪琪也累了，好像走了很远的路，鞋底都要磨穿了，终于有人说，你坐下来休息一会，没事，我来帮你。

两天后，缪琪生下一个健康漂亮的女婴，重六斤六两，为了祈祷父亲手术顺利，她给她取名，康康。

最终章

缪家人聚在一起，总会说起老缪进医院那段日子。品珍说："老衣我都买好了，不敢说给琪琪听，那时候想，去了也就去了，起码没有拖累谁。"有人一边念佛一边说："阿弥陀佛，还是好人有好报，我阿哥是福报到了，所以这么凶的病都好了，那时候我天天都要念经，给阿哥每天念108遍。"

说话的是缪启明的小妹，品珍的妯娌也出来说："这种病能治好，真的不容易的，我家邻居得的脑梗，半个月就走了，也是从昏倒到后来，再没醒过来。"

人人都说，老缪是从鬼门关里走了一遭回来。

老缪大病初愈，手脚还是不那么利索，人半躺着，听他们说自己的事，倒像是在听别人的故事。

他对那段日子有点糊里糊涂，只记得迷迷糊糊中，听到品珍在旁边讲："老头子，女儿生了，也是个女儿，漂亮得不得了，六斤六两，他们都说，看起来跟你有点像。"

"老头子，女儿出院了，宝宝聪明可爱得不得了，浑身雪白雪白，你眼睛睁开，看看呀，是不是像你？"

老缪听到了，但是睁不开眼睛，他总感觉自己要一下睡过去了。

可是他想，如果没有睁眼看看外孙女，他真的死不瞑目。本来一张网把他网住，手脚都动弹不得，只能被绑了去，可他不甘心，嘴拼命要喊出来，求求你们，让我看一眼，看一眼。

缪琪出院十天后，老缪睁开了眼睛，亲戚们都说，这是菩萨显灵。

只有缪琪知道，多亏了陆士衡。没有他帮忙，她就没有爸爸了。

老缪住院三个月，才得以出院。

他的嘴巴歪斜了一点，人也没力气走远路，手抬起来时，哆哆嗦嗦。医生说：要经常复健，患者年纪也不算大，努力做康复，还是有希望的，争取恢复到 90%。

缪琪又拜托前夫，找了一间康复医院。品珍跟着老缪搬过去，说起急诊室那段只能坐在圆凳上的日子，真的比黄连都苦。康复医院窗明几净，房间宽敞，缪琪抱着刚出生的小宝宝来看老缪，刚做外公的老缪精神大振，连饭都吃得比原来多了。

元旦这天，缪琪请了摄影师，来家里给女儿拍百日照，还有全家福。

老缪努力撑起腰板，品珍抱着小宝宝，缪琪站在身后，摄影师说："很好，很好，再笑得开心一点。"

老缪的嘴笑得有点歪，可是没关系，后期都可以调。这家人劫后余生，对什么都感到心满意足。

品珍抱着康康对缪琪说："你看你女儿天庭饱满，天生是个贵人，真好，现在我和你爸，什么都放心了。"

没头没脑一般，她又加了句："你想做什么，尽管放手去做。"

缪家和文家，生了小孩后，联系少了。

文敏知道缪琪很忙，她自己也忙得不可开交，孩子不好带，因为是早产儿，什么都比别的宝宝要来得艰难。出了月子后，文敏几乎睡不了觉。小孩的到来，瞬间把所有的她都给侵占了。

她不知道当妈妈竟然是这样，一刻不得闲，更一刻不得安宁。

自身难保，又怎么能兼济天下？对缪琪父亲的事，她能做得了什么？她弟弟更没办法，刚来上海，什么都不懂，什么都不会。

文敏曾经催促弟弟，赶紧去看看缪琪，她快生了，该有多不方便。

文杰去了一趟，回来了，一个字不说。

文家欠了很多债，文振华不像过去那么高调，现在见到谁都说，赚钱难，讨债难，还说虎落平阳被犬欺，以前他看不上的人，现在都不见他了。

文敏每每听到，都说："爸，不要整天负能量影响我们。"

文敏没请月嫂，小宋依旧出差。她婆婆来了不如不来，有次竟跟文敏商量："我给小孩缝一个大米做的枕头吧，扁头，聪明。"

文敏立刻叫小宋把婆婆请回去。

她在家支了手机支架，时不时录点母婴视频，现在，她不想发财的事了。但总想着，做了总比没做的强。

文杰说文敏没有做视频的经验，但一番摸索下来，她已经成了母婴赛道上的新星。

天无绝人之路，只要去做。

文敏当了母亲后才发现，原来那个世界真是轻松，她前31年过得轻飘飘，甚至有点矫情。明明那么成功，却还不知足。

当了母亲后，才仿佛从晃荡的秋千上下来，开始走起一条艰难险阻的小路。杂草丛生，常常觉得没有出头之日，可是想放弃的时候，又看到眼前一片从未见过的美景。她抱着孩子，还是要走下去。

缪琪的屏保照片，是那张全家福。几个月后，她带着小孩出国，女儿真好，不哭不闹，总是笑笑地看着她。

催促她出来的,是那些来看望小孩和她爸的亲戚,总是时不时地议论着,亲爹和后爹的事。亲戚们管文杰叫亲爹,那个高高的小伙子,卖相蛮好。陆士衡,成了后爹,后爹有钱呀,他们说:"要你选你也选有钱的。"

缪琪看着漂亮的女儿,但愿她一辈子听不到这些议论。

她必须走。

做了母亲,原本迷茫的含混的纠结和选择,一概清晰起来。

空姐在走道里催促:"飞机马上就要起飞了,请大家打开手机飞行模式。"

缪琪给文敏发了一张女儿的照片,还有一条消息:下次再聚。

图书在版编目（CIP）数据

生女有所归 / 毛利著. -- 长沙：湖南文艺出版社，2025.2. --ISBN 978-7-5726-2209-0

Ⅰ.I247.5

中国国家版本馆CIP数据核字第2024SN8423号

生女有所归

SHENGNÜ YOU SUO GUI

著　　者：毛　利
出 版 人：陈新文
监　　制：谭菁菁
责任编辑：冯　博　李　颖
策　　划：李　颖
特约编辑：陈莎莎
责任校对：刘　波
装帧设计：刘佳灿
内文插画：赵　巍　刘佳灿

出版发行：湖南文艺出版社
　　　　　（长沙市雨花区东二环一段508号　邮编：410014）
网　　址：www.hnwy.net
印　　刷：长沙新湘诚印刷有限公司
经　　销：湖南省新华书店
开　　本：880mm×1230mm　1/32
字　　数：280千字
印　　张：11.75
版　　次：2025年2月第1版
印　　次：2025年2月第1次印刷
书　　号：ISBN 978-7-5726-2209-0
定　　价：59.80元

版权所有，侵权必究